Diogenes Taschenbuch 24655

SASHA FILIPENKO, geboren 1984 in Minsk, ist ein belarussischer Schriftsteller, der auf Russisch schreibt. Nach einer abgebrochenen klassischen Musikausbildung studierte er Literatur in St. Petersburg und arbeitete als Journalist, Drehbuchautor, Gag-Schreiber für eine Satireshow und als Fernsehmoderator. Sein Roman *Die Jagd* war ein *Spiegel*-Bestseller. Sasha Filipenko ist leidenschaftlicher Fußballfan und wohnte bis 2020 in St. Petersburg. Er musste mit seiner Familie Russland verlassen und lebt in der Schweiz.

Sasha Filipenko

Der ehemalige Sohn

ROMAN

Aus dem Russischen von
Ruth Altenhofer

Diogenes

Titel der 2014 bei Wremja, Moskau,
erschienenen Originalausgabe: ›Bywschi syn‹
Zitatnachweis am Schluss des Bandes
Die deutsche Erstausgabe erschien 2021 im Diogenes Verlag
Covermotiv: Gemälde von Anne-Sophie Tschiegg,
›Portrait von Irakli Chkhartishvili‹ (Ausschnitt)

Veröffentlicht als Diogenes Taschenbuch, 2023

www.diogenes.ch
80/23/852/1
ISBN 978 3 257 24655 1

Inhalt

Für meine Großmutter

Vorwort

Das Buch, das Sie in Händen halten, hat ein glückliches Los. Kaum war es 2014 erschienen, erhielt ich als blutjunger Schriftsteller von 29 Jahren einen der renommiertesten russischen Literaturpreise. Der Roman wurde mehrmals neu aufgelegt, als Theaterstück inszeniert, in verschiedene Sprachen übersetzt, und das alles freut mich als Autor, macht mich als Staatsbürger aber traurig …

Nach dem ›Russkaja Premija‹ für *Der ehemalige Sohn* wurde der Roman nicht nur gelobt, sondern es hagelte, wie üblich, auch Kritik. Der häufigste Vorwurf lautete kurz und bündig: So etwas gibt es nicht. Zum Glück oder zum Unglück haben die Ereignisse von 2020 wieder einmal gezeigt, dass ich bei meiner Beschreibung des ins Koma gefallenen Belarus ehrlich mit mir selbst und mit meinen Lesern war. Dieses Buch ist ein Versuch zu analysieren, warum mein Land eines Tages in einen lethargischen Schlaf sank, aus dem es scheinbar gar nicht wieder aufwachen wollte. Dieses Buch ist (zumindest hoffe ich das) eine Erklärung dafür, warum die Belarussen 2020 nicht mehr weiterschlafen wollten und aus ihrem Koma erwachten. Dieses Buch ist ein Versuch zu begreifen, warum wir zu ehemaligen Söhnen und Töchtern des eigenen Landes und ehemaligen Kindern der eigenen Eltern wurden. Dieses Buch ist im Grunde ein Lexikon von Anlässen, ein Wörterbuch von Gründen für die Belarussen, ihre Häuser zu verlassen.

Zum Glück für den Autor, aber zum Leidwesen der Belarussen sind ganze Seiten aus meinem Roman Wirklichkeit geworden, und es kommen immer noch mehr dazu.

Es ehrt mich, dass nicht nur Kritikerinnen und Leser auf mein Buch aufmerksam wurden, sondern auch die Staatsmacht: In den meisten Minsker Buchläden ist *Der ehemalige Sohn* zwar erhältlich, aber nur unter der Hand, er steht nicht in den Regalen. Und der belarussischen Nationalbibliothek wurde dringend empfohlen, das Buch nicht in den Katalog aufzunehmen.

Dieses Buch erzählt von einem Land mitten in Europa, in dem das oben Beschriebene möglich ist. Vor allem aber handelt es von der Liebe – von der Liebe, die die Kraft hat, einen Menschen zu heilen und ein ganzes Land aus dem Tiefschlaf zu wecken.

Meine inständige Hoffnung ist, dass dieses Buch in meinem Land eines Tages nicht mehr aktuell sein wird …

Sasha Filipenko

Der ehemalige Sohn

Der Frühling war fast vorbei. Die Uhrzeiger rückten auf halb neun. Wie ein Tiefflieger setzte die Sonne zur Landung an. Vereinzelt überdeckten Brücken in Rohre gezwängte Flüsse. Steigende Luftfeuchtigkeit, dampfender Schweiß. In der syphilitischen Stadt schmolz vor Hitze der Asphalt. Akrobaten stürzten ab.

Wie Saiten zogen sich die Oberleitungen. Entlang der Linien fuhren leere Trolleybusse. Die obersten Knöpfe standen offen, die Kleidung blich aus. Wasser verkaufte sich so gut wie sonst nie. In den Hauseinfahrten und Gassen hing Schwüle. Die Erde bettelte um Regen. Die erste Sonnenbräune war da, und die Alten konnten sich nicht einmal vor laufender Kamera an solche Temperaturen erinnern.

Franzisk hielt inne, rieb sich die Stirn. Mit zwei Fingern stoppte er den Zeiger des Metronoms und horchte: Im Badezimmer schleuderte die Waschmaschine, in der Küche lief wie immer das Radio. Sie spielten Ravel. Großzügig überließen die Flöten ihre Melodie der Klarinette, und die Trommel hämmerte wie Regentropfen auf die Erde. Das Spiel war bestimmt und pathetisch, wie es sich für das staatliche Radiosymphonieorchester geziemt – keine Ausreißer oder Abstriche wegen schwacher Besetzung. Franzisk stellte sein Cello auf die Zarge und ging zum Fenster. Das Metronom schlug weiter. Im Flur telefonierte die Großmutter. Seit einer Stunde. Im Hof wurde Fußball gespielt. »Es dämmert schon«, dachte Franzisk. »Wenn sie zwei gleiche Mannschaften gebildet haben, brauchen sie mich gar nicht mehr.«

Wie absichtlich machten sie keine Anstalten, nach Hause zu gehen. Franzisk hörte immer denselben Ruf: »Zurück! Zurück!« Offenbar hatte eine der Mannschaften Schwierigkeiten bei der Verteidigung. Einer ließ immer den Ball durch, ein anderer machte Fehlpässe. Da waren wahrscheinlich Wara und Paschka am Verlieren. Während er den Spielenden zuschaute, dachte Zisk, dass nur er das Wunder wiederholen könnte, das drei Tage zuvor die Red Devils vollbracht hatten.

Schwer wie ein alter Mann schnaufte der Kassettenrekorder, während er den Ton aufzeichnete. Zisk drückte auf das schwarze Quadrat, und der Apparat verstummte. Jetzt musste er nur noch das Band zurückspulen, die Aufnahme einschalten und sich unbemerkt in den Flur schleichen. Ein erprobter Trick, Zisk hatte ihn schon etliche Male angewandt. Der Rekorder übte – und Großmutter glaubte es.

Alles lief nach Plan. Franzisk hockte vor der Eingangstür, die Schlüssel in der Hand, die Schuhe gebunden – als plötzlich sein Knie verräterisch laut knackte. Das Flattern des Fächers verstummte, für einen Moment war es still. Die Großmutter entschuldigte sich bei ihrer Gesprächspartnerin und wandte sich an den Enkel:

»Du gehst hinaus? Ich glaube nicht, dass ich dich um irgendetwas gebeten habe.« Franzisk sagte nichts, die Großmutter wartete seine Antwort gar nicht erst ab. »Du solltest dich schämen, deine Mitmenschen zu hintergehen! Dass du dich auf Kassette aufgenommen hast, ist löblich. Erstens hast du die Etüde endlich fertiggespielt, worauf der Urheber stolz wäre. Zweitens kannst du jetzt deine Fehler hören. Das wirkt Wunder, mein Lieber!«

»Babuschka, warum darf ich denn nicht raus?«

»Darum!«

»Genug gepredigt, Ba! Sie hören ohnehin gleich auf. In einer halben Stunde ist es finster, ich will wenigstens noch Four Square spielen …«

»Dann wirst du eben Straßenmusikant. Viel Spaß!«

»Fußballspielen im Hof hat noch keinen zum Straßenmusikanten gemacht! Aber von der Musik den Verstand verloren haben schon viele. Kann ich bitte gehen?«

»Nein! Es sind nur noch ein paar Tage bis zur Prüfung. Und du läufst eh schon Gefahr rauszufliegen.«

»Die Prüfung ist erst nach der Notenkonferenz. Nach der Notenkonferenz schmeißen sie keinen mehr raus. Und außerdem, vielleicht bestehe ich ja mit Bravour?«

»Das wage ich zu bezweifeln. Marsch in dein Zimmer!«

»Babuschka, bei dem Wetter!«

»Das Wetter ist wirklich schön, da gibt's nichts zu meckern. Und mit jedem Tag wird es schöner, mein Lieber. Genieß es – nach der Prüfung!«

»Und wenn mir etwas zustößt? Wenn das meine letzte Gelegenheit ist rauszugehen?«

»Du bist doch schon groß, oder nicht? Ich hätte angenommen, dass dir dieses Argument mittlerweile selbst zum Hals heraushängt. Geh jetzt bitte in dein Zimmer, und mach dir nicht so viele Gedanken, zu Hause kann dir nichts passieren. Weißt du noch, wie der große Dichter geschrieben hat: Geh nicht aus dem Zimmer raus, mach nicht diesen Fehler.«

»Der war übrigens ein Nichtsnutz. Sogar ein staatlich anerkannter!«

»Seit wann hältst du was auf den Staat? Rein mit dir, marsch!«

Franzisk schnalzte genervt mit der Zunge, schleuderte die Sportschuhe hin und ging zurück in sein Zimmer. Er knallte die Tür zu und warf sich aufs Bett, verletzt und von jugendlichem Zorn erfüllt. »Die alte Hexe spielt schon wieder die ewige Leier. Bildung … Zukunft … Kühe hüten … Was hat die überhaupt für eine Ahnung von meiner Zukunft? Die reden von Zukunft, und vor zwei Wochen ist ein Junge aus der Parallelklasse einfach mitten im Unterricht gestorben. Herzstillstand. Was hat das ganze Lernen für einen Sinn? Was sollen all diese zweistimmigen Diktate und Dreiklangketten? Wer braucht diese Fach- und Klavierprüfungen, wen interessiert dieses bescheuerte Orchester dreimal die Woche, wenn man einfach so, fünf Minuten vor der Pause, den Löffel abgeben kann?«

»Spielst du jetzt im Liegen?«, fragte die Großmutter durch einen Spalt in der Tür.

»Die Nachbarin wird sowieso gleich klopfen.«

»Dann geh halt, aber gib acht auf deine Hände.«

Das Jüngste Gericht fand jedes Jahr statt. Das musste so sein. In den letzten Maitagen verlas der strahlende, dicke Direktor in Anwesenheit der entkräfteten und verheulten Eltern die Namen jener, die sich verabschieden mussten:

»Mascherow, Kalinowski, Kostjuschko sind raus. Damit ist die 7B erledigt, kommen wir zur nächsten Klasse.«

Jedes Jahr gegen Frühlingsende fasste der Lehrkörper (in Person des Lyzeumsdirektors) denselben heiligen Gedanken:

»Die Arche des Wissens kann nicht alle aufnehmen, liebe Kollegen! Wer nachlässt, muss über Bord! Wer zurückbleibt, wird es nicht schaffen, die Welt des Wissens zu errudern! Wer untergeht, soll sich andernorts abstrampeln!«

Nach diesen linguistischen Ausschweifungen fasste der Lyzeumsdirektor, den sie wegen seiner Leibesfülle Kogel nannten, zusammen:

»Verehrte Eltern, bei uns kann man, zum Glück oder leider, kein Schuljahr wiederholen. Das habe ich Ihnen immer geradeheraus gesagt. Ljudmila Nikolajewna, schließen Sie bitte die Tür, die Kinder horchen schon wieder.«

Die, die der Grund für den Ehrentag waren, ließ man nicht in den Saal. Es gab nicht genug Stühle, es gab nicht genug Worte. Damit sie sich nicht an der Tür drängten, hatte sich der Direktor etwas Einfaches und, wie ihm schien, äußerst Findiges ausgedacht. Jedes Jahr lud er am Tag der Notenkonferenz einen Gast in die Schule ein. Wie das Amen im Gebet war es jedes Mal ein Kriegsveteran. Mit Orden immer, mit Gehstock je nachdem. Auf die Bühne in der Aula stellte man einen Tisch und eine Vase mit drei Nelken, echte oder aus Plastik (was gerade aufzutreiben war). Dann stieg der Veteran selbst auf die Bühne. Die Gymnasiasten applaudierten und kommentierten: »Schau, der trägt drunter schon den Holzpyjama … Gleich fängt er an zu labern, der alte Knacker … Erzählt auf Staatskosten olle Geschichten.«

Neben den Veteranen setzte sich die Beauftragte für Bildungsarbeit: »Entschuldigen Sie bitte, ich musste durch das ganze Schulhaus.« Der Veteran nickte verständnisvoll, hustete, zupfte seine Feiertagskrawatte zurecht und begann leise und ideologisch wasserdicht vom Krieg zu erzählen. Obwohl die Lyzeumsschüler bei diesen Helden- und Ruhmesgeschichten reihenweise einschliefen, suchte der Direktor kein neues Unterhaltungsprogramm.

Er gehörte zu jener Sorte von Trainern, die ihre ganze Karriere hindurch mit immer derselben Aufstellung arbeiten. »Wozu etwas Neues erfinden? Wer braucht andere Kandidaten? Ljudmila Nikolajewna, laden wir doch diesen … na, wie heißt er denn … der letztes Jahr da war …«

Wirklich, nach neuen Kandidaten suchte niemand. Nicht ohne Grund nahmen deshalb viele Schüler an, dass es in ganz Belarus nur einen einzigen Partisanen gegeben habe. Der seine Zeit schon immer damit verbracht habe, von Schule zu Schule zu wandern und den Kindern die Ohren vollzusülzen.

Am Ende dieser Abende hob die Bildungsbeauftragte den Blick zum Porträt des Präsidenten der jungen Republik und fasste zufrieden zusammen:

»Nun, Kinder? Früher gab es Gott sei Dank den Vater aller Völker, und jetzt haben wir Gott sei Dank unseren Batka! Also müsst ihr nicht fürchten, dass uns ein Krieg droht!« Nach diesen weltbewegenden Worten sprang sie auf und rannte in Richtung Saal. Der Veteran lächelte irritiert und entfernte sich.

An jenem heißen Maitag sollte alles nach lang erprobtem Szenario ablaufen. Goldene Worte über Heldentaten, verstaubte Gedichte über soldatische

Ehre. »Wir haben für die Heimat gekämpft, für eure Zukunft, niemand hat uns dazu überredet, niemand bedroht, es gab keine Sperrtruppen, wir brannten immer darauf zu kämpfen!«

An jenem fatal heißen Maitag waren weder beim Hauptdarsteller noch bei den zahlreichen Zuhörern Kommunikationsprobleme zu erwarten. Der Veteran wusste, dass er den Kindern den Auslauf raubte, die Kinder wussten, dass sie dem Veteranen Respekt zollen mussten, denn wäre er nicht gewesen, wer weiß, was jetzt überhaupt wäre. Franzisk bemalte die Rückseite der Stuhllehne vor sich und hörte mit halbem Ohr den Begrüßungsworten zu. Sein bester Freund Stassik Krukowski rubbelte verbissen an einem Fleck auf seinen Jeans. Neben ihnen wurde geflüstert, geknufft, wurden Briefchen weitergegeben. Einige stellten noch schnell die letzte Solfeggio-Aufgabe fertig, während andere verzweifelt ein Schnarchen imitierten. Mit einem Wort, die Veranstaltung verlief in der gewohnt harmonischen Atmosphäre, doch plötzlich horchte der Saal auf, und die Schüler verstummten. Der Veteran hatte etwas gesagt, was er nicht sagen durfte.

Die Bildungsmaschinerie geriet ins Stocken. Jemandem war ein Fehler unterlaufen, jemand hatte nicht genau hingeschaut. Hatte überhaupt nicht hingeschaut! Hatte einen Balken übersehen. In einem fremden Auge. Ein »falscher« Mensch war ins Lyzeum eingeladen worden. Erst jetzt sahen alle, dass er ohne Orden gekommen war und seine Erzählung einen anderen, unpathetischen Krieg betraf, den Krieg, den er erlebt hatte.

»Kinder, ich sage euch gleich direkt, dass ich nicht gegen die Deutschen gekämpft habe. Seht mal, ich habe auch keine Auszeichnungen. Mir haben sie keine gegeben. Ich bin kein Veteran im herkömmlichen Sinn. Soll ich überhaupt weitersprechen?«

Die erschrockene Bildungsbeauftragte nickte mit bebender Turmfrisur.

»Dann fahre ich fort, wenn's recht ist. Mich lädt man nicht zu Paraden ein. Ich würde auch nicht hingehen. Es wundert mich, dass euer Geschichtslehrer, Waleri Semjonowitsch, mich eingeladen hat. Ich soll euch erzählen, wie alles war ... Und wie war alles? Beschissen war es, Kinder!«

Der Saal erstarrte. Hatte die Stimme verloren. Die Stille war absolut. Die Arche der Künste war ins Strudeln geraten, der Mast gebrochen, das Segel in sich zusammengesackt. Die Kinder hatten ihren

Unfug eingestellt. Franzisk hörte zu zeichnen auf. Der Fleck war verschwunden. Stass blickte sich nach allen Seiten um: Keine Welle kräuselte die Reihen, keine einzige Bewegung. Sogar jene schwiegen, deren Schwatzhaftigkeit pathologische Züge aufwies.

»Wir haben gegen alle gekämpft. Heute glaubt uns das niemand, sie sagen, so kann es nicht gewesen sein. Aber es war so, Kinder, es war so, auch wenn viele mich für verrückt halten. Grob gesagt, war es so: Morgens kämpften wir gegen die Hilfspolizei, abends gegen die Roten. Ja, genau, gegen alle. Wir haben keinen heiligen Befreiungskrieg geführt. Sind nicht von Osten nach Westen vorgedrungen oder umgekehrt. Nein. Wir standen hier. An Ort und Stelle. Im eigenen Land. Wir standen, versteht ihr, Kinder? Wir haben uns nicht auf Feldbunker gestürzt. Haben uns nicht für den kommunistischen Führer geopfert. Nein, Kinder, das war alles ganz anders! Ich kann euch nicht von Dingen erzählen, wie sie in Kriegsfilmen passieren, weil unser Krieg anders war. Unser Krieg war schmutzig, eklig und versaut, weil unser Krieg eigentlich ein Bürgerkrieg war. Weiß jemand von euch, was einen Bürgerkrieg von einem normalen Krieg unterscheidet?«

»Ja-a-a-a«, hörte man aus den letzten Reihen. »Das ist, wenn sie die eigenen Leute abmurksen.«

»Richtig, Kinder. Das war der schlimmste aller Kriege. Weil wir nicht nur gegen die Deutschen gekämpft haben, sondern auch gegen die eigenen Leute … Gegen die eigenen Leute, versteht ihr? Ich persönlich habe nie jemandem Vorwürfe gemacht. Wenn der Krieg anfängt, hast du immer die Chance, dich für eine Seite zu entscheiden oder neutral zu bleiben, oder es wenigstens zu versuchen. Ich rate euch, Kinder: Wenn irgendwann, Gott bewahre, ein Krieg beginnt, dann setzt euch hin und denkt gut nach: Für wen wollt ihr kämpfen, und ob ihr überhaupt kämpfen wollt! Die großen Onkels, die sich mit Flugzeugen frische Früchte liefern lassen, treffen die Entscheidungen, aber sterben werdet ihr – schnell und nur ein einziges Mal. Glaubt mir, ich habe gesehen, wie Menschen sterben – die haben nie ein zweites Leben. Deswegen immer, immer, immer nachdenken. Gut nachdenken. Und viel.«

»Jetzt komm ich nicht mehr mit. Für wen waren Sie denn jetzt, für die Deutschen?«, ertönte es aus den hinteren Reihen.

»Nein, Kinder, nicht für die Deutschen. Nein! Wisst ihr, ich habe das immer so gesehen: Wenn dir ihre Ideale nahe sind, wenn du die Roten hasst, wenn du an die Versprechen ihres durchgeknallten Führers glaubst, dann geh zur Hilfspolizei, warum nicht? Schlag dich auf ihre Seite, wenn du tatsächlich dran glaubst. Außerdem hatten sie eine sehr schicke Uniform, die hat mir ehrlich gesagt immer sehr gut gefallen. Ein berühmter Modeschöpfer hat sie entworfen. Ich hab immer gefunden, dass sie sehr gut aussehen, jedenfalls viel besser als wir. Aber das war das Einzige, was mir an ihnen gefallen hat. Alles andere hab ich gehasst, Kinder! Sie wollten uns umkrempeln, und das ist das Schlimmste. Man kann vieles ertragen und überleben, aber eines, Kinder, eins darf man nicht zulassen. Man darf nicht zulassen, dass man zu einem anderen gemacht wird, versteht ihr?«

»Und los geht's ...«

»Kobrin!«, rief die Bildungsbeauftragte zornig.

»Wieso gleich Kobrin? Vielleicht bin ich gar nicht da.«

»Hätte ich also zu den Roten gehen sollen, Kinder? Warum hätte ich, ein einfacher junger Belarusse, denn nicht für die Roten sterben sollen? Sie sitzen in ihren Städten, evakuieren Dichter und Musiker, erschießen meine Eltern dafür, dass diese ihre Sprache sprechen ... Wirklich, warum sollte ich nicht für ihren Führer kämpfen? Für den großen Bruder? Warum sollte ich nicht mein Leben geben für einen Irren, der es nicht schafft, den Kontinent mit einem zu teilen, der genauso ein Idiot ist wie er selber? Wenn du dran glaubst, warum auch nicht? Aber ich, Kinder, ich hab denen nicht getraut. Nie.«

»Wem haben Sie denn getraut?«, fragte die Bildungsbeauftragte mit belämmertem Lächeln.

»Niemandem! Weder den einen noch den anderen. Ich hab nur an mein Zuhause geglaubt. An mein Land. An den Himmel über meinem Kopf. Ich habe darauf vertraut, dass ich allein entscheiden kann und darf, wo und wie ich leben will.«

»Und was haben Sie gemacht? Desertiert?«

»Von Ihrem hohen Ross aus nennt man das so, glaube ich. Ja. Ich bin in den Wald gegangen …«

»Sie haben sich also gedrückt?«, fragte mit hämischem Grinsen die Bildungsbeauftragte, die mit Unterstützung aus den hinteren Reihen rechnete.

»Die Deutschen hielten mich für einen Partisanen, die Partisanen und die Roten für einen Kollaborateur der Deutschen. Mein Krieg hat so ausgeschaut: am Morgen gegen die einen, am Abend gegen die anderen. Wenn Sie das ›sich drücken‹ nennen, gut, dann hab ich mich gedrückt.«

Im Saal wurde es laut. Die Schüler wollten einander etwas erklären, beweisen, diskutieren.

»Was, Sie haben allein gegen alle anderen gekämpft?«

»Natürlich nicht! Wir waren viele. Viele haben gehandelt wie ich, aber darüber spricht man heute nicht. Wir haben nicht gewonnen, und vom Krieg erzählen dürfen nur die Sieger. Mein Leben, mein Schicksal ist ein einziger permanenter Rückzug. Solche wie mich gibt es irgendwie nicht. Ich hielt mich ein paar Jahre im Wald versteckt, in den Häusern von Katholiken oder Unierten. Im Jahr 46 bin ich, so wie viele meiner Kameraden, auf einen entlegenen Hof gezogen und habe dort fast zwanzig Jahre allein gelebt. Danach kam ich manchmal in die Stadt, aber erst im Jahr 91, sechsundvierzig Jahre nach Kriegsende, habe ich über Minsk unsere weiß-rot-weiße Flagge gesehen und gewusst, dass wir gewonnen haben.«

»Lang hat diese Freude nicht gewährt«, presste die Bildungsbeauftragte leise, so dass es nur der Veteran hören konnte, durch die Zähne hervor.

Der Auftritt des Veteranen war der längste in der Geschichte des Lyzeums. Obwohl die Bildungsbeauftragte auf alle erdenklichen Arten versuchte, die Veranstaltung zu beenden, ließen die Schüler nicht locker. Über zwei Stunden löcherten sie den Veteranen. Sie fragten, schrien heraus und riefen dazwischen, forderten und staunten, bewerteten und trauten ihren Ohren nicht. Niemand musste gähnen, während er sprach, weil der Veteran nämlich ein Geheimnis preisgab. Der Veteran erzählte etwas, das niemand je erzählt hatte. Er hatte eine verbotene Tür einen Spaltbreit aufgestoßen – und die Kinder drängten ihm unaufhaltsam hinterher. Als das Gespräch vorbei war, trafen sich Franzisk und seine Freunde an ihrem Geheimplatz – in der Toilette im dritten Stock.

Ein Ort, den nicht einmal die strengsten Lehrer betraten. Ein Männerklub von Sechzehnjährigen, eine Sperrzone auf dem Territorium des Staatlichen Lyzeums der Künste. Mit Obszönitäten beschmierte Wände, zersprungene Fliesen, Kloschüsseln ohne Klobrillen und herausgerissene Notenblätter, die zerknüllt als Toilettenpapier verwendet wurden. Die Freunde ließen eine Zigarette herumgehen und besprachen die gerade erlebte Veranstaltung:

»Ich kann's gar nicht glauben. Das ist doch regelrecht Selbstmord!«

»Stimmt! Nicht zu fassen. Gib mal die Zigarette«, bat Zisk.

»Pfui! Wie sie einen verarschen«, stellte Stass fest.

»Wie sie den eigenen Opa verarschen!«

»Haltet doch die Klappe alle beide!«, warf Kobrin ein, den schon seit dem Morgen ein Durchfall plagte. »Was soll das, dass ihr euch schon wieder auf Belarussisch unterhaltet?«

»Dürfen wir uns denn im eigenen Land nicht in unserer Muttersprache unterhalten? Müssen wir da erst dich fragen, du Furzer?«

»Dein Vater ist ein Furzer! Unterhaltet euch nur, aber entscheidet euch … Ihr wechselt die Sprachen wie die Unterhosen. Gestern die eine, heute die andere. Und morgen, wie werdet ihr morgen reden?«

»Was ist denn daran so schlimm?«, fragte Franzisk und lächelte versöhnlich von der betonierten Zwischenwand herab.

»Schau zu, dass du dir nicht in die Hosen scheißt.«

»Keine Sorge, im Unterschied zu dir hab ich mein Ei schon gelegt. Aber ich will eine Antwort von dir, warum regt dich das so auf?«

»Mich ärgert, dass das so aufgesetzt ist. Ihr denkt nicht in dieser Sprache, ihr träumt nicht in dieser Sprache, ihr könnt nicht scherzen. Gib doch zu, dass du mir noch nie einen Witz auf Belarussisch erzählt hast …«

»Da geb ich dir absolut recht. Stimmt alles. Aber das ändert nichts daran, dass ich von Zeit zu Zeit Lust habe, so zu sprechen.«

»Warum?«

»Weil ich die Sprache halt einfach irre schön finde! Weil ich damit anders bin als die anderen. Weil ich nicht die Sprache derer sprechen will, die uns als Aufseher geschickt worden sind.«

»Aber du machst Fehler, Zisk!«

»Ja! Weil ich erst am Lernen bin! Glaubst du, du machst im Russischen keine Fehler? Heute früh hast du die schöne Phrase gesagt: ›mach ich in die *Schufljadka* rein‹. Was soll das denn für eine Sprache sein?«

»Ist doch klar, welche …«

»Das ist vielleicht dir klar, aber eigentlich ist das vollkommener Blödsinn. Reinmachen, mein Lieber, kannst du in die Hosen, aber für Sachen nimmt man stellen oder legen.«

»Was soll diese Klugscheißerei? Du hast eine Drei in Grammatik.«

»Weil ich im Gegensatz zu dir nicht von Nastja abschreibe.«

»Ich schreibe nicht ab!«

»Kannst eh abschreiben. Von mir aus schreib den ganzen Stoff von ihr ab. Mir doch scheißegal! Weil ich im Unterschied zu dir nämlich weiß, dass es das Wort *Schufljadka* im Russischen gar nicht gibt.«

»Wieso gibt es das nicht, ist doch in jedem Tisch eine.«

»Ja, genau. Im Tisch, aber nicht in der Sprache.«

»Franzisk hat recht«, unterbrach Krukowski, während er seine Hose zuknöpfte, »das Wort gibt es nicht. Das heißt, jetzt schon, weil wir es benutzen, aber wir haben es nicht von den Russen, sondern von den Deutschen. Wahrscheinlich schon während der ersten Okkupation übernommen. Bei denen heißt das Schublade, hab ich gehört. Aber deine großen Brüder, für die du dich so ins Zeug legst, kennen dieses Wort nicht.«

»Ach, leckt mich doch alle am Arsch! Ich leg mich für niemanden ins Zeug. Es ist einfach doof, dass ihr auf einmal beschließt, die Sprache zu wechseln. Dumm ist das, plötzlich anders zu sprechen als alle rundherum.«

»Da will ich dich ganz schnell drauf aufmerksam machen, dass bei uns aktuell der ganze Unterricht in dieser anderen Sprache, wie du es nennst, gehalten wird.«

»Aber nicht mehr lange! Da macht euch mal keine Sorgen. Ab nächstem Jahr ist es wieder wie früher.«

»Keine Ahnung, worüber du dich da freust.«

»Über die Vernunft freu ich mich. Der Westen des Landes soll von mir aus so sprechen, aber hier haben wir uns immer auf Russisch verständigt.«

»Stimmt, hast recht, hier haben schon immer alle

die Sprache unseres großen Bruders benutzt. Die starke, mächtige.«

»Was passt dir denn nicht daran?«

»Nein, ist schon in Ordnung! Wir sind ja Brudervölker. Wir sind ja der beschissene kleine Bruder. Wir sind zusammen in den Schützengräben verwest und bla-bla-bla. Nur schade, dass unser Gedächtnis so kurz ist wie dein Pimmel. Aber was kann man von uns schon erwarten? Wir sind ja die Kleinen, die Dummies, wir sind immer ein bisschen schlechter. Dass im Krieg gegen die Deutschen jeder Vierte gefallen ist, können wir alle herunterleiern, aber komischerweise haben wir alle vergessen, dass während der Schwedischen Sintflut, die unsere lieben großen Brüder im 17. Jahrhundert angezettelt haben, jeder zweite Belarusse umgekommen ist. Wir waren fünf Millionen, übrig geblieben sind zweieinhalb!«

»Franzisk, wie lang ist das her? Kommst du jetzt vielleicht auch noch mit deiner Großmutter daher?«

»Genau! Hinter der Kindereisenbahn im Park, da schau mal nach, wie viele Menschen zu Beginn des 20. Jahrhunderts erschossen worden sind, nur weil sie Belarussisch sprachen! Stell dir einfach mal alle diese Menschen vor. Stell dir einfach nur vor, dass sie existiert haben, und auf einmal wurden sie hingerichtet. Erschossen von unseren lieben Brüdern. Nicht, weil sie gestohlen haben, oder gemordet, oder geraubt, sondern einfach, weil sie ihre Muttersprache gesprochen haben. Eine Sprache, in der sie wirklich gedacht haben und Witze erzählen konnten. Krukowski und mich hätten sie heute erschießen können, einfach, weil wir auf dem Scheißhaus ein bisschen geplappert haben.«

»Hätten sie können! Früher konnte man für vieles erschossen werden! Für Gedichte, für alles Mögliche. Aber das hat auch für die eigenen Leute gegolten. Das war nicht eine Frage der Sprache.«

»Was geht mich das an? Heute leben wir in einem eigenen Land, sind ein eigenes Volk. Kapierst du? Hier dürfen wir entscheiden, wie wir leben und sprechen! Da hast du also nicht recht!«

»Nein, du hast nicht recht!«

»Schon gut, ihr zwei, hört auf! Über so einen Bullshit streiten!«

»Nein, das ist wichtig«, sagte Franzisk ernst.

»Ist eh wichtig«, pflichtete Stass bei. »Aber nicht so, dass ihr euch jetzt wie die Deppen zanken müsst mit heruntergelassenen Hosen.«

»Friede?«

»Trottel!«

»Selber Trottel!«

Als die diplomatischen Beziehungen zwischen den Toilettenkabinen wiederhergestellt waren, rauchten die Jungs eine letzte Freundschaftszigarette, ließen Krieg, Geschichte und Sprache beiseite und widmeten sich einem für die Jugend nicht weniger wichtigen Thema. »Wenn ich in den Himmel komme«, begann Stassik.

»Vergiss es! Kartoffelmännchen kommen nicht in den Himmel.«

»Wieso das denn?«

»Das ist ein Axiom.«

»Weißt du …«

»Ich glaube gar nicht an den Himmel«, sagte Zisk und blies Rauch aus.

»Seien Sie so gut, das weiter auszuführen, Mister Lukitsch!«

»Ganz einfach. Angenommen, ich komme in den Himmel …«

»Dein Arsch passt nicht mal durch die Tür, wie willst du da in den Himmel.«

»Spinnst du, ich bin von uns allen der Dünnste. Jedenfalls, angenommen, ich komm in den Himmel … Aber was ist der Himmel? Alles, was geil ist: Mädels, Alkohol, und beim Fußball gewinnt deine Mannschaft. Wenn ich in den Himmel komme, muss also immer meine Mannschaft gewinnen, stimmt's? Stimmt!«

»Na gut, nehmen wir das mal so an …«

»Angenommen! Also, meine Mannschaft gewinnt alle Pokale, in allen Ligen, aber plötzlich kommt Krukowski in den Himmel, mit seiner Liebe zu Awtosaptschast …«

»Immer noch besser als Dynamo.«

»Kann ja ich nichts dafür, dass es bei uns keine anderen Mannschaften gibt. Aber das ist nicht der Punkt. Wenn der Himmel das ist, was wir alle denken, wenn das der Ort sein soll, wo wir alle nach unserem schrecklichen irdischen Dasein die maximale Belohnung kriegen sollen, dann muss ja Krukowskis Mannschaft ebenfalls gewinnen.«

»Ja, und weiter?«

»Was heißt und weiter? Was soll der Scheiß, wenn seine und meine Mannschaft die ganze Zeit gewinnen? Jemand muss ja verlieren, sonst ist es Betrug!«

»Na, es wird eben sowohl deine Mannschaft gewinnen als auch seine. Ihr werdet nur nichts davon wissen.«

»Vergiss es. Ich will in einen Himmel, wo nur meine Mannschaft gewinnt. Sonst scheiß ich gleich drauf.«

»Geht man von deiner Logik aus, dann können nur Fans von derselben Mannschaft in den Himmel kommen …«

»Jawohl! Die Fans vom Fußballklub des päpstlichen Throns«, meinte Kobrin und zog die Spülung.

Während die Jungs auf der Toilette im dritten Stock husteten, verkündete unten die Lehrerschaft, gegen Müdigkeit und Schwüle ankämpfend, eins nach dem anderen ihre Urteile: ausmustern – Gnade walten lassen, behalten – rauswerfen. Über manche diskutierten sie, manche schlossen sie aus, ohne mit der Wimper zu zucken. Bei offenen Fenstern, zum Rauschen der Bäume besprachen sie unter anderem das Schicksal des sechzehnjährigen Kobrin (wegen furchtbaren Betragens und einer Vier in Geographie) und seines Altersgenossen Lukitsch (bei dem die Gründe auch ohne Erläuterung allen klar waren). Während Kobrin vor Nervosität den ganzen Tag schon der Durchfall plagte, konnte sich Zisk im Gegenteil einer vortrefflichen Verdauung rühmen. Er wusste, dass nichts passieren konnte, dass alles gut verlaufen würde. An solchen Tagen verspürte Zisk oft ein Gefühl der unverdienten Bevorzugung. Im Unterschied zu Dimas' Mama, die ihr Leben lang als Zugbegleiterin gearbeitet hatte, würde seine Großmutter ganz bestimmt das richtige und entscheidende Argument finden und vorbringen. Außerdem würde sie heimlich einen grünen Schein in der Direktion vorbeibringen und einen Flakon

Chanel N° 5, wenn sie bei der Beauftragten für musikalische Erziehung eingeladen wäre. Seine einzige Sorge war, dass die Großmutter ihm nach der Notenkonferenz wieder einen Megaskandal machen würde. Sie würde reden, reden, reden; und ihn schlussendlich doch loben. Obwohl er ein Chaot war, war Franzisk der Liebling vieler Lehrer. Nicht nur, weil er eine zusätzliche Einkommensquelle darstellte (nicht alle nahmen Schmiergeld), sondern er besaß auch einen lebhaften, wachsamen Geist. Zisk paukte nie, wusste aber fast alle Daten von Schlachten, Bündnissen und Auflösungen, er schummelte nicht, ratterte aber mühelos die Stammbäume bedeutender und weniger bedeutender Familien herunter. Jedes Mal, wenn Ende Mai die Frage nach dem Ausschluss des endgültig abgesackten Lukitsch wieder aufkam, stellten sich die Lehrer für Geschichte und Literatur schützend vor ihn.

»Ich halte einen Ausschluss von Lukitsch für nicht zielführend …«

»Waleri Semjonowitsch, geben Sie doch zu, dass sie Ihnen was zugesteckt hat!«

»Da redet ja die Richtige, Natalja Sergejewna. Vielleicht ist es genau umgekehrt? Vielleicht hatten diesmal ja Sie das Glück?«

»Wieso ich? Haben Sie irgendwelche Beweise?

Im Gegenteil, ich hab mich seiner Großmutter erbarmt. Ich war es, nicht Sie, die ihm eine Drei gegeben hat, obwohl er im letzten Quartal zwei Dreien und zwei Vieren hatte.«

»Kollegen, bleiben wir bei der Sache. Lukitsch hatte in diesem Quartal zwei Vieren. Wieder in Harmonielehre, und dieses Mal auch in Geschichte … Waleri Semjonowitsch, warum verteidigen Sie ihn eigentlich? Er hat in Ihrem Fach eine Vier! Was hatte er denn in den ersten Quartalen?«

»Drei Dreien …«

»Wieso haben Sie ihn eigentlich so gern? Wenn ich mir das Klassenbuch so ansehe … einen schlechteren Schüler haben Sie gar nicht …«

»Die schlechten Noten zeigen nur, dass er faul ist, aber nicht dumm …«

»Wichtig ist, dass er kann, was im Lehrplan steht, und nicht, dass er Sie mit seinen Gedankengängen beeindruckt.«

»Ich habe gedacht, bei uns geht es darum, denkende Menschen heranzuerziehen …«

»Da irren Sie sich, Waleri Semjonowitsch. Der Mensch ist an sich schon ein denkendes Wesen. Man muss das Rad nicht noch einmal erfinden, das alles wurde schon vor uns erledigt. Und wenn wir schon bei den denkenden Menschen sind … Vielleicht ist es ja, weil er Ihre zweifelhaften politischen

Ansichten teilt? Mit sechzehn Jahren kann man leicht auf den Weg des Nihilismus geraten.«

»Was heißt zweifelhaft? Was meinen Sie damit?«

»Sie wissen sehr gut, was ich damit meine. Wir alle wissen, Waleri Semjonowitsch, wie frei Sie die Postulate in den Lehrbüchern interpretieren …«

»Welche denn genau?«

»Was heißt welche genau?«

»Ich frage, welche Postulate Sie meinen? Antworten Sie mir! Zuerst meckern Sie, und dann stecken Sie wie der Walzerkönig den Kopf in den Sand.«

»Ihre Kalauer, Waleri Semjonowitsch, findet schon lange keiner mehr lustig. Brauchen Sie Beispiele?«

»Ich hätte nichts dagegen …«

»Sie haben den Schülern vom 115. Bataillon erzählt, stimmt's?«

»Es war das 118., um genau zu sein. Ja, habe ich, und was ist falsch daran?«

»Was daran falsch ist? Nein, also wirklich! Er fragt noch, was daran falsch ist? So eine Frechheit! Was jedes Kind weiß, Waleri Semjonowitsch, und jedes Kind auch in Zukunft wissen muss, dass nämlich das Dorf von den Deutschen niedergebrannt worden ist und nicht von Ihrem Bataillon, wie Sie behaupten. Waren Sie etwa dort? Haben Sie ihnen die Kerze gehalten?«

»Sehr witzig. War auch nicht mein Bataillon. Aber das ist nicht der Punkt. Kann ich Ihnen eine einzige Frage stellen? Nur eine Frage: Was für Deutsche?«

»Wie meinen Sie, was für Deutsche?«

»Ich frage Sie, welche Deutschen das Dorf niedergebrannt haben sollen?«

»Die ganz normalen … die hier waren … das wissen doch alle.«

»Alle? Wie alle? Alle, die gelebt haben? Die gekämpft haben?«

»Ja!«

»Alle wissen, dass die Front damals weit weg von hier verlief. Hier war bestenfalls ein Deutscher pro Dorf oder sogar pro Bezirk. Die Hilfspolizei gab es, aber das waren unsere eigenen Leute, Balten und Ukrainer, was haben die Deutschen damit zu tun? Das hab ich den Schülern erklärt. Sonst nichts. Ich erzähle Fakten, nicht die durchgekauten Märchen unserer Schriftsteller. Die Deutschen haben Dörfer niedergebrannt. Das ist eine Tatsache, die ich nicht verharmlosen will. Aber ich bin für historische Gerechtigkeit. Andere Dörfer haben sie in Brand gesteckt, aber nicht dieses. Dieses wurde von Ukrainern angezündet! Dass man an der Stelle ein Denkmal gebaut hat und es jetzt unbequem ist, die Wahrheit auszugraben, ist nicht meine Schuld.«

»Sie, mein Lieber, sollen erzählen, was im Lehrbuch steht. Sie sind Lehrer! Sie müssen vermitteln! Sie werden dafür bezahlt, dass Sie den Schülern helfen, sich den Stoff anzueignen. Nicht mehr und nicht weniger. Sie brauchen nichts Eigenes hinzuzufügen. Ich wiederhole, Waleri Semjonowitsch, Sie sollen erklären, was im Lehrbuch steht! Und im Lehrbuch steht – so wie in allen anderen Quellen auch –, dass es die Deutschen waren, die das Feuer gelegt haben. Das ist eines der wichtigsten Kapitel in der Geschichte unseres Landes. Verstehen Sie? Ein historisches Heiligtum. Das ist wie unser Wappen, wie die Flagge, unter der unsere Großväter gekämpft haben! Das ist fast unser Ein und Alles!«

»Aber es gibt sichere Beweise.«

»Das kann der Staat besser beurteilen. Sie sind ein einfacher Lehrer, und mit Fragen zu unserer Geschichte sind kompetentere Leute befasst. Wenn Sie schon so eine Leuchte sind, Waleri Semjonowitsch, warum arbeiten Sie dann nicht an der Akademie der Wissenschaften? Sie klingen fast so, als ob es uns unter den Deutschen besser ergangen sei als unter unserer Regierung.«

»Unter Ihrer! Meine ist es nicht.«

»Unterbrechen Sie mich nicht! Die Eltern beschweren sich, weil Sie den Kindern erzählen, dass die Deutschen Schulen gegründet haben, dass sie alle mit Schokolade gefüttert haben, verstehst du, während unsere Brüder, mit denen wir zusammen in den Schützengräben verwest sind, die ärgsten Barbaren gewesen sein sollen. Wenn man Ihnen so zuhört, dann ist das Massengrab nördlich unserer Stadt wohl auch auf sie und nicht auf die Deutschen zurückzuführen …«

»Welche Deutschen denn 1937 …«

»Lassen wir das! Sie haben Ihre Position klargemacht, Waleri Semjonowitsch, danke. Setzen Sie sich, aber achten Sie bitte auf Ihre Worte. Wir schätzen Sie als Pädagogen, und ich persönlich fände es schade, wenn wir uns wegen Ihrer seltsamen Weltanschauung von Ihnen trennen müssten. Ihre Meinung können Sie ja bei den Wahlen äußern. Da können Sie sich in der Wahlkabine selbstverwirklichen. Aber hier sind wir nicht im Zirkus. Und auch nicht im Parlament! Wir sind hier im Lyzeum. In einem sehr berühmten Lyzeum! Also, zurück zu Lukitsch. Gibt es noch jemanden, der für ihn Partei ergreifen will?«

»Ja … Ich, wenn ich darf …«

»Lidija Iwanowna! Sie? Herrgott noch mal, was habt ihr alle für ein Stockholm-Syndrom? Noch vorgestern haben Sie mir doch selber die Ohren vollgeheult. Wer hat mir erzählt, dass er nie vorbereitet ist? Dass er sich über Sie lustig macht?«

»Aber seine Interpretationen sind die besten von allen …«

»Verzeihen Sie, darf ich mal was sagen?«

»Ja, Ljudmila Antonowna …«

»Ich höre euch allen zu und bekomme das Gefühl, dass bei uns hier viele vergessen, dass wir vor allem ein Lyzeum für Musik sind. Wir bilden Musiker aus, darauf sind wir sozusagen spezialisiert. Was können wir über Lukitsch als Musiker sagen? Hat er Talent? Hat er eine Zukunft? Wird er mit dem Cello jemals sein Brot verdienen können? Wird ihn die Musik ernähren? Zweifellos nicht. Das mal zum Einstieg. Und jetzt lasst uns über sein professionelles Instrumentarium sprechen. Was kann er? Worauf kann er stolz sein? Hat er wenigstens ein absolutes Gehör? Lukitsch hat kein absolutes Gehör. Ich würde sogar sagen, er hat überhaupt kein Gehör. Er ist taub. Im Solfeggio hat er ewig Vieren. Seine Hände passen nicht zueinander, versteht ihr? Er kann einfach nicht mit einer Hand dirigieren und mit der anderen spielen, und noch dazu singen. Er tut sich schwer, und ihr erzählt mir was von wegen er soll bei uns bleiben. Soll er nicht! Schüler, die an einem simplen einstimmigen Diktat scheitern, sollen nicht bei uns bleiben! Ich weiß überhaupt nicht, was ich mit ihm anfangen soll. Und weiter. Wie sieht es bei ihm mit

Klavier aus? Habt ihr mal gehört, wie er spielt? War jemand von euch bei seiner Prüfung dabei? Wenn er ein Stück mit zwei Händen zustandebringt, ist das schon viel. Er erscheint ja monatelang gar nicht zum Unterricht! Und zu guter Letzt zu seinem Hauptfach. Wird aus Lukitsch ein Cellist? Ein guter, brauchbarer Cellist? Schafft er es ans Konservatorium, in den Orchestergraben? Mit absoluter Sicherheit nicht! Er kommt schon jetzt kaum mit dem Programm zurecht, hinkt weit hinterher. Was schlagt ihr denn vor? Ihn mitschleppen wie einen Sack und ihn irgendwann auf Kontrabass ummelden? Habt wenigstens Mitleid mit den Kontrabass-Lehrern! Was haben die euch getan? Warum sollen immer sie sich mit den Faulpelzen plagen? Warum schicken wir die Kinder, die nicht üben wollen und die Musik nicht lieben, entweder zur Tuba oder zum Kontrabass? Die Musik verträgt keine Faulenzer. Hier heißt es arbeiten, arbeiten und noch einmal arbeiten. Lukitsch weiß nicht, was das bedeutet. Wenn er gewisse Erfolge in Literatur oder Geschichte hat, dann freut mich das sehr für ihn, aber ich erinnere nochmals daran: Wir bilden Musiker aus, keine Großmäuler und Schreiberlinge.«

»Und haben Sie schon viele ausgebildet?«

»Viele was?«

»Viele Musiker?«

»Reden Sie keinen Unsinn, Waleri Semjonowitsch! Sie wissen ja selber ganz genau, dass die Hälfte des Konservatoriums sich aus unseren Schützlingen rekrutiert.«

»Und weiter? Was wird dann aus ihnen, aus Ihren Schützlingen? Bürowarenverkäufer! Die dritten Geigen an der Oper! Wo sind die Solisten, wo sind die Namen? Wer hat unser Lyzeum berühmt gemacht? Haben Sie in über dreißig Jahren auch nur einen einzigen richtigen Musiker hervorgebracht? Einen großen Musiker? Auf den wir stolz sein können? Nennen Sie mir wenigstens einen Namen eines Schülers, über den die Zeitungen berichten. Haben wir Stars? Jemanden, den alle kennen? Fällt Ihnen niemand ein? Ich helfe Ihnen auf die Sprünge. Er heißt wie der große Dichter: Ales Puschkin. Erinnern Sie sich, weshalb er berühmt wurde? Weil er vor der Residenz des Staatsoberhaupts einen Haufen Stallmist aufgeschüttet und das Porträt des Präsidenten mit Mistgabeln zerstochen hat. So war das! An den erinnern sich die Leute im Zusammenhang mit unserem Lyzeum. Nichts haben Sie erreicht mit Ihren Diktaten und Ihren Auflösungen der Dominante in die Tonika. Geben Sie doch zu, dass Sie keine Musiker ausbilden, sondern Türsteher und Hausmeister der Kunst.

In dreißig Jahren haben wir keinen einzigen Musiker auf Weltniveau hervorgebracht. Keinen einzigen! Lauter Kader für das Präsidentenorchester, das zum Empfang von Botschaftern aus Dritte-Welt-Ländern aufspielt. Was wird aus denen? Was? Was, frage ich Sie. Erzählen wir ihnen doch gemeinsam von Musik, Geschichte, Literatur, Malerei. Bringen wir ihnen die einfachsten Sachen bei: zu denken, zu zweifeln und Fragen zu stellen, und nicht die Stümper der Slawischen Freakshow zu begleiten.«

»Kollegen, das führt jetzt schon sehr weit. Ich rufe euch zu Ruhe und Ordnung. Das Jahr geht zu Ende, und wir sind alle müde. Bald ist Sommer, wir erholen uns, und dann auf ins neue Jahr und auf in einen neuen Kampf, wenn man so will. Waleri Semjonowitsch, was Sie erzählen, ist natürlich sehr interessant, passt aber leider nicht zum Thema. Wir alle wissen, dass die Musiker und Künstler, die unserem Lyzeum entspringen, gut sind ... solide ... gute Qualität. Die Jungs spielen Trompete, die Mädchen können schöne Landschaften zeichnen. Alle schaffen es ohne Schmieralien! Der Staat kann sich nicht beklagen. Einmal wollte man uns schließen und hier stattdessen eine Polizeiakademie aufmachen, aber dann hat der Staat verstanden, wie wichtig wir sind. Also hören wir auf damit, die Erfolge unseres Musikzweigs in Zweifel zu ziehen.

Schließlich bekommen wir viele Auszeichnungen. Machen wir lieber weiter. Wir haben noch zwölf Kinder vor uns. Was Lukitsch betrifft, ist wohl die Entscheidung gefallen, er wird ausgemustert …«

Als die Versammlung auf der Toilette vollzählig war, schlug Krukowski vor, die Verlesung der Urteile gar nicht erst abzuwarten, sondern gleich zum Konzert zu fahren. Nur Zisk und Kobrin waren dagegen. Kobrin hatte Angst vor seinem Rausschmiss, Franzisk vor großen Menschenansammlungen.

»Hauen wir ab zum Konzert!«

»Was sollen wir dort?«

»Ein Bierfest! Gratis saufen, da fragst du noch, was wir dort sollen?«

»Wir und zwanzigtausend besoffene Idioten, die aus allen Ecken und Enden der Stadt herbeiströmen, weil sie Freibier riechen … Das ist nicht gerade meine Lieblingsgesellschaft.«

»Das darfst du nicht so eng sehen, Lukitsch. Stell dir einfach vor, rundherum ist niemand.«

»Nicht so eng sehen ist schwierig, wenn sie einem den Pager klauen …«

»Und was ist mit deiner Nastja, kommt die nicht?«

»Doch, die kommt, glaub ich … Das ist es ja …«

»Das heißt, wenn wir dich fragen, scheißt du drauf, aber wegen so einer blöden Kuh gehst du.«

»Sie ist im Übrigen meine Freundin …«

»Das ändert nichts daran, dass sie eine blöde Kuh ist.«

In der U-Bahn verdrehte Stassik wie immer die Namen der Stationen: Park der lustigen Skinheads, Epidemie der Wiesenschafe, Fuck-you-Kolas-Platz, Platz der Ziegen und schließlich Okto-Bär. Da stiegen sie aus, um zu Fuß in die Altstadt hinunterzugehen.

Franzisk hatte wirklich Angst vor großen Festen. Vor Festivals, Stadtjubiläen, Siegesparaden. An solchen Tagen blieben alteingesessene Bewohner der Hauptstadt lieber zu Hause. Derartige Volksaufläufe endeten in der Regel in Faustkämpfen. Anlässe für eine Schlägerei fanden sich schnell – es reichte, wenn man nicht so gekleidet war wie der, der als Erster zuschlug. Bereits neue Sneakers oder ein teurer Rucksack konnten Gewalt provozieren. Seit dem Referendum von 1995 war die Zahl solcher Straßenschlachten steil gestiegen. Das Land teilte sich auf in Verräter und solche, die für die Wiederauferstehung des großen Imperiums waren. Letztere hatten gesiegt – von nun an gehörte die große

Stadt im Osten Europas ihnen, den orthodoxen Atheisten. Den Kindern und Enkelkindern von aktiven Proletariern und Parteisekretären der ersten Stunde.

Die Massenfeierlichkeiten wurden jedes Mal zu einem richtigen Hexensabbat, auf dem sich die Untertanen des neuen Präsidenten an ihrer tagtäglich wachsenden Macht ergötzten. Gerade auf den großen Plätzen des Stadtzentrums genossen sie das umfängliche, heilige Recht, die Verlierer spüren zu lassen, wer jetzt das Sagen hatte.

Nastja mochte keine der Bands, die bei dem Konzert auftraten, fand jedoch, dass man es trotzdem nicht verpassen durfte: »Bei uns ist ja sonst nie was los. In unserem Kuhdorf ist sogar dieses Event ein Ereignis!«

Sie hatten vereinbart, dass Zisk am Ausgang der U-Bahn-Station auf sie warten solle. Nach kurzer Überlegung einigten sie sich auf den, der dem Eispalast am nächsten war. Der Himmel war blau und in jeder Hinsicht klar.

»Gut, dann warte du nur auf deine Dumpfbacke! Wir gehen inzwischen zur Bühne. Da verteilen sie angeblich sogar Gratiszigaretten.«

»Okay, macht mal, wir sehen uns dort.«

»Ganz vorn bei der Bühne!«

Während Franzisk auf Nastja wartete, betrachtete er die Passanten und lachte insgeheim über seine geschmacklos gekleideten Altersgenossen. Als ihm der erste Regentropfen ins Gesicht klatschte, stand Zisk nur ein paar Schritte von der Unterführung entfernt, beeilte sich aber nicht, sich unterzustellen. Das Wasser fühlte sich wie ein Fremdkörper an. Bei so einer Hitze war kaum mit Regen zu rechnen. Hier war kein Platz für Niederschlag – nur für Heißluft. »War wohl ein Vogel, zur Hölle mit ihm«, dachte Zisk.

Einen Augenblick später wiederholte sich der Vorgang. Wieder ein Tropfen. Und noch einer. Plopp-plopp. Und noch und noch. Moderato, allegro und auch schon presto, einer nach dem anderen, groß wie Sauerkirschen. Franzisk hob den Kopf und sah, dass der Himmel schwarz geworden war wie Asphalt. Es schüttete. Hagelte. Die Erde zitterte. Die Temperatur sank. Eisbrocken fielen vom Himmel. Wie Glas. Als hätte jemand den Himmel zerbrochen, als hätte jemand eine Eisdusche aufgedreht. Eine Hymne ans Wasser schmetterte los. Ein Kammerton erklang. Ein bedrohlicher. Zisk sah sich um: »Ach du Scheiße!« Von allen

Seiten spülte es die tausendköpfige Masse in die Unterführung wie in einen Abfluss. Franzisk erstarrte. Er zuckte zusammen, duckte sich. Sein kaltes T-Shirt klebte ihm am Leib, die Sneakers waren nass. Er hätte dringend etwas tun sollen, glaubte kaum, was er sah: Mehrere tausend Menschen rannten direkt auf ihn zu – vom Süden, vom Norden, von rechts und von links. Wie alle Zugvögel der Welt zusammen. Alle auf diesen einen Punkt zu, an dem sich der einzige erreichbare Schutz vor dem Regen befand. Zisks Hände begannen zu zittern. Als er sich fasste und über die Straße wollte, war es zu spät – ein Polizeikordon hatte den Weg abgesperrt und ließ niemanden über die Fahrbahn. Ein Mann in himmelgrauer Uniform wies ihn zurück. Franzisk war gefangen und wusste, jetzt konnte er nur mehr zurück zur Unterführung laufen. Jemand stieß ihn an der Schulter. Dann noch einer und noch mal. Franzisk spürte plötzlich, wie seine Füße gegen seinen Willen den Bodenkontakt verloren. Die Menschenmenge trug ihn zur Marmortreppe. Zisk konnte es nicht fassen. Seine Zehenspitzen berührten kaum den Asphalt, in rasendem Tempo schwemmte es ihn dem Eingang zur U-Bahn-Station entgegen. Mit jeder Sekunde wurden die Stöße brutaler. Franzisk wurde nicht mehr geschubst und geschoben, sondern getragen und geprügelt. Brutal und gewaltvoll. Zisk hätte um sein Leben bangen können, doch noch wusste er nicht, welche Folgen ein extremes Gedränge haben konnte. Noch fürchtete er, jemand könnte seine neuen Sneakers schmutzig machen oder ihm das Portemonnaie klauen. Er versuchte, seine hintere Hosentasche zu checken, aber keine Chance – seine Hände ließen sich nicht bewegen. Was Franzisk befürchtet hatte, geschah schon im nächsten Augenblick. Jemand trat ihm auf die Ferse. Und gleich noch einmal. Franzisk wollte sich umdrehen, konnte aber nicht. Jemand schlug ihm mehrmals in die Nieren. Innerhalb einer Sekunde erreichte Franzisk ein Höchstmaß an Angst, ja Entsetzen. Die komplett durchnässte Menschenmasse drängte sich weiterhin um die einzige Unterführung. Die Menschen strebten immer noch dahin, wo die ersten hundert bereits auf die geschlossenen Türen der U-Bahn stießen: Wegen der Großveranstaltung hatte man die Station aus Sicherheitsgründen geschlossen. Eine riesige Presse setzte sich in Gang. Ein Tier schlug nach tausendjährigem Schlaf seine blutunterlaufenen Augen auf. Der Fleischwolf begann sich zu drehen. Die Bestie brüllte, die Menschenmenge zog sich in sich zusammen. Ein entsetzlicher Schrei erklang – sie hatten die Stille zerdrückt. Knochen brachen. Eine Frau und ihre Tochter wurden zertrampelt, in der Unterführung floss Blut. Alle, die zu diesem Zeitpunkt dort gefangen waren, erwartete dasselbe Schicksal. Der Tod. Die oben wollten nicht nass werden, also mussten die hier unten an den blutigen, geschlossenen Türen zusammenrücken. Alle übereinander. Wie in einem lustigen Kinderspiel, das sie an diesem Abend bis zum bitteren Ende spielen wollten. Die Schädel der halbtoten Menschen wurden einer nach dem anderen von der riesigen Teufelspresse zerquetscht. Wissenschaftler sagen, Knochengewebe sei rund fünfmal so widerstandsfähig gegen Druck wie Stahlbeton, doch direkt vor Zisks Augen brach das Schienbein eines Mannes. Franzisk blieb die Luft weg. Er spürte einen stechenden Schmerz am rechten Handgelenk, konnte seine Hand aber nicht befreien. Jemandes Körper drückte sie an die Mauer, Dreck schob sich unter seine Nägel. Ein animalischer Überlebenskampf begann. Jene, die ihre Extremitäten noch bewegen konnten, brachten Fäuste, Schlagringe und Messer ins Spiel. Alle anderen versuchten zu atmen, indem sie naiv, dumm, wie die Fische, ihre Münder aufrissen. Die panisch pulsierende Masse schwappte wie eine Welle mal in die eine, mal in die andere Richtung. Jeder versuchte vergeblich, sich wenigstens einen Zentimeter persönlichen Freiraums zu erkämpfen. Jemandes Kopf drückte sich gegen Franzisks Adamsapfel und ließ sich nicht wieder wegschieben. Der Schlüssel wurde ihm vom Hals gerissen, lange Frauenhaare krochen ihm in die Augen, die Nase, den Mund. Er rang nach Luft, sein Hals kratzte. Währenddessen drängten sie noch immer von hinten. Sein Kreuz zerriss es vor Schmerz. Jemand schlug wie ein Hund die Zähne in seine Wade. Der riesige Organismus hatte auf Selbstzerstörungsmodus geschaltet, der Schwanz des Ungetüms fraß seinen Kopf. Die Menschen schlugen und traten um sich, kämpften miteinander. Zisks Füße hatten die Stufen schon lange nicht mehr berührt, sie lagen mehr als einen Meter weit entfernt. Alles schwamm, alles vermischte sich …

Auf der Suche nach Halt blickte Franzisk nach unten. Der Marmorboden war mit Körpern bedeckt. Zisk begriff nicht, wie sie unter ihn geraten waren. Sein Blick blieb an einem blutüberströmten Mädchen hängen, deren Kopf einem solchen Druck ausgesetzt war, dass ihr rechtes Auge hervorquoll. Franzisk befürchtete, dass ihm dieses Auge gleich entgegenspringen würde, doch es blieb, wo es war, und prägte sich die letzten Augenblicke seiner Trägerin ein, scannte die brüllende Menge. Das alles dauerte nicht länger als ein paar Sekunden, doch

Franzisk schien es wie eine Ewigkeit. Das Auge wollte ihm etwas sagen, etwas erklären. Franzisk konnte sich nicht von ihm losreißen, doch plötzlich drang ein Bleistiftabsatz geradewegs in die Pupille. Entsetzt schloss Franzisk die Augen. Als er sie wieder öffnete, war das Mädchen weg, Franzisk befand sich irgendwo anders. Wie ein Baby im Mutterleib drehte es ihn wieder und wieder. Er wusste nicht mehr, wo der Boden war und wo die Decke; eine unsichtbare Nabelschnur, Rettung oder Untergang, zog ihn weiter. Franzisk hörte, wie jeden Augenblick, mal rechts, mal links, ein Lebensweg abriss. Jedes Mal mit demselben dumpfen Laut, als ob jemand einen Folienballon zerstechen würde. Die ganze Zeit über hatte Zisk geschwiegen, doch plötzlich wurde ihm bewusst, dass irgendwo hier, vielleicht nur ein paar Meter von ihm entfernt, seine Geliebte um ihr Leben kämpfte, und er schrie: »Nastja! Nastja! Wo bist du? Nastja!« Auf seinen Schrei reagierte sofort jemand und schlug ihm auf die Schläfe. Nicht nur Zisk schrie. Alle schrien. Sie schrien so laut, dass niemand die eigene Stimme hörte. Sie schrien noch lauter, weil jeder Zweite taub geworden war. Sie schrien aus Leibeskräften, während sie sich prügelten:

Arschgesicht!

Hände weg!

Herrgott noch mal!
Unmensch!
Was macht ihr denn, ihr Bestien?
Verdammt!
Hilfe!
Liebe Leute …

Franzisk stemmte sich mit beiden Händen gegen die Decke der Unterführung, Gips sammelte sich unter seinen gebrochenen Nägeln, und eine ungekannte Kraft sog ihn weiter in die Tiefe des menschlichen Sumpfs. Eine fremde, seltsame, unbegreifliche, finstere, graue Macht zog ihn dahin, wo es kaum mehr Luft gab. Der Sauerstoff war aufgebraucht, die Lüftung versagte. Einer nach dem anderen, eine nach der anderen verloren die jungen Männer und Frauen das Bewusstsein, wurden von Geschöpfen, die um das eigene Leben kämpften, zu skurrilen Mordwerkzeugen.

Innerhalb weniger Minuten war die Unterführung verstopft wie ein Abfluss. Ein Mittel gegen die menschliche Verunreinigung musste im Zuge des Tuns erst noch erfunden werden. Oben, vor den Stufen, versuchten jene, die kapiert hatten, was unten geschah, sich bei der unbändigen, tausendköpfigen Menge Gehör zu verschaffen: »Zurück,

zurück! Zurück, verdammte Scheiße – die da unten sind am Arsch!«

Doch die Menge brandete weiter heran. Nasse Menschen strömten lachend zum Unterstand. Wie Wellen an Klippen schwappten Menschen an die Unterführung, es wurden immer mehr. Sie hatten die Absperrung durchbrochen und versuchten noch immer, sich zum Eingang durchzuschlagen, dahin, wo hinter den verriegelten Glastüren ein Polizist stand. Er sah zu, wie die Körper an die Decke gedrückt wurden – und konnte sich vor Entsetzen nicht vom Fleck bewegen. Der Mann in der himmelgrauen Uniform sah dem Tod zu und wiederholte, an die heulende Kassiererin gewandt, wie gebannt immer dieselbe Phrase: »Leck mich am Arsch …«

Der Polizist sah Franzisk. Einen ganz normalen Teenager, der gegen das Glas gedrückt wurde. Der Polizist dachte, jede Minute würde der Schädel dieses Jungen zerbersten. Unter der stickigen, aus dutzenden Menschenkörpern genähten Decke hatte er das Bewusstsein verloren, war vielleicht schon tot. Der Polizist konnte es nicht feststellen. Er wiederholte nur: »Leck mich am Arsch …«

Als er zu sich kam, meldete er, das Funkgerät mit beiden Händen festhaltend: »Wahrscheinlich brauchen wir Verstärkung …«

Er horchte auf die Antwort des Kommandanten, aber das Krachen brechender Wirbelsäulen und das unvorstellbare Geschrei übertönten alles.

Als es endlich gelungen war, die Menge aufzuhalten, türmten sich auf dem engen Raum der Unterführung etwa fünfhundert Körper. Blutige, leblose Körper. Menschlicher Trester. Während die Ersten die Rettung riefen, gruben die Zweiten die Leiber um und versuchten jenen zu helfen, die noch Lebenszeichen von sich gaben. Dritte gaben nur vor zu helfen und pflückten geschickt Uhren und Kettchen von den Reglosen. Auf einem sinkenden Schiff feiern als Erste die Ratten ein Fest. Während die Dritten weiterhin taten, was sie nicht lassen konnten, erzählten die Vierten erschüttert den Fünften, dass dort, weiter vorn, die Scheiße am Dampfen sei, dass da nämlich alle hingerannt seien, aber die Bullen, diese Wichser, hätten den Eingang zur U-Bahn versperrt und niemanden durchgelassen. Und da vorne, von der anderen Straßenseite her, bei der Kathedrale, seien auch Leute in die Unterführung gerannt, und man frage sich, wie viele tausende Menschen da in dem engen Gang wohl aufeinandergetroffen seien; und die Weiber mit ihren beschissenen Stöckelschuhen seien auf dem glitschigen Marmor ausgerutscht und hingefallen, und das sei's dann gewesen, Schluss mit lustig …

Nastja hatte sich verspätet, sogar sehr. Sie hatte sich nicht für das passende Top entscheiden können. Das erste war zu durchsichtig, das zweite, wovon auch immer, fusselig. Als sie sich endlich der Unterführung näherte, war schon alles rundherum abgesperrt. Überall heulten Sirenen von Krankenwagen. Irgendwelche Leute rannten hin und her. Frauen weinten. Männer heulten. Nastja begriff, dass das Konzert vorbei war. Wahrscheinlich haben die bescheuerten Oppositionellen wieder angefangen, dachte sie. Immer passt ihnen alles nicht. So viel Polizei war sonst nur beim Marsch der Freiheit unterwegs. Sie ging auf einen der Polizisten zu und versuchte ihm zu erklären, dass sie zur Unterführung müsse, dass dort ihr Freund auf sie warte und dass …

Von den harten Worten des Polizisten wurde Nastja ganz anders, die Röte stieg ihr ins Gesicht. Sie war es nicht gewohnt, dass man mit ihr, dem schönsten Mädchen der ganzen Schule, so sprach. »Grobian«, dachte Nastja und ging weg. Vor Kränkung hätte sie fast geweint. So bestürzt war sie, dass sie gar nicht bemerkte, wie in wenigen Metern Entfernung Zisk an ihr vorübergetragen wurde.

An jenem Abend waren die Mobilfunknetze einer nie dagewesenen Belastung ausgesetzt. Die Hauptstadt vibrierte, glühte. Fragen gab es so viele, dass nur eine gestellt wurde:

»War er dort?«

»Nein, zu Hause.«

»Meiner auch.«

»Kennst du wen?«

»Nein, Gott sei Dank.«

Die Stadt wusste: Etwas war passiert, aber was genau, wusste sie nicht. Die einen behaupteten, während eines Konzerts sei im Saal die Decke heruntergekracht oder sogar ein Balkon mit Menschen, andere sagten, in der U-Bahn seien zwei Züge zusammengestoßen. Man munkelte von einer Massenschlägerei oder einer Explosion. Unbestritten war nur, dass die Tragödie in der Nähe der Altstadt passiert war, an einem verfluchten Ort.

»Sind die Mädels schon da?«

»Nein …«

»Ruf das Krankenhaus an!«

»Welches? Wozu? Die sind halt ausgegangen … zu einem Konzert wollten sie …«

»Jetzt stell dich nicht so an, ruf das Krankenhaus an!«

»Welches?«

»Egal welches, irgendeins!«

Franzisks Mutter erfuhr erst am nächsten Morgen, was geschehen war. Sie war mit einer Freundin ans Meer gefahren wie in jungen Jahren. Sie hatten eine Mitschülerin besucht, die vor vielen Jahren ins Baltikum geheiratet hatte. Den ganzen Abend hatten sie im Gasthaus gesessen. Am Morgen, noch bevor die Großmutter die Telefonnummer ausfindig machen und sie anrufen konnte, rief der Mann der Mitschülerin alle zum Computer, zeigte auf den Bildschirm und sagte: »Lest mal!« Ohne jeden Verdacht grinste Zisks Mutter ihre Freundin an, ließ die Überschrift weg und las vor:

»Eine furchtbare Tragödie, einfach unfassbar ... geschah ... In der schrecklichen Massenpanik, die in der Unterführung am Eingang zur U-Bahn-Station auftrat ... kamen über fünfzig Menschen ums Leben ... Rund dreihundert Menschen wurden verletzt ...«

Zisks Mutter sah ihre Freundin an, deutete mit dem Blick auf das Telefon und las schnell und undeutlich weiter:

»Grund für die Katastrophe war ein Wolkenbruch … der ungelegen … um etwa zwanzig Uhr … Zu der Zeit fand im Umfeld des Sportpalasts eine Festivität ihr Ende, organisiert von … Teilnahme an der Verlosung von Zigaretten … Bier trinken …« Sie schluckte immer wieder Wörter, um schneller zum Wesentlichen zu kommen: »… mehrere Tausend versammelt … vorwiegend sehr jung. Beim ersten Donnergrollen und den ersten Regentropfen eilten jene, die sich in der Nähe der U-Bahn-Station befanden … um in der Unterführung Schutz zu suchen … Auf der Treppe der Unterführung kam es zu einer Kollision. Die betrunkene Menge stieß die nach oben flüchtenden Festgäste zurück in den Untergrund. Jemand fiel auf den Marmorboden – das erste Blut floss. Darauf rutschte jemand aus, zog andere mit sich. Auf die am Boden Liegenden wurde draufgetreten. Der Regen wurde stärker, und der Andrang von Menschen, die trocken bleiben wollten, wuchs … Und dann flüchteten sich noch von der anderen Seite, von der Kathedrale her, Passanten vor dem Regen in die Unterführung … Die Kollision war schrecklich. Durch fröhliches Gejohle und Pfiffe drangen Schmerzensschreie. Die Menschen fielen hin und gerieten unter die Füße der heranrennenden Menge. Innerhalb weniger Minuten hatte sich der hundert Meter lange schmale Gang mit über zweitausend Menschen gefüllt. Ein fester, lebendiger, beweglicher Pfropfen bildete sich. Augenzeugen berichten, dass die Erde unter ihnen dumpf dröhnte und sogar bebte.

Die Intensivstationen der umliegenden Krankenhäuser Nummer 1, 2 und 3 waren praktisch sofort voll. Allein ins zweite Krankenhaus wurden über 60 Verletzte eingewiesen ... Die häufigsten Diagnosen: Gehirnerschütterung, Schädelbasisbruch, Quetschung des Brustkorbs, Frakturen der Extremitäten. Die überwiegende Mehrheit der Opfer dieser Tragödie sind Teenager im Alter von 13 bis 17 Jahren. Nach derzeitigem Stand sind 54 Menschen ums Leben gekommen, über hundert wurden verletzt, einige davon befinden sich in einem kritischen Zustand. Punkt. Verfasser ... Oleg Be... Ruft meine Mutter an!!!«, gellte es am Baltischen Meer.

Neun Stunden später stand Franzisks Mutter in der Aufnahme des Krankenhauses Nummer 1. Die Großmutter wartete schon auf sie, und die beiden Frauen begannen zu weinen. Sie schluchzten laut, weil sie wussten, dass Zisk am Leben war. Mütter, die vom Tod ihrer Kinder erfahren, weinen anders. Leise und um Entschuldigung bittend. Die Großmutter redete pausenlos. Franzisks Mutter hörte ihr gar nicht zu, sondern fragte nur immer wieder, wie alles passiert sei, und die Großmutter wiederholte ähnlich aufgewühlt, dass Franzisk rausgeworfen worden sei, ausgemustert, aber dass sie ihn jetzt ganz bestimmt wieder aufnehmen würden. Auch als der Arzt zu ihnen heraustrat, hörten sie nicht auf, vor sich hin zu reden.

»Sind Sie die Angehörigen von Lukitsch?«

»Ja …«

»Ja, das sind wir! Ich bin die Großmutter!«

»Wo ist der Vater?«

»Nicht da.«

»Rufen Sie ihn an, er soll kommen.«

»Nein, es gibt gar keinen Vater. Wie geht es ihm, Herr Doktor?«

»Sein Zustand ist stabil, aber ernst, er liegt im Koma …«

»Wie, im Koma? Was für ein Koma? Wieso? Das heißt … warum ist er im Koma?«

»Die Stampede, ja, allem Anschein nach ist Ihr Sohn mitten hineingeraten. Da gab es überhaupt keinen Sauerstoff. Ja. Aufgrund des Sauerstoffmangels, ja, den er erlitten hat, wurde der Gehirnstoffwechsel unterbrochen …«

»Und was jetzt?«

»Wir werden ihn beobachten, ja …«

»Kann man ihn besuchen? Kommt alles wieder in Ordnung mit ihm?«

»Ich lasse Sie wissen.«

»Moment mal! Was heißt, Sie lassen uns wissen?«

»Das heißt, dass …«

In der nächsten halben Stunde versuchte der Arzt, den Frauen zu erklären, dass noch überhaupt nicht ersichtlich sei, wie lang das alles dauern würde. Die nächsten Tage würden es zeigen. Es habe keinen Sinn, Vermutungen anzustellen. Ja …

Er beantwortete ihre Fragen und meinte, ein Einzelzimmer sei vorerst nicht notwendig – der Patient fühle sich nicht unwohl.

»Ja, ihm ist es jetzt egal, wo er liegt – in einem Zimmer oder auf dem Korridor. Ja, es gibt Patienten, die ein Zimmer jetzt viel dringender brauchen als er. Aber natürlich wird auch er in ein Zimmer gelegt, ja, wahrscheinlich sogar in ein Einzelzimmer, weil er ein interessanter Fall ist, ja, und der Staat wird das natürlich im Auge behalten. Das Interesse des Staates an solchen Dingen ist äußerst wichtig. Ich würde sagen, es ist das Um und Auf. Aber jetzt ist es noch zu früh, darüber zu reden. In den nächsten Minuten und Stunden kann sich schon wieder alles ändern. Da gibt es vorerst nichts zu überlegen. Später dann – ja! Ja, in weiterer Folge muss man sich das überlegen. Das Zimmer kann verlängert werden, aber natürlich gegen eine Zusatzgebühr. Es gibt nicht genügend Betten. Ja. Alles belegt. Aber darüber, ja, ich wiederhole mich, ist es noch zu früh zu reden.«

Der Arzt beantwortete eine Menge technischer Fragen, erläuterte, welche Untersuchungen gemacht und welche Medikamente gekauft werden müssten, wiederholte aber andauernd, dass es noch zu früh sei, darüber zu reden. Zu früh! Er sagte, Franzisk bekomme natürlich eine Entschädigung vom Staat, aber man solle lieber nicht damit rechnen, dass diese alle Ausgaben decken würde. Aber auch darüber sei es natürlich zu früh zu reden. Der Arzt sprach über die Krankenschwestern und darüber, dass die notwendigsten Behandlungen auf jeden Fall alle in vollem Umfang durchgeführt werden würden, nur von einer möglichen Genesung sprach der Mann lieber nicht.

Drei Wochen vergingen. Der Patient lag nach wie vor im Koma. Alle Geräte liefen einwandfrei, und Franzisk ließ die Augen zu. All das schürte Hoffnung, doch der Arzt erklärte trocken und präzise, dass es jetzt absolut keine Hoffnung auf Genesung mehr gebe.

»Also, auf Basis aller von uns durchgeführten Untersuchungen und Maßnahmen kann ich mit großer Wahrscheinlichkeit behaupten, dass das jetzt für immer so bleibt, ja. Ihr Enkel ist, wie man im Volksmund sagt, Gemüse. Sie verzeihen, ja, diesen Vergleich. Ich will Ihnen nicht zu nahe treten, ich möchte nur, dass Sie alles verstehen, ja. Ich bin Realist, ich mag es, wenn alles maximal verständlich ist. Ich bin für Prozessoptimierung. Hier sieht es so aus. Es ist alles klar, ja. Es wird sich nichts ändern. Die lebenswichtigen Organe sind tatsächlich unversehrt, ja. Er kann in diesem Zustand durchaus mehrere Jahre verbringen, aber sein Gehirn wird deswegen nicht wieder den Betrieb aufnehmen, ja. Er hört Sie nicht, ja. Er versteht nichts. Alle Ihre Versuche, mit ihm zu sprechen, sind nur für Sie eine Hilfe, ja. Wenn Sie das brauchen, natürlich. Sich was vorzumachen wäre dumm, ja. Hören Sie lieber auf mich. Sie sollten sich lieber rasch daran gewöhnen, dass man den Jungen nicht zurückholen kann. Je schneller Sie das schaffen, desto schneller kehren Sie ins normale Leben zurück. Da müssen Sie durch. So etwas gibt es. Viele verlieren ihre Angehörigen, ja. Aber eigentlich bin ich nicht Ihr Berater. Ich kann Ihnen nur eins sagen. Noch ist das bei uns natürlich nicht ganz klar, aber es gibt doch einige Fortschritte, es läuft also alles darauf hinaus, dass er mit seinen Organen anderen Leuten helfen könnte. Verstehen Sie, was ich meine?

Viele Menschen warten jahrelang auf ein Herz, eine Niere, und deren Leben kann jederzeit vorbei sein, verstehen Sie? Verstehen Sie, wovon ich rede? Ihr Sprössling kommt nicht zurück, aber dafür könnte man anderen Menschen noch helfen. Sie kriegen dafür natürlich nichts, das sage ich Ihnen gleich. Das ist eine absolut freiwillige Angelegenheit, aber Sie brauchen auch uns nicht zu verdächtigen. Die Organe werden von uns nicht weiterverkauft und nicht für den Eigenbedarf verwendet, ja. Es glauben einfach viele, dass wir diese Organe behalten und dann damit Geld machen, aber das stimmt nicht, das stimmt überhaupt nicht, ja. Ich möchte jetzt nur, dass Sie verstehen, dass ihm keine Zukunft mehr blüht. Nachdem das nun mal so passiert ist, lassen Sie uns doch anderen helfen.«

»Moment mal. Moment mal, Moment mal! Was reden Sie da? Hören Sie auf damit, Herr Doktor! Lassen Sie mich was sagen. Wenn ich richtig gehört habe, dann hat er immerhin eine Chance von eins zu einer Million?«

»Nein.«

»Zu zehn Millionen?«

»Nein.«

»Zu einer Milliarde Millionen?«

»Es würde nichts ändern, wenn ich ja sage. Ich kann ja sagen – aber nur, weil Ihre Frage außerhalb der Grenzen der Medizin liegt. Es gibt immer eine Chance, von der wir nichts wissen. Irgendetwas bleibt immer unerforscht, unbegreiflich, aber das ist nur ein Prozent, hören Sie? Nur eins, ja, ein Prozent. Und das liegt außerhalb der Medizin, verstehen Sie?«

»Es gibt also doch noch eine Chance?«

»Sagen Sie mal, Gnädigste, hören Sie mir überhaupt zu? Sehen Sie sich um. Wir sind hier nicht im Wunderland. Sehen Sie hier irgendwo einen Zauberer? Oder eine Fee? Rede ich die ganze Zeit mit der Wand? Das ist kein Kinofilm, verstehen Sie? Verzeihen Sie, wenn ich unhöflich bin, aber Sie sind schon ein wenig mühsam, das ist, verdammt noch mal, das Leben. Ihr Enkel ist tot! Tot, verstehen Sie? Finden Sie sich damit ab. Er ist tot. Wenn Ihnen dieses Wort nicht in den Kopf hineingeht, dann vielleicht ›krepiert‹. Es ist aus mit ihm. Er ist gestorben. Das Gehirn Ihres Enkels wird nie wieder funktionieren, nie, hören Sie mich?«

»Wissen Sie was, Herr Doktor? Lecken Sie mich am Arsch!«

Mit Hilfe alter Bekannter gelang es Franzisks Großmutter, ein Einzelzimmer und einen neuen Untersuchungszyklus durchzusetzen. Über mehrere Wochen wurde der Enkel der bekannten Übersetzerin von führenden Spezialisten des Landes untersucht. Alle waren sich einig, dass die Situation nicht maßgeblich verändert werden könne. Wunder gebe es natürlich immer wieder mal … Die Geschichte kenne gar nicht so wenige Fälle von Wunderheilungen … Wir erinnern uns alle, wie dann und dann der und der dort und dort aus dem Koma erwacht ist, aber das hier ist etwas anderes! Ja, sagten die Ärzte, wir verstehen sehr gut, wie schwer das für Sie ist, wir würden Ihnen sehr gerne etwas Hoffnung geben, wenn wir wenigstens eine Chance von eins zu einer Milliarde hätten, haben wir aber nicht. Nein, Elvira Alexandrowna. Ihr Enkel ist praktisch tot.

Sogar Tante Nora, die führende Neurochirurgin des Landes, bestand darauf, dass Franzisk nicht wiederkomme:

»Hör mal, Elja, es gab wirklich Fälle, wo Menschen aus dem Koma erwacht sind, aber die hatten einen anderen Krankheitsverlauf. Weißt du überhaupt, was das ist, ein Koma? Ein Koma, ein komatöser Zustand, ist ein akuter, schwer pathologischer Zustand, verstehst du? Du musst verstehen, dass ein Koma die fortschreitende Einschränkung der Funktionen des zentralen Nervensystems bedeutet, also den Verlust des Bewusstseins, die fehlende Reaktion auf äußere Reize, zunehmende Störungen des Atmungssystems, des Blutkreislaufs und anderer lebenserhaltender Funktionen. Im engeren Sinne bedeutet der Begriff ›Koma‹ die höchste Stufe der Lähmung des zentralen Nervensystems, nach der bereits der Hirntod folgt, verstehst du? Im Fall von Zisk ist genau dieses ›folgt‹ bereits eingetreten. Das war's, Elja, Punkt. Das Gehirn ist gestorben! Verstehst du? Du hörst mir überhaupt nicht zu – leider! Wir kennen uns schon so lange, und wir haben dir immer die Wahrheit gesagt. Ich, und Jossif Abramowitsch auch. Für Zisk gibt es keine Rettung mehr. Ich weiß, dass es schlimm ist für dich, das zu hören, aber glaub mir, so viele Menschen können nicht irren. Es ist weder mein Fehler noch der der anderen Ärzte, es ist einfach nur ein großer Mist ... Da musst du durch, meine Liebe, das musst du aushalten. Überlege gut. Ob es sich lohnt, sich auf das alles einzulassen, das zu verlängern. Ich kann mich einbringen, und wir können ...«

»Spinnst du?«, unterbrach die Großmutter plötzlich, als wäre sie aufgewacht. »Ich habe alles gelesen!«

»Gleich alles?«

»Ich habe alle medizinischen Enzyklopädien durchgeackert! Zumindest alle, die ich zu Hause hatte. Alles, was ich fand zu diesem Thema. Manchmal nur irgendwo eine Zeile, ein Absatz ... Und ich sage dir: Es gibt eine Chance! Ihr Ärzte habt schon so oft zu den Angehörigen gesagt, dass das Gehirn des Patienten nicht mehr funktioniert, dabei hat es sehr wohl funktioniert. Es war in Betrieb, verstehst du? Alle waren absolut sicher. Und ich will dir ja nicht zu nahe treten, aber das waren westliche Ärzte, Koryphäen, Leute, die viel modernere Geräte haben. Sie alle haben einstimmig behauptet, dass der Patient nicht zu retten sei, dass er Gemüse sei, Obst oder wie immer ihr die Patienten in solchen Fällen gern nennt, sie wollten ihn einschläfern, den Menschen ausschalten, aber der ist einfach aufgewacht. Verstehst du? Justament! Allen Ärzten, Umständen, der Logik selbst zum Trotz! Und außerdem hab ich gelesen, wenn der Mensch vor dem Koma intellektuell gut entwickelt war, dann hat er bessere Chancen auf Heilung. Und mein Junge war hervorragend entwickelt. Er war faul, aber sehr gut, hörst du, sehr gut entwickelt. Er hat viel gelesen, wir haben zusammen eine Riesenmenge Filme gesehen. Er hat unzählige Opern gehört. Alle Lehrer haben das bestätigt. Sogar die, die für seinen Ausschluss waren, gaben trotzdem zu, dass er sehr gut entwickelt ist.«

»Das ist nur eine Hypothese, Elja. Und außerdem, wie willst du das vergleichen? Das ist doch alles so individuell … Die Fälle sind doch so unterschiedlich. Das waren andere Bedingungen, andere Leute. Ja, einer hatte mal Glück, und es ist ein Wunder passiert, aber das wird hier nicht passieren, vergiss es!«

»Aber schlimmer wird es auch nicht, wenn wir ihn einfach in diesem Zustand lassen? Es schadet ja nicht, wenn ich mit ihm rede?«

»Nein, natürlich nicht. Aber besser wird es auch nicht. Elja, meine Liebe, ich verstehe, wie schwer das für dich ist, aber versuche mir zuzuhören. Elja! Sieh mich an! Lass los. Versuch, dich zu distanzieren. Sei mal einen Moment ganz Ohr. Hörst du mir zu? Ich weiß, dass du eine Million Filme über Wunderheilungen gesehen hast, aber hör mir zu, ich bete dir das zum hundertsten Mal vor: Das wird hier nicht passieren. Franzisk ist nicht mehr zu retten. Er hat keine Zukunft. Ein anderes Leben kommt nicht mehr. Nur noch dieses Zimmer. Dann das nächste, ein schlechteres, nach Hause werden sie ihn kaum entlassen, und selbst wenn – mit der Zeit werden die Ärzte ihn hassen. Du weißt ja, in welchem Land du lebst. Hier sind schon die nichts wert, die gesund und am Leben sind, von Menschen im Koma ganz zu schweigen. Er interessiert niemanden außer dich, verstehst du? Niemanden! Wenn es auch nur eine winzige Chance gäbe, ihn zu retten, dann würden die Ärzte sich bestimmt auf ihn stürzen. Glaubst du, die brauchen keine Dissertationsthemen? Die Leute reißen sich um solche Patienten, wenn es eine Chance gibt, aber das, ich sage es dir noch einmal, ist hier nicht der Fall. Hier gibt es nicht die geringste Chance. Mit ihm wird immer alles so bleiben wie jetzt. Nichts wird sich jemals ändern. Er wird nur Zeit kosten. Dich und sie. Ich wette, er würde selber nicht für so viele Leute ein Klotz am Bein sein wollen. Löst dieses Problem bald, und dann fangt wieder zu leben an.«

»Gut, ich überlege es mir.«

Die Entscheidung fiel in der nächsten Nacht. Die Großmutter versuchte, sich ihr Leben ohne Zisk vorzustellen, und es ging nicht. Es gibt Dinge, die sind unvorstellbar. Geburt, Glück, Tod …

»Sein Zimmer wird leer sein. Der Kühlschrank leer, so wie jetzt auch. Keine Schmutzwäsche im Wäschekorb. Nein, das ist unmöglich. Ich kann nicht, ich kann so nicht. Er könnte ohne mich sein, weil er alles noch vor sich hat, in seinem Leben gibt es noch keinen Sinn, in meinem Leben aber gibt es keinen anderen Sinn als ihn. Ich kann nicht, ich kann nicht ohne ihn, nein …«

Gegen Aufzahlung bekam Elvira Alexandrowna ein eigenes Bett. Neben ihrem Enkel. Für eine »Dankesbezeigung« hatte das Krankenhaus ein Auge zugedrückt. Die ersten paar Wochen fürchtete die Großmutter, dass ihr Schnarchen den Enkel stören könnte, aber dann gewöhnte sie sich, vergaß es. Zu viel musste erledigt werden. Elvira Alexandrowna war immer am Machen, am Einrichten, am Organisieren. Untersuchungen, Behandlungen, Termine. Schon nach wenigen Tagen hatte sie fast das ganze Krankenhaus gegen sich aufgebracht. Die Ärzte waren müde von der vielen Arbeit, und niemand wollte zusätzliche, sinnlose Belastungen. Außerdem mischte sich die Frau, so wie alle Angehörigen, ständig in die Arbeit der Götter in Weiß ein. Von Beruf Übersetzerin, kam es der Großmutter ständig so vor, als würden den Ärzten massenhaft Fehler, Versehen, Schlampigkeiten passieren. Elvira Alexandrowna ärgerten Faulheit und Gleichgültigkeit, Dummheit und Kurzsichtigkeit. Außerdem war sie der Meinung, die Ärzte verstünden nicht, dass Zisks Behandlung ganzheitlich sein musste: »Wenn sie wollen, dass Franzisk bald gesund wird, wenn sie wollen, dass er bald wieder auf den Beinen steht, dann müssen sie nicht nur alle Behandlungen rechtzeitig vornehmen, sondern auch mehr mit ihm reden!«

Die Großmutter setzte ihre Idee in die Tat um und redete pausenlos mit Zisk, erklärte ihm etwas, fragte ihn etwas. Innerhalb weniger Tage hatte Elvira Alexandrowna die Telefonnummer rausgekriegt und lud Nastja ins Krankenhaus ein. Allein, ohne Eltern, um niemanden in Verlegenheit zu bringen.

Vor der Tragödie waren Franzisk und Nastja knappe drei Wochen miteinander gegangen, achtzehn lange Tage – eine halbe Ewigkeit für Teenager wie sie. Auf dem Weg ins Krankenhaus dachte Nastja darüber nach, dass ihre Gefühle wohl abgeflaut waren und nur Elvira Alexandrownas Anruf sie an ihren Exfreund erinnert hatte. Gleichzeitig wusste Nastja, dass sie den Jackpot geknackt hatte: Alle wollten an der Tragödie beteiligt sein. Man bemühte sich, unter den Verunglückten Kollegen ausfindig zu machen, unter den Verletzten – Freunde. Viele Bewohner der Stadt hielten es für ihre Pflicht, ihren Verwandten oder Bekannten mitzuteilen, dass sie dem Tod nur um einen Häuserblock entronnen waren. Im Unterschied zu den üblichen Aufschneidern hatte Nastja wirklich etwas mit der Tragödie zu tun. Wenn jemand sich für seine Teilhabe an der Massenpanik brüsten konnte, dann sicher nicht all diese Schaumschläger! Nicht die, sondern sie hatte das Glück. Nastja. Ihr Freund war mitten in das Gedränge geraten, ja, und sie selbst hätte ohne viel Phantasie, ohne Ausschmückungen und Übertreibungen umkommen können. Wenn man sie geschickt ausspielte, konnte man mit solchen Karten sehr weit kommen.

Im Zimmer war niemand. Nastja setzte sich, der Stuhl war noch warm, er wackelte. Nastja dachte, sie sollte lieber stillhalten, sah Franzisk an und grüßte ihn. Dann sah sie sich noch einmal um. Das Zimmer kam ihr kalt und lieblos vor. »Mit demselben Erfolg hätten sie ihn in einen Klassenraum im Lyzeum legen können. In Filmen aus dem Ausland sieht das anders aus.« Nastja war enttäuscht von dem Zimmer. Sie hatte etwas Schönes erwartet, etwas Faszinierendes, sie hatte gedacht, das Zimmer würde mit Apparaturen vollgestellt sein und ihr Freund wäre an viele Kabel und Schläuche angeschlossen, doch all das war nicht der Fall. Nastja dachte, dass es nicht die geringste Ähnlichkeit mit einem Film hatte. Aber eigentlich hätte die Rolle der schicksalhaften Schönheit nicht wirklich zu ihr gepasst. Das musste auch sie zugeben. »Ich hätte mich schöner anziehen sollen«, dachte sie. »Das harmoniert alles nicht.« Ihr Oberteil schlug wie immer Falten am Bauch, und auf die Schultern rieselten Schuppen. Die Menge der Schuppen bestürzte das Mädchen. »Vom Stoffwechsel? Ein Pilz? Was, wenn beides?« Schließlich fasste sich Nastja ein Herz und begann zu sprechen:

»Also, viel Neues gibt's bei mir nicht. Witschka ist auf Urlaub ans Meer geflogen. Ich wollte mit, aber meine Eltern haben gesagt, es ist zu teuer und dass ich dort nicht üben werde. Mit dem Instrument gab's auch Probleme. Anscheinend muss man, wenn man ins Ausland fährt, seine Fiedel abfotografieren und braucht einen eigenen Pass dafür. Sag ich, vielleicht soll ich gleich auch Papiere für meinen Kosmetikbeutel machen? Jedenfalls, alles Kacke. Apropos Kacke: Ich muss ein neues Konzert einstudieren. So ein Scheißdreck! Alles maximal kompliziert! Lauter Flageoletts und Doppelgriffe, und alles in Vierundsechzigsteln. Die Hölle! Keine Ahnung, was diese Komponisten in der Birne hatten! Damals gab es ja noch kein Fernsehen – da wurden sie wohl alle wahnsinnig und waren nur mehr darauf aus, es möglichst kompliziert zu machen. Ich sag zu Bulka, nehmen wir doch ein anderes Konzert, das ist doch beschissen, und sie sagt, das ist noch gar nichts, das geht weiter mit noch beschissenerer Scheiße. So ist das. Na ja, und sonst? Im Fernsehen läuft heute nichts Interessantes. Am Morgen habe ich zwei Stunden durch die Kanäle gezappt – lauter Bullshit. Absolut nichts Vernünftiges. Musiksender hab ich keinen, und meine Eltern, die Geizkragen, wollen auch keinen. Zu teuer, sagen sie. Denen ist alles zu teuer. Egal was ich mir wünsche, alles zu teuer! Jedenfalls, was soll ich machen. Hab gedacht, vielleicht les ich was von der Klassenlektüre, aber das sind lauter fette Wälzer. Hab die Inhaltsangaben gelesen, lauter Blödsinn das alles. Kann echt nichts. Komisch, wie du da liegst, übrigens. Witschka sagt, die Biolehrerin meint, du bist eigentlich schon eine Leiche. Aber wenn ich dich so ansehe, du atmest ja. Aber hörst du mich auch, oder nicht? Kannst du winken oder sonst ein Zeichen geben, wenn du mich hörst? Oder so? Na gut … muss ja auch nicht sein. Weißt du was, ich hab gedacht, wir sollten mal reden, weil wenn du hier so liegst, dann ist es ja irgendwie blöd, wenn wir noch zusammen sind. Also, wenn ich ehrlich bin, sehe ich das gar nicht mehr so, dass wir zusammen sind. Ich persönlich finde, dass wir uns damals quasi getrennt haben. Überleg mal: Wir können ja nicht mal ausgehen, ins Kino oder in die Disko. Wegen dir ist die letzte übrigens ausgefallen. Wegen dir ist überhaupt ganz viel ausgefallen. Alle Prüfungen. Und wegen dir haben außerdem alle die Noten gekriegt, die sie im letzten Quartal hatten. Ich finde das superfalsch. Am Anfang wollten sie noch irgendwelche Trauerveranstaltungen machen. Weil sie ja nicht wussten, wie das weitergeht mit dir. Also, alle waren ein bisschen unter Schock, dann haben sie ein bisschen gewartet und dann wieder anders entschieden. Jedenfalls haben sie lang herumgeeiert, und dann – Hokuspokus! – haben sie allen die Noten gegeben, die sie schon im Quartal hatten. Und weißt du, ein ganzer Haufen ist jetzt böse auf dich deswegen. Alexejewa und Burak wollten Einsen haben, und wegen dir haben sie jetzt Zweier. Ja. Na, mir war es ehrlich gesagt egal, meine Noten waren in dem Quartal alle okay. Genau. Und dazu, dass wir uns getrennt haben, also, weißt du, mich hat Kobrin ein paarmal angerufen … Wir haben lang telefoniert. Er sagt, ich hab so schöne Haare. Der ist überhaupt voll klasse. Er hat mir immer schon irgendwie gefallen, weißt du … Ich hab dir das nie gesagt, weil ich gedacht habe, dass du dann sauer bist, ihr seid ja so … so was wie Freunde, dieselbe Clique und so weiter … Jedenfalls werd ich jetzt wahrscheinlich mit ihm gehen. Du hast doch nichts dagegen? Jedenfalls hab ich mir gedacht, dass das ziemlich doof wäre, wenn du dagegen bist. Ich hab ans *Applaus* geschrieben und ihnen die Situation geschildert, hab gefragt, was ich tun soll, da warte ich noch auf Antwort, aber ich glaube, ich werde sowieso mit Kobrin gehen. Wenn du wieder gesund wirst, können ja wir wieder zusammen sein – dann lass ich eben Kobrin stehen und aus, aber jetzt wär das ja doof. Ich hab dir noch gar nicht erzählt – er hat mir ein Fotoalbum geschenkt. Voll schön. Für hundert Fotos. Ja … Und was hab ich sonst noch Schönes zu berichten? Eigentlich nichts. Ist eh alles okay halbwegs. Ich bin froh, dass ich nicht in das Gedränge geraten bin. Glück gehabt, dass ich damals zu spät gekommen bin, nicht? Na wirklich, stimmt doch? Überleg doch mal … Es hat so geschüttet … Du warst ja immer genervt, dass ich ständig zu spät komme, dabei, siehst du, was das bringt? Ist sogar gut, dass ich damals zu spät war. Ich werde jetzt immer extra zu spät kommen. Wenigstens zehn, zwanzig Minuten. Ich würde jetzt genauso daliegen wie du, mit dir in einem Zimmer, obwohl, Jungs und Mädchen legen sie ja wahrscheinlich nicht zusammen? Na gut … Ich geh dann mal. Ich hab dir was zu essen gebracht. Da ist Saft dabei, Orangen, das kommt vom Lyzeum, das muss anscheinend so sein, eine Art Verpflegung, per Gesetz verordnet, wenn man im Krankenhaus ist, dann kriegt man vom Lyzeum ein Fresspaket geliefert, weil man ja in der Mensa derweil nicht mitisst. Aber ich geh jetzt, okay? Na, tschüss! Schau, dass du gesund wirst!«

Nach Nastja kam die Großmutter. Wie immer. Sie hängte ihre alte Jacke über die Stuhllehne und machte sich ans Aufräumen – Boden, Bett, Nachtkästchen. Während sie die Stühle abwischte, fielen der alten Dame die Worte ihrer Freundin wieder ein. »Einschläfern … so ein seltsames Wort … einschläfern … Kann man das in Bezug auf einen Menschen sagen? Eingeschläfert werden doch Hunde …« Um die schwarzen Gedanken zu zerstreuen, begann die Großmutter zu ihrer eigenen Verwunderung, Franzisk von seinem berühmten Namenspatron Franzisk Skaryna zu erzählen.

»Weißt du, mein Lieber, man streitet bis heute darüber, was er war. Orthodox? Katholisch? Protestant? Es gibt so viele Versionen, erst kürzlich habe ich wieder etwas dazu gelesen. Einige Forscher sagen, er sei Katholik gewesen, was auch für mich die naheliegendste Version ist. Warum ich das glaube? Na ja … erstens hat er in der Zeit von 1517 bis 1519 mehrere Bücher gedruckt, die nicht zum orthodoxen Bibelkanon gehören – die *Predigten des weisen Königs Salomo* und das *Hohelied*. Das ist meiner Ansicht nach ein ziemlich starkes Argument. Außerdem wurden seine Bücher, die ›in einem der Kirche der ewigen Stadt unterstellten Gebiet‹ gedruckt worden waren, als ketzerisch erklärt und verbrannt und er selber als Katholik vertrieben. Also sollte es keine Zweifel geben, aber es gibt sie, mein Lieber, es ist ein richtiger Krimi. Genauso viele Fakten und Argumente sprechen dafür, dass dein Namenspatron orthodox war. Erstens scheint es in seiner Heimatstadt keine katholische Mission gegeben zu haben, also ist er als Kind wohl kaum katholisch getauft worden. Ist doch ein gutes Argument, nicht? Zweitens hat er in seinen Publikationen den Psalter nach orthodoxer Tradition in zwanzig Kathismata unterteilt, was es im westlichen Christentum nicht gibt. Also haben wir ein weiteres Argument für die Orthodoxie. Und weiter! In den Heiligenkalendern in seinem *Kleinen Reisebuch* orientiert er sich am orthodoxen Kalender und führt zudem noch die Gedenktage orthodoxer Heiliger an, der Ostslawen Feodossi und Antoni Petscherski. Auch sind manche Namen von Heiligen im Volksmund wiedergegeben – Larion, Olena, Nadescha. Und stell dir vor, das ist noch nicht alles. In seinen Texten finden sich deutliche Formulierungen: ›Stärke, Herr, den heiligen orthodoxen Glauben der orthodoxen Christen in alle Ewigkeit.‹ Insofern scheint das Rätsel gelöst, der große Meister des frühen Buchdrucks war orthodox. Aber auch wieder nicht, es gibt nämlich noch eine dritte Version. Einige Forscher nehmen an, dass Franzisk mit der proreformatorischen Bewegung der Hussiten zu tun hatte. Jedenfalls ließen sich die Reformatoren des sechzehnten Jahrhunderts von ihm beraten. In manchen Schriften wird er auch als Protestant erwähnt, aber darüber weiß ich ehrlich gesagt wenig …«

Die Großmutter wrang den Putzlappen aus, seufzte schwer und setzte sich Franzisk gegenüber hin. Sie sah ihren Enkel an und spürte wie so oft, dass sie außer ihm niemanden hatte im Leben. Ihre Eltern waren vor ein paar Jahren gestorben. Die Mutter hatte kranke Gefäße gehabt, der Vater Arteriosklerose. Ihr einziger Bruder war ein Jahr vor dem Tod der Mutter verschieden, mit ihrer Tochter hatte sie fast keinen Kontakt, und ihr Mann war zu einer anderen Frau ins Nachbarhaus gezogen.

Viele Jahre schon lebte Franzisks Großmutter ganz allein. Man hätte über sie traurige, leise Lieder in Moll schreiben können und sie im Herbst singen. Anfangs hatte sie schüchtern versucht, doch noch etwas aus ihrem Leben zu machen, aber dann war sie ruhig geworden und hatte sich daran gewöhnt. Sie las sich laut Gedichte vor, wie sie in jenen Jahren alle einsamen Frauen lasen:

Komm, Liebster, ich warte hier,
meine Einsamkeit verbiete mir.
Komm, bitte, endlich zu mir,
Nimm mich mit, ich will zu dir …
Ich beschwöre die dummen Zeiger,
denke mir gar nichts dabei,
dir einfach so zu verzeihn,
sollst mein Gebieter sein.
Nichts Besonderes ist mein Traum,
ich möchte – ohne Erbarmen –
gefesselt sein an einen Baum
aus behutsamen, kräftigen Armen!

Der Großmutter hatten sich diese Verse wohl eingeprägt, weil Franzisk sie für eine Schulveranstaltung zum Tag der Frau auswendig lernen musste.

Nach der Geburt von Zisk beschloss seine Großmutter, ihre restlichen Lebensjahre der Erziehung des Enkels zu widmen, und so geschah es. Sie verbrachte ihre ganze Freizeit mit ihm und versuchte, ihm den Vater zu ersetzen. Sie verwöhnte ihn, schimpfte mit ihm und erzog ihn. Bestrafte und verzieh. Sie träumte davon, dass er eines Tages als berühmter Cellist die ganze Welt bereisen und sie natürlich zu seinem wichtigsten Konzert einladen würde. Dass er sie nicht vergessen und keinen Mist bauen würde. »Er wird Autogramme geben und Schallplatten signieren, er wird berühmt sein!« Nichts war daraus geworden. Seinen Beruf als Musiker konnte man vergessen, überhaupt konnte man alles vergessen. Nur die Hoffnung auf das Leben war geblieben, auf wenigstens irgendein annähernd normales, gewöhnliches, alltägliches, vegetatives Leben …

Die Wetterforscher maßen die Menge Wasser, die ein Kubikmeter Luft enthielt, und die Großmutter kam weiterhin jeden Tag. So wie sie zur Arbeit und nach Hause ging. Immer weniger glaubte sie an die Fürsorge des Staates im Allgemeinen und jene der Krankenschwestern im Besonderen. Ihrer Meinung nach konnten und mussten Zisk nur nahestehende Menschen helfen. Jeder neue Tag begann mit einer interessanten Geschichte, einer Legende, einer Erzählung. Die Großmutter vermutete, dass die Jungs einander gern Witze erzählten, und sie bemühte sich, diese Tradition so gut es eben ging weiterzuführen:

»Hör mal, Nora hat mir heute einen Witz erzählt. Der Sekretär kommt zum Präsidenten. Er betritt auf Zehenspitzen das Kabinett und sagt: ›Sie können endlich ins Ausland fahren!‹ – ›Ach was! Wirklich? Wohin?‹, fragt der Präsident erstaunt. ›Nach Den Haag!‹, sagt der Sekretär. Lustig, oder?«

Franzisk zeigte keine Reaktion, und mit kummervollem Lächeln ging die Großmutter zu ihrem Tagewerk über. Sie räumte auf, bügelte, stritt sich mit den Schwestern, putzte Boden, Fenster, Fenstersims. Elvira Alexandrowna hatte gar nicht bemerkt, dass sie in den letzten Wochen praktisch ins Krankenzimmer gezogen war. Sie hatte Bücher, Fotos und eine Zahnbürste mitgebracht, eine Decke, ein Handtuch, ihren Fön. Sie machte es sich gemütlich, genauso wie sie sich einst vor vielen Jahren in der Wohnung ihres Vaters eingerichtet hatte. Die Großmutter war immer am Schrubben und Scheuern, auf der Suche nach dem besten Platz für jedes Ding stellte sie wieder und wieder die Möbel um. Es schien, als könne sie prinzipiell nicht stillhalten. Immer wollte sie handeln, verbessern, verändern. Austauschen, verschieben, abmessen. Viele Ärzte hielten mittlerweile Franzisks Großmutter für seine Mutter – Elvira Alexandrownas Tochter ließ sich immer seltener blicken.

Nach dem Aufräumen setzte sich die Großmutter neben Franzisk und schaltete den Kassettenrekorder ein, den sie von zu Hause mitgebracht hatte:

»Hör zu, mein Lieber, hör zu! Die Prüfungen sind längst vorbei, und wahrscheinlich verpasst du sie auch dieses Jahr. Aber je mehr du jetzt hörst, desto leichter hast du es später. Das zieht nicht einfach so an dir vorüber. Du wirst dich an etwas erinnern, da habe ich persönlich überhaupt keine Zweifel. Und weil du viele Prüfungen vor dir hast, ist es besser, du fängst jetzt schon mit den Vorbereitungen an.«

Die Großmutter glaubte weiterhin daran, dass die Krankheit bald vorbei wäre: »Gleich kommt er zu sich. Gleich. Ganz bald. Daran ist überhaupt nicht zu zweifeln. Ich werd's noch erleben. Wenn ich morgen oder übermorgen komme, geht es ihm schon besser, und er wird zu sprechen beginnen. Schlecht, unverständlich, zum Heulen – aber so ist das nun mal, das ist normal, ich weiß es. Zusammen schaffen wir alles! Wir haben alle Zeit der Welt. Hauptsache, alles wird gut. Und das wird es!«

Sechs Monate kamen der Großmutter wie eine vernünftige, optimale Dauer vor: »Eine Erkältung ist ja auch nicht nach einem Tag vorbei.« Elvira Alexandrowna glaubte, dass sich alles auswachsen würde. Die Monate würden vergehen, der Juli, der August, dann käme der September, und ihr Zisk würde wie immer ins Lyzeum gehen: »Er wird mich an der Nase herumführen, wird seine Pausenbrote wegwerfen, wird schlechte Noten haben, den Unterricht schwänzen und sogar die Prüfungen. Er wird Seiten aus seinem Heft herausreißen und alles rauchen, was brennt, wird Bier trinken und seine Logopädietermine verschwitzen. Er wird raufen mit und ohne Grund, er wird aus der Nase bluten, und ich werde ihn anlächeln, weil eine gebrochene Nase – überhaupt nicht schlimm ist. Mein Junge wird bei Freunden übernachten, und ich schwöre, schwöre bei Gott, ich werde mir keine Sorgen machen und nicht alle Eltern durchtelefonieren. Er wird sich rumtreiben, und zwar genauso viel, wie er Lust hat, und ich werde ihm alles, immer alles erlauben. Er wird Fußball spielen und was ihm sonst noch einfällt – Karten, Computerspiele. Und ich werde keine Angst um seine Sehkraft haben und ihm einfach eine Brille kaufen, wenn er eine braucht.« Aber er brauchte keine Brille. Sie brauchte nicht zu überlegen, ob sie Optiker kannte. Franzisk hob kein Lid, und mit Tränen in den Augen träumte seine Großmutter von Dingen, die ihr vor ein paar Wochen noch wie die reinste Bestrafung vorgekommen waren.

Selten einmal kamen entfernte Verwandte zu Besuch, manchmal schauten die Freunde vorbei. Von Zeit zu Zeit kam die alte, ewig in ihren Bart hineinmurmelnde Krankenschwester herein. Eine hässliche, zänkische, ungebildete Frau, in deren Genen sich der Respekt vor dem unsichtbaren Herrn und seiner starken Hand bewahrt hatte. Sie konnte nichts anfangen mit guten Worten und hielt Höflichkeit für Schwäche, wurde sie aber angeschnauzt, machte sie sich gern an die Arbeit. Bezüglich des immerfort in derselben Position daliegenden Jünglings dachte die alte Krankenschwester, in der Hauptstadt seien wohl jetzt alle übergeschnappt. »Helfen muss man Leuten, denen wer in den Bauch geschossen hat oder die Hand abgehackt, aber nicht solchen Muttersöhnchen, verstehst du? Liegt da, zum Sterben zu viel, zum Leben zu wenig. Wozu braucht der ein Einzelzimmer, wenn er eh nur daliegt wie ein Haufen Scheiße? Erledigt gehört so einer.«

Laut der Krankenschwester konnte Franzisks Mutter, auch wenn sie nicht mehr ganz frisch war, durchaus noch einen halbwegs anständigen Mann finden: »Dritte Wahl ist noch kein Ausschuss. Die findet schon irgendeinen Kerl, der sie schwängert, und alles wird gut. Verliebt, verlobt, verheiratet, und alles ist vergessen. Und Unglück … Unglück hat doch jeder einmal – Hauptsache, kein Krieg.«

Mit der Zeit gewöhnte sich die Großmutter an die taktlose Alte. Sobald diese über die Schwelle des Zimmers trat, gab ihr Elvira Alexandrowna sofort, ohne zu zögern und ziemlich unwirsch, irgendeine Anweisung. Jeder Befehl brachte die Krankenschwester in Schwung, diese Art der Kommunikation imponierte ihr sogar. So wusste sie, dass man sie wahrnahm, und sie machte sich murmelnd ans Werk. Aber eines Tages kam sie ins Zimmer und dachte gar nicht daran, sich an die Arbeit zu machen. Eine Information, vielleicht die wichtigste ihres Lebens, erlaubte es ihr, die eigene Unantastbarkeit und Unersetzlichkeit zu spüren:

»Na dann. Heißen Sie sie willkommen! Sie sind da! Die Deutschen! Ihre Kapitalisten sind da!«

Drei Personen betraten das Krankenzimmer – ein Mann, eine Frau und ein junges Mädchen. Letztere sprach als Erstes: »Guten Tag …«

»Guten Tag. Sie sprechen …? Sind Sie ihre Tochter?«

»Nein, nein! Ich bin die Dolmetscherin. Sie sprechen kein Wort.«

»Ich bin seine Großmutter.«

Die Deutschen nickten. Die Großmutter und die Krankenschwester, die gar nicht auf die Idee kam hinauszugehen, nickten zurück. Der Mann trat auf die Großmutter zu und streckte die Hand aus. Dann umarmte er sie, ohne ihre Reaktion abzuwarten. Alle bis auf die Schwester, die sich auf die Lippen biss, begannen zu weinen. Wie es aussah, verdrückte sogar die Dolmetscherin eine Träne. Sie war telefonisch gebrieft worden, und vor dem Termin hatte die Studentin des ersten Semesters am Institut für Fremdsprachen vorsorglich ein medizinisches Fachwörterbuch durchgeblättert.

Als alle Tränen getrocknet waren, schnappte die Krankenschwester die Bettpfanne und ging hinaus auf den Flur.

»Sie fragen, wie es ihm geht.«

»Sein Zustand ist stabil.«

Der Deutsche trat ans Bett und nahm Franzisks Hand. Seine Gattin verharrte bei der Tür. Die Großmutter stand auf der anderen Seite des Bettes. Der Gast fragte etwas. Dann noch etwas und noch etwas. Das Mädchen begann zu dolmetschen:

»Er sagt, dass sie sich zunächst gar keine Sorgen gemacht haben. Franzisk hat selten geschrieben. Sie dachten, es sei alles in Ordnung und er sei einfach abgetaucht, wie schon öfter. Dann haben sie von der Massenpanik gehört. Bei ihnen wurde nicht groß darüber berichtet, sie haben es eher zufällig von jemandem erfahren. Sie waren überzeugt, dass man sie kontaktiert hätte, wäre etwas passiert. Aber dann haben sie doch entschieden anzurufen, und nun sind sie hier ... Und dieses T-Shirt ... An dieses Shirt kann er sich erinnern, das haben sie zusammen am Meer gekauft. Er fragt, wie es passiert sei?«

»Wir wissen nichts Genaues«, antwortete die Großmutter. »Man hat uns keine Details erzählt. Mir scheint, sie versuchen jetzt eher umgekehrt alle Spuren zu verwischen und Fehler zu vertuschen. Wir wissen nur, dass es ein Konzert gab. Dass es plötzlich zu regnen anfing, die Leute in die Unterführung rannten und ein Gedränge begann. Mehr wissen wir nicht ... Wie? Warum? Darauf gibt uns niemand Antwort. Eine Massenpanik, und fertig. Im Grunde ist dem auch nichts hinzuzufügen ...«

»Er fragt, warum Sie ihn da hingehen ließen?«

»Wieso hätte ich ihn nicht gehen lassen sollen? Woher hätte ich überhaupt wissen sollen, dass er da hinfährt, wenn er doch im Lyzeum sein sollte? Übersetzen Sie ihnen, dass sie auf ihre eigenen Kinder aufpassen und ihre Nasen nicht in fremde Angelegenheiten stecken sollen!«

»Er sagt, Franzisk ist für ihn wie ein Sohn. Dass er auch sein Kind sei, deswegen fragt er Sie das.«

»Sagen Sie ihm, dass er sich täuscht. Wir schätzen seine Fürsorge sehr, aber Franzisk bleibt trotzdem mein Kind! Und sonst niemandes!«

Den letzten Satz dolmetschte das Mädchen nicht. Sie war erst zwanzig, hatte aber schon oft von solchen Geschichten gehört. Als das große Land zerfiel, half der Westen den Kindern des Ostens. Viele Altersgenossen von Franzisk bekamen in den Neunzigern neue Eltern in Deutschland. Über das junge, unabhängige Land wussten diese fast nichts. Sie wussten nur, dass nahe seiner Grenze ein großes Atomkraftwerk stand und eines Tages explodiert war und die Kinder deshalb Hilfe brauchten. Sie halfen nicht nur Waisen, sondern auch Kindern aus normalen Familien. Jene Menschen, die auch fünfzig Jahre nach dem Ende des Zweiten Weltkriegs noch als Erzfeinde galten, gründeten nun Stiftungen, leisteten humanitäre Hilfe und luden die Kinder ins Ferienlager ein. Franzisk hatte nie gesundheitliche Probleme gehabt, doch seine erste Auslandsreise trat er als verstrahltes Kind an. »Ferien in Gastfamilien« nannte sich das. Man schlug die Zeitung auf und las Inserate: »Gesundheitsferien in deutscher Familie. Drei Wochen. 360 Dollar.« In ihrem aufrichtigen Bemühen um Wohltätigkeit bezahlten die Deutschen den fremden Kindern sogar die Flüge und hegten keinen Verdacht, dass sie so ein ganzes Kapitel zur Geschichte der Privatwirtschaft der jungen Ostrepublik beitrugen. Findige Mitbürger verwalteten die Fonds und schickten die Kinder gegen eine, wie ihnen schien, symbolische Gebühr auf Kur. Zu den Deutschen oder sonst wohin – machte keinen Unterschied. Es war auch egal, ob wirklich erholungsbedürftige Kinder oder einfach Sprösslinge wohlsituierter Familien verschickt wurden. Hauptsache, man verdiente daran, sofort und möglichst viel. Die phantastische Rentabilität lockte massenweise Betrüger ins Gesundheitsbusiness. Fast täglich erschienen in den Zeitungen Angebote, Kinder günstig und »gut« in die Ferien zu schicken: »Kinderurlaub in Familien. Drei Wochen. Bus. 500 Dollar.«

So verbrachte Franzisk ab 1993 jeden Sommer bei den Deutschen. Mit der Zeit sprach der Junge, ohne es selbst zu merken, von der »deutschen Mama und dem deutschen Papa«. Die Großmutter wurde durch diese Formulierung sehr eifersüchtig, aber sie machte ihrem Enkel niemals einen Vorwurf, weder laut noch im Stillen. Glück hat seinen Preis. Für die Freude eines geliebten Menschen muss man bezahlen, und oft nicht nur mit Geld.

Die Großmutter wusste, dass nicht nur sie, sondern tausende andere Eltern mit diesem Problem konfrontiert waren. Ohne das Wissen ihrer Tochter rief Elvira Alexandrowna Familien an, die ihre Kinder ebenfalls zu den Deutschen schickten, und alle erzählten dasselbe: »Ja, bei uns ist es genauso. Er nennt sie Mama und Papa. Wartet, dass sie anrufen. Fragt, wann er das nächste Mal hinfährt und ob er das ganze Jahr über dortbleiben kann. Will nicht zur Schule, will lieber zu ihnen. Sagt, hier ist es grau, hier ist es widerlich. Was soll man machen? Sie haben ihm neue Schuhe geschenkt und eine Jacke, während wir alles Geld für die Fahrt ausgeben mussten. Wir schimpfen nicht mit ihm, wir verstehen das ja alles, aber was versteht er schon? Er ist ein Kind. Kinder richten sich nach den Fakten. Insofern, Elvira Alexandrowna, kann man da gar nichts machen. Die besten Geschenke und die schönsten Erlebnisse kommen von ihnen, nicht von uns …«

Über dreihundert Dollar sparten sie das Jahr durch an. Wenn sie die nötige Summe nicht zusammenbekamen, machte die Großmutter Schulden bei Bekannten, die ebenfalls davon träumten, ihre Kinder »dorthin« zu schicken. Franzisk wusste nicht, wie hart verdient dieses zusätzliche Geld war. Für hundert Seiten technische Übersetzung bekam die Großmutter bestenfalls zehn Dollar. Der verwöhnte Junge verstand das nicht und sagte oft, die Deutschen hätten ihn viel lieber. Die Deutschen kauften ihm lauter neue Kleider und Eis, die Deutschen fuhren mit ihm an die Nordsee und waren großzügig, aber wenn er seine Babuschka um ein bisschen Geld bat, fragte sie immer: »Wozu?«

»Sie fragen, wie sie Ihnen helfen können? Es sei besser, sie nehmen ihn mit. Die Nordsee … die frische Nordluft … Bei ihnen muss er nicht in so einem erbärmlichen Zimmer liegen.«

»Sagen Sie bitte, dass ich nicht glaube, dass es ihm dort bessergeht. Übersetzen Sie das so, ohne Schnörkel. Das Zimmer ist so, wie es ist, weil es in diesem Land kein besseres gibt. Für den Präsidenten vielleicht, keine Ahnung. Das ist ein ganz normales Zimmer, so schauen hier alle aus. Wir sparen nicht an dem Jungen, um für uns Kleidung oder Essen zu kaufen. Es gibt einfach nichts Besseres. Übersetzen Sie, die müssen das verstehen!«

»Sie sagen, hier rieselt der Stuck von der Decke.«

»Man hat uns schon eine Renovierung versprochen. Wenn die ausbleibt, machen wir es auf eigene Rechnung.«

»Er fragt: Und das glauben Sie? Es sei ganz offensichtlich, dass in diesem Land in nächster Zeit nur Sportanlagen gebaut werden, alle deutschen Zeitungen schreiben darüber. Sie wollen Ihnen und Ihrer Tochter helfen, zusammen mit Franzisk zu übersiedeln. Er besteht darauf, dass das absolut notwendig sei. Es gibt keinen Ausweg! Er sagt, hier wird es nur noch schlechter. Er ist überzeugt, dass Franzisk bei ihnen schneller gesund wird und dortbleiben kann. Und Sie auch.«

»Und was soll ich dort machen?«

»Er fragt, wie Sie das meinen?«

»Ich meine, was soll ich dort machen?«

»Sie suchen eine Arbeit und beginnen ein neues Leben.«

»Weiß er, wie alt ich bin? Hier bin ich eine Respektsperson, ich habe einflussreiche Bekannte, die besten Ärzte des Landes sehen nach unserem Jungen, machen Sie ihm das deutlich. Die besten!«

»Er sagt, dass bei ihnen sogar Migranten unter menschlicheren Bedingungen behandelt werden.«

»Na und, wir sind eben Migranten im eigenen Land. So ist das nun mal! Haben Sie das? Sagen Sie außerdem, dass ich sehr froh bin für sie. Aber ich wäre mir trotzdem nicht sicher, dass sie solche Spezialisten haben wie wir hier.«

»Sie wollen ihn in die beste Klinik des Landes geben.«

»Ich glaube, zu Hause geht es ihm besser.«

»Jürgen findet, Sie benehmen sich dumm. Irrational. Seiner Meinung nach spricht aus Ihnen die Eifersucht. Aber jetzt sei keine Zeit für Gefühle. Man muss den Kopf einschalten, vernünftig denken. Emotionen, sagt er, brauchen Sie dann, wenn Franzisk zu sich kommt. Sie wollen Ihnen Ihren Sohn nicht wegnehmen.«

»Enkel!«

»Enkel, verzeihen Sie! Sie wollen einfach nur helfen. Sonst nichts. Jürgen sagt, wenn Sie nicht dortbleiben wollen, können Sie zurückkommen, sobald es Franzisk bessergeht. Schlechter würde es davon bestimmt nicht. Sie haben nicht vor, Ihren Platz in seinem Leben einzunehmen. Er sagt, sobald es dem Jungen bessergeht, kann er natürlich nach Hause zurückkehren. Sie haben mit dem Chefarzt gesprochen, und seiner Einschätzung nach ist Franzisk durchaus transportfähig.«

»Ach, mit dem Chefarzt haben sie auch schon gesprochen?«

»Ja, gerade eben …«

»Sagen Sie ihm, bitte, dass wir alle Aktionen, die hinter unserem Rücken vorgenommen werden, sehr schätzen. Übersetzen Sie auch, dass ein Haufen Papierkram zu erledigen ist – sie können zum Beispiel im Lyzeum vorsprechen und zu klären versuchen, wie es da weitergeht. Sollen sie doch für eine Freistellung in einem Lyzeum sorgen, in dem sie einen strikt nicht wiederholen lassen, soll er außerdem …«

»Er sagt, es sei noch zu früh, darüber nachzudenken …«

»Unterbrechen Sie mich nicht, ich bin noch nicht fertig! Mir ist sowieso egal, was er denkt. Franzisk bleibt hier, Ende der Debatte! Nirgends wird man sich so um ihn kümmern, wie ich mich um ihn kümmere! Von mir aus können sie ihn jeden Tag besuchen. Wenn sie wollen, können sie bei mir wohnen. Sie können mit ihm deutsch sprechen, ich glaube, da hätte er sogar einen Nutzen davon, aber sagen Sie ihm auch, solange ich lebe, fährt Franzisk nirgendwohin.«

Jürgen wollte widersprechen, doch seine Frau nahm ihn an der Hand, und er verstummte. Über die Dolmetscherin schlug die bisher stumme Frau vor, dass sie alle auf den Flur hinausgehen sollten. Das machten sie auch und setzten sich vor das Krankenzimmer. Die Deutsche fragte, wie hoch jetzt die Renten seien, und das reichte aus, um das Thema zu wechseln. Der Ton wurde leiser. Alle beruhigten sich, kühlten ab. Jetzt war sogar ein Radioapparat irgendwo am Ende des Flurs zu hören, eine Melodie aus einem alten französischen Film. Sie sprachen über die Preise für Lebensmittel, Wohnungen und Fahrscheine. Die Deutschen erzählten, dass ihnen die Stadt sehr sauber und leer vorkomme. Jürgen war aufgefallen, dass die Leute hier gar nicht lächelten, und wie zum Beweis seiner Worte gingen Ärzte und Krankenschwestern vorbei.

»Jürgen sagt, die meisten Leute sehen aus, als hätten sie schlechte Laune, er fragt, ob das mit dieser Tragödie zu tun habe? Aber ich hab ihm selber schon geantwortet, nein.«

Sie sprachen über Geschichte, Religion, Traditionen und Essen. Als die Rede auf Zisks Vorlieben kam, bemerkte die Großmutter zum ersten Mal lächelnd, dass sie die deutsche Küche hasste.

»Jedes Mal, wenn er von ihnen zurückkam, wollte er, dass ich ihm Würstel mache wie Claudia. Ich habe es versucht, aber wie hätte ich das machen sollen? Die gibt es bei uns ja nicht mal zu kaufen. Und er hat immer gesagt, ich kann nicht kochen. Die Sardellen gehören anders, die Kartoffeln brate ich falsch, die muss man frittieren. Aber wie das geht, dieses Frittieren, keine Ahnung.«

Während die Frauen weiter über Preise sprachen, kehrte Jürgen in das Krankenzimmer zurück. Er setzte sich an Franzisks Bett und begann leise, über Fußball zu reden. Er sprach darüber, dass die Piraten irgendwann bestimmt wieder in die höchste Division aufsteigen und die beste Mannschaft des Landes und sogar von ganz Europa würden:

»Wir werden noch mitansehen, wie sie die Dinosaurier zerlegen! Ich versichere dir – das wird passieren, man muss nur daran glauben. In ein, zwei Saisons geht's dir wieder gut, und du kannst zusehen, wie wir gegen die allerbesten Mannschaften spielen.«

Franzisk atmete ruhig, und Jürgen erzählte weiter, dass er endlich die Bücher gefunden habe, von denen Zisk gesprochen habe. Dass er sie gern gelesen habe und sie jetzt allen seinen Freunden empfehle. Dann erzählte er von seinem kurzen Spaziergang durch die Stadt, dass er noch nicht viel gesehen habe, weil er vom Flughafen gleich hierhergefahren sei. Aber schon der Flughafen habe einen prägenden Eindruck hinterlassen.

»Es ist, als würde bei euch niemand fliegen. Überhaupt keine Leute, alles kühl und grau, und überall dieser Marmor. Als wäre man nicht mit dem Flugzeug gekommen, sondern mit einer Zeitmaschine. Und dann noch eure Grenz- und Zollbeamten! Die haben mich behandelt wie einen Verbrecher. Ich habe immer schon gesagt, die größten

Rassisten der Welt sind die Grenzwächter und die Zollbeamten. Die Stadt habe ich nur aus dem Taxifenster gesehen. Wahrscheinlich ist sie ungefähr so, wie ich sie mir vorgestellt habe. Nur – so viel Polizei! Absolut nicht nachvollziehbar, wozu so viele. Wen wollen sie schützen? Vor wem? Ist ja ohnehin niemand auf den Straßen. Aber im Grunde ist das nicht meine Sache. Weißt du, wir wollen deine Mama und deine Großmutter zum Essen ausführen. Gleich heute Abend. Sie hatten in letzter Zeit so wenig Schönes, dir zuliebe verzichten sie auf alles, also haben Claudia und ich beschlossen, sie könnten eine kleine Auszeit gebrauchen. Sollen sie sich doch mal etwas gönnen, nicht? Deine Großmutter ist hier ja gar nicht rauszubringen, außer sie muss zur Arbeit. Du wirst den Abend also allein verbringen, ich bin mir sicher, dass du auch mal gern allein bist, stimmt's? Ah, übrigens, guck mal, was ich habe. Eine Überraschung! Das ist ein T-Shirt. Mit einer Nummer, wie du es dir immer gewünscht hast. Schau, die Zehn. Darin wirst du bestimmt noch spielen.«

Zwei Wochen lang kamen Jürgen und Claudia jeden Tag. Jürgen setzte sich zu Franzisk, Claudia half der Großmutter. Um ihre Tränen zu verbergen, sah die Dolmetscherin die ganze Zeit zum

Fenster hinaus. Claudia lamentierte, sie habe nirgendwo gute Putzmittel gefunden, und bot an, welche zu schicken. Die Großmutter bedankte sich und bat über die Dolmetscherin:

»Bitten Sie sie, dass sie mir auch Waschpulver schicken, wenn es nicht zu viele Umstände macht, ich werde es auf jeden Fall bezahlen. Bei uns gibt es so etwas nicht.«

Claudia meinte, es liege nicht nur am Pulver, sondern auch am Bleichmittel und überhaupt an der Kultur des Wäschewaschens.

»Wir haben allgemein einen ganz anderen Bezug zur Kleidung. Ich war sehr überrascht, als Franzisk zum ersten Mal bei uns war. Er hat sofort angezogen, was wir ihm gekauft haben, gleich im Laden. Er hat sich so gefreut und gesagt: ›Ist doch super, die sind neu!‹ Das konnte ich überhaupt nicht verstehen, ein fremdes Kleidungsstück, im Laden! Bei uns wäscht man die Sachen vorher durch. Neue Kleider liegen bei mir manchmal erst monatelang im Schrank. Wie ist das bei Ihnen, ziehen Sie die Sachen auch gleich an?«

»Ich kaufe mir selten Kleidung«, antwortete die Großmutter gelassen.

Das Abschiedsessen sollte im Krankenzimmer stattfinden, bei Zisk. Sie brachten das Essen in der

U-Bahn mit, in Folie verpackt. Claudia hatte zusammen mit der Großmutter gekocht, in ihrer Küche mit Blick auf ein Dach. In der Küche, in der Zisk früher zu Mittag gegessen hatte. Claudia benutzte Utensilien, die einst Zisk benutzt hatte, und schnitt Fleisch auf einem Brett, das Zisk der Großmutter einmal zum 8. März geschenkt hatte. Wie alle Jungen in Belarus musste er vor dem Tag der Frau lernen, wie man vom Werklehrer vorgezeichnete Worte sorgfältig in ein Brett einbrannte. In fast jeder Familie gab es solche Bastelarbeiten, auch Kobrin, Stass und Wara hatten solche Bretter. Hof- und Schulfreunde vieler Generationen schenkten sie ihren Müttern. Jetzt lehnte dieses Brett auf dem Nachtkästchen neben Zisk. Sie hofften, ihm damit eine kleine Freude zu bereiten. Während des ganzen Abends sprachen die Mutter, Jürgen, die Großmutter und Claudia mit Franzisk. Keiner zweifelte daran, dass Zisk sie hörte, alle wollten daran glauben, dass es ihm genau an diesem Abend bessergehen würde. Dass er aufwachen und ins Leben zurückkehren würde. Sie würden eine Bewegung bemerken, einen tiefen Seufzer hören, ein Schluchzen. Ein bisschen weniger als die anderen glaubte vielleicht die Mutter daran, aber auch sie glaubte. Nur die Dolmetscherin hatte Zweifel. Sie ging in den Flur hinaus, setzte sich auf den Boden und wusste nicht, wohin mit sich. »Soll ich mich auf ihre Seite schlagen oder skeptisch bleiben? Was machen diese Leute nur? Wozu, warum? Wer hat ihnen diesen Glauben eingepflanzt, was geht überhaupt in ihren Köpfen vor? Ich bewundere ihr Verhalten und ihre Standhaftigkeit, aber andererseits ... Wenn man glaubt, was die Ärzte sagen ... wenn es wirklich so ist, wie die Ärzte sagen ... Mein Gott, wie entsetzlich, fast ein Verbrechen. Dann sind die einfach alle durchgeknallt. Das ist doch Unsinn, Verarsche, Theater! Wozu führen sie diese Komödie auf? Wenn die Ärzte recht haben, dann sind diese Leute ganz einfach schwach. Sie haben keine Kraft, kein Gerüst, wie unsere Professorin für Wirtschaftsenglisch immer sagt. Einfach keinen Mumm! Sind nur traurige Clowns. Das ist doch Spott und Hohn über den eigenen Enkel ... Wenn die Ärzte recht haben, wenn sich herausstellt, dass die Ärzte wirklich recht haben, dann wirft das ein ganz anderes Licht auf alles. Ein Zirkus, ein bescheuerter Zirkus. Schleppt noch ein Karussell für ihn herbei! Herrgott noch mal, was machen die nur? Wenn die Ärzte die Wahrheit sagen, wenn Franzisk nie wieder gesund wird ... dann ist das alles ... ein Clownsbegräbnis vielleicht ... Diese Leute essen und reden mit ihm ... Sie reden mit einer lebendigen Leiche. Sogar ein Leichenschmaus findet erst nach der Beerdigung statt. Was haben sie ihm gekocht? Was wird er heute essen? Haben sie ihn schon an den Festtagstropf gehängt, hat er schon darum gebeten? Wozu? Wofür? Warum führen sie dieses Theater auf, mit Essen im Plastikgeschirr? Genauso gut hätten sie dieses Abendessen auf seinem Grab veranstalten können! Hier fehlen nur mehr die Klageweiber und das Balkan-Blasorchester, das würde wenigstens irgendwie diese Absurdität rechtfertigen. Wie dumm, dämlich und komisch das alles aussieht! Sie reden mit ihm, und ich soll für ihn dolmetschen. Sie sagen, er verstehe die Deutschen schlecht. Und mich, mich versteht er gut? Versteht er mich gut? Vielleicht will er mir etwas sagen? Flüstern? Sein Gehirn funktioniert doch gar nicht. Wieso betrügen sich diese Leute selbst, wenn sich doch niemals irgendetwas ändern wird? Wenn alles immer so bleiben wird. Wenn das Ende dieser ganzen Geschichte die Übersiedlung auf den Friedhof sein wird?«

Die Großmutter hatte die Dolmetscherin im Flur weinen gehört und versuchte sie zu trösten:

»Seien Sie uns nicht böse, Kindchen. Nicht böse sein!«

»Was machen Sie denn, was machen Sie alle? Was

machen Sie da? Ich verstehe das nicht, kein bisschen!«

»Ist schon klar … Das ist normal … Das macht nichts, dass Sie uns nicht verstehen. Sie sind noch so jung, noch so unerfahren. Und Sie brauchen das hier auch nicht zu verstehen. Bemühen Sie sich nicht darum, nehmen Sie uns einfach so, wie wir sind, anders kann es nicht sein. Wir haben keine andere Wahl, Kindchen, verstehen Sie?«

»Aber es gibt doch nicht mal Hoffnung …«

»Das stimmt … Hoffnung gibt es keine … Es gibt nie Hoffnung, und die größten Wunder, Kindchen, die passieren der Hoffnung zum Trotz. Sie passieren, wenn die Hoffnung versiegt ist … Haben Sie ein wenig Zeit?«

»Ja, natürlich …«

»Es dauert nicht länger als zwei Minuten … Ich möchte Ihnen gern eine Geschichte erzählen. Sie ist im Jahr 46 passiert, am 3. Januar. Mein Vater war General bei der Luftwaffe. Er war zuständig für die Instandhaltung der Flotte der höchsten Ränge und die Abklärung von Flugzeugabstürzen, war also ein recht einflussreicher Mensch. Als kleines Mädchen konnte ich ihn einmal begleiten. Es gab ein Weihnachtsfest für die Kinder der Regierungselite. Das erste Weihnachtsfest nach dem Krieg, rund fünfhundert Kinder aus den einflussreichsten Familien der Republik waren eingeladen. Auch Kinder aus einfachen Familien waren da, Vorzugsschüler, die über die Schule eingeladen wurden, aber da bin ich mir nicht mehr ganz sicher. Jedenfalls – egal. Wie Sie wahrscheinlich wissen, war im Krieg fast die ganze Stadt zerstört worden. Das Fest sollte in einem heil gebliebenen Gebäude stattfinden – im Klub der Staatssicherheit. Dort wurden auch irgendwelche geheimen Dokumente aufbewahrt, und im angrenzenden Gebäude, nur ein paar Meter entfernt, schmorten im Keller deutsche Kriegsgefangene, die wenige Tage später auf der Trabrennbahn der Stadt hingerichtet werden sollten. Der Klub war auf die Schnelle hergerichtet und, glaube ich, sogar neu gestrichen worden. Man hatte eine stattliche Tanne geholt, das ganze Haus mit Papier und Watte geschmückt. Es sah aus, als läge überall Schnee: auf der Treppe, auf den Fensterbrettern, auf der Tanne. Nach so vielen Jahren Krieg sah das alles aus wie im Märchen. Mich kleines Mädchen hat das alles hellauf begeistert – schöne Menschen, lächelnde Gesichter, elegante Kleider. Der Mantel einer Frau hat sich mir ins Gedächtnis geprägt, so schön war der, mit einem Pelzkragen. Also, das war ein beeindruckender Abend, ein Abend der Auferstehung, ein Abend des Lebens. Ein Orchester! Musik! Tanz! Alles wie in einem richtigen Märchen … bis mich der Vater auf einmal am Kragen packte. Rundherum begannen plötzlich alle zu schreien, in alle Richtungen davonzulaufen. Er sprach nicht mit mir, erklärte mir nichts, versuchte nicht, mich zu beruhigen. Mein Vater war General. Er wusste, wann man sprechen musste und wann handeln. Er hielt einfach den Kragen meines Kleides gepackt und zog mich hinter sich her. Ich weiß noch, dass ich sofort den rechten Schuh verlor. Einen Augenblick später griff er nach meiner Hand, und diesen Händedruck werde ich nie vergessen. Ich träume immer noch davon. Mitten im Schlaf spüre ich, wie mein Vater meine Hand festhält und mich hinter sich herzieht.«

»Wieso hat er Sie plötzlich davongezogen?«

»Ach, ich alte Schachtel habe das Wichtigste zu erzählen vergessen … Ein Feuer war ausgebrochen. Niemand weiß, warum. Die einen sagten, eine Kerze am Weihnachtsbaum, die anderen, es sei ein Sabotageakt der noch in der Stadt verbliebenen Deutschen gewesen. Wir werden es nie erfahren. Wie Sie sich denken können, wurden Ermittlungsergebnisse damals normalen Leuten nicht mitgeteilt … so wie eigentlich immer noch … Nicht einmal mein Vater, der einflussreiche Bekannte hatte, konnte etwas in Erfahrung bringen. Letztlich ist auch egal, warum es passiert ist. Wichtig wäre gewesen, die Menschen zu retten, aber das ist nicht gelungen. In jenem Brand kamen allein den offiziellen Zahlen zufolge dreißig Menschen ums Leben, aber die offiziellen Daten sind Unsinn, wir wissen doch alle, wie sie ihre offiziellen Daten zusammenschustern. Rund zweihundert Menschen sind bei lebendigem Leib verbrannt! Kinder, Schüler, Studenten, die man zum Weihnachtsfest eingeladen hatte. Das Gebäude ist innerhalb einer Minute explodiert. Es gab ein Gedränge, Panik, man kriegte keine Luft. Rauch, Hitze, Feuer. Fast alle rannten zur Treppe, aber der Zugang war versperrt ... mit einem Eisengitter. Die Menschen waren eingesperrt wie in einem Vogelkäfig. Es war ja eine besondere Veranstaltung, für Auserwählte. Außenstehende durften sich nicht hineinschmuggeln. Und tatsächlich kam niemand durch. Das hatten sie tadellos hingekriegt. Sie hatten Gitter und Türen auf Gedeih und Verderb verschlossen. Im wörtlichen Sinn. Die Leute flehten, dass das Gitter aufgesperrt würde, aber man machte nicht auf, denn es gab einen Befehl. Die Staatssicherheitsbeamten, die vor Ort eintrafen – sie waren, muss man dazu sagen, schneller da als die Feuerwehr –, retteten wichtige Dokumente und Unterlagen, aber keine Menschen. Unser Staat war schon immer gut darin, Prioritäten zu setzen. Während sich Menschen aus dem zweiten Stock in den Tod stürzten, retteten sie Mappen und Kartons.«

»Wie konnten Sie sich retten?«

»Das wollte ich Ihnen erzählen. Mich hat mein Vater gerettet. Zusammen mit anderen Männern lief er in Richtung Notausgang. Der war natürlich mit allerlei Gerümpel verstellt. Tische, Stühle, irgendwelche Bretter, haufenweise Zeug. Heute heißt es, die Heldentat habe darin bestanden, dass die Leute es innerhalb weniger Augenblicke fertigbrachten, den Weg zum Ausgang freizuschaufeln und sich ins Freie zu retten. Aber ich weiß, dass die Heldentat etwas anderes war. Der Notausgang war vermauert. Es gab dort gar keinen Ausgang. Nur ein mit Ziegeln vermauerter Türrahmen erinnerte daran, dass hier einmal eine Tür gewesen war. Eine Ziegelwand. So eine wie die da, oder die da drüben. Eine echte Ziegelmauer, verstehen Sie?«

»Ja …«

»Nun, und diese Ziegelmauer zerlegten die Leute mit ihren eigenen Händen. In wenigen Minuten. Mit den Fingernägeln, mit den Fingern, mit bloßen Händen. Sonst hatten sie nichts. Weder Hämmer noch Schlägel. Ich denke oft, an jenem Abend hatte mein Vater acht, zehn, zwanzig, vierzig Hände. Er zerschlug die Mauer und ließ dabei keine Sekunde lang meine Hand los. Da bin ich mir ganz sicher. Er hielt mich mit einer Hand fest und zerlegte mit der anderen die Wand, weil das Feuer nahte, und weil es überhaupt keine Hoffnung gab …«

* * *

In der Stadt der mittelmäßigen Architekten regnete es. Die Dächer und Kirchturmspitzen wurden nass. Es änderten sich die politischen, ökologischen und futtertechnischen Bedingungen. Die Vögel flogen fort. Ohne Visum und Stempel im Pass. Alle aufs Mal, nach vorheriger Absprache. Sie flogen auf über den kaputten Straßenbahnschienen, dem Platz des Sieges und dem für immer erstarrten Riesenrad. Zogen über das graue Haus der Offiziere, den nullten Kilometer und die Klinik, in der Zisk geboren war. Über das Gebäude des Komitees für Staatssicherheit, das Hauptpostamt und die Rote Kirche, wo die verstörte, verheulte Dolmetscherin das einzige ihr bekannte Gebet flüsterte:

»Allmächt'ger Gott!
Du Herr der Welten, der großen Sonnen,
Herzen klein!
Lass Belarus, das stille, traute,
von deinem Ruhm erleuchtet sein.

Den grauen Arbeitsalltag segne
fürs täglich Brot, fürs Heimatland,
gib Mut und Kraft, führ uns im Glauben
an unsre Wahrheit an der Hand.

Gib du dem Roggen pralle Ähren,
schenk unsren Taten du Erfolg!
Du mögest Macht und Glück vermehren
für unser Land und unser Volk!«

Sie betete, und die Vögel zogen weiter. Wie die Vögel flogen die Tage fort. Einer nach dem anderen, scharenweise, um nicht mehr wiederzukehren.

Der Chefarzt kam immer seltener vorbei. »Wozu? Ist doch für die Katz! Er liegt so oder so nur da. Ändern wird sich da nie etwas.« Aber so manche Veränderung trat doch ein. Die Nägel wurden länger. Von Zeit zu Zeit spross ein Pickel. An der Oberlippe wuchsen Bartstoppeln. Vieles deutete darauf hin, dass Franzisk noch lebte. Die Republik Belarus betrachtete ihn immer noch als ihren Staatsbürger, wenn auch handlungsunfähig. Die Ärzte empfahlen, sich auf den Tod vorzubereiten. An ein Wunder glaubten sie nicht mehr. Doch im Glauben an das Beste sprach die Großmutter weiterhin beharrlich mit Franzisk. Schwach und gebrechlich, fand sie dazu noch immer die Kraft. In der Annahme, dass es ihn nicht stören würde, drehte sie Hörspiele auf, erzählte Bücher nach und nahm den Enkel auf Spaziergänge mit.

»Wohin gehen wir heute, mein Schatz? Einfach nur der Nase nach? Ja? Gut … Wir wohnen, wie du weißt, im sechsten Stock. Von deinem Fenster aus sieht man den ganzen Hof. Die hohen Bäume, den Fußballplatz, die Nachbarhäuser. Übrigens, wenn der Frühling kommt, sieht man vor den Fenstern nur Grün! Die Bäume sind hoch, riesig, sie sind uralt. Man sieht weder die anderen Häuser noch den Platz, auf dem du dir von klein auf die Knie blutig geschlagen hast. Also, du holst den Aufzug, und ich schließe die beiden Türen ab. Wir haben zwei Türen und vier Schlösser. Du maulst immer und schimpfst mich deswegen, aber ich fühle mich so sicherer. Früher ließen wir unsere Wohnung bewachen. Weißt du noch? Ich hab immer angerufen und gesagt: ›Bitte bewachen – Z856.‹ Aber jetzt weiß ich nicht recht – es kostet zu viel. Ich hab nicht so viel Geld übrig jeden Monat. Darum sperre ich die Tür zu, und du holst wie immer den Fahrstuhl. Es ist ein altes Modell. Zuerst musst du eine große Eisentür öffnen – das geht erst, wenn die Kabine da ist, dann stößt du mit dem Fuß die Holztür auf und steigst ein. Du stößt sie immer mit dem Fuß auf, egal wie sehr ich dich bitte. Weißt du noch, wie der Fahrstuhl aussieht? Nein? Rufen wir uns das zusammen in Erinnerung. In der Regel hat ein Aufzug achtzehn Bestandteile. Vertrau nur auf das technische Wissen deiner Großmutter! Maschinenraum, Aufzugwinde, Laufseile. Aufhängung und Fangvorrichtung. Unsere Kabine ist ziemlich hübsch und sieht sogar ein wenig aus wie die in den alten Kriminalfilmen. Ausrücker, Fußstück, Schacht. Fahrkorbführung. Gegengewichtsführung. Gegengewicht. Dämpfer, Schachtgrube, Spannrolle. Das Seil des Geschwindigkeitsbegrenzers, der Geschwindigkeitsbegrenzer selbst. Der Magnet. Das ist eigentlich alles. In so einer Kiste fahren wir zwei also nach unten, mein Lieber. Man kann in alle Stockwerke sehen, an denen wir vorbeirattern. Wenn du siehst, dass im dritten oder zweiten Stock jemand auf den Fahrstuhl wartet, drückst du auf Stopp, öffnest die Tür und lässt die Hausbewohner herein. Alle freuen sich über deine Genesung. Sie lächeln dich an. Da ist Rom – dessen Name dich immer gewundert hat. Wirklich ein seltener Name. Und Katja, seine kleine Schwester. Und da kommt Tante Nastja, die mich sonntags immer auf den Markt mitnimmt. Sie hatten einen Hund, Kora, ein Cockerspaniel, weißt du noch? Kora ist kürzlich gestorben. Tante Nastja überlegt jetzt, ob sie einen neuen kaufen soll oder nicht – ihre Kora hat sehr lang bei ihnen gelebt. Wir wechseln ein paar Worte und gehen hinaus in den Hof. Direkt vor dir steht der Kindergarten. Das heißt, früher war da ein Kindergarten, du hast immer hier gespielt, aber jetzt haben sie zwei Kindergärten zusammengelegt und aus diesem hier ein Polizeirevier gemacht. Deswegen sind in unserem Hof immer viele Uniformierte. Sie sorgen für Ordnung. Tag und Nacht! Gestohlen wird zwar nicht weniger, aber wen interessiert das schon? Hauptsache, die Mobilisierung im Ernstfall klappt. Bei der Polizei nehmen sie alle – und alle wollen dahin. Man verdient besser als überall sonst. Völlig unbegreiflich, wie man an der Akademie der Wissenschaften Texte übersetzen kann, wenn man doch genauso gut mit einem Schlagstock im Park herumspazieren, ein paar Alkis aufscheuchen und dreimal so viel verdienen könnte. Schon gut, lassen wir diese leidigen Themen. Nach rechts geht es zum Wassersportpalast, aber du gehst immer links durch den Torbogen. Im Erdgeschoss unseres Hauses ist ein Friseur. Hier lässt du dir immer die Haare schneiden. Deine Haare wachsen sehr schnell, daher kommst du etwa alle drei Wochen hierher. Die Mädels da mögen dich sehr. Ich glaube, viele sind trotz des Altersunterschieds sogar verliebt in dich.

Sie warten alle, bis du mit der Schule fertig bist. Apropos, wir müssen dir mal wieder die Haare schneiden. Also, du gehst durch den Torbogen und dann nach rechts. Hier ist eine Buchhandlung. Seit hundert Jahren. Auf der anderen Straßenseite ist die Staatliche Kunstakademie. Mit großem S! Fruchtbare Erde. Schauspieler, Maler, Bildhauer und Regisseure – alle kommen sie von hier. In letzter Zeit fällt die Ernte allerdings mager aus, auch die Qualität lässt zu wünschen übrig. Der Stolz der letzten Jahre war ein Mädchen von der Schauspielfakultät. Aber nur weil sie sich den Sohn von Sergej Michalkow geangelt hat, du weißt ja, der die sowjetische und die russische Hymne gedichtet hat. Damit war sie in aller Munde. Ich glaube, die kriegt noch ein Denkmal gesetzt. Links und über die Straße geht es zur U-Bahn. Du verdrehst immer den Stationsnamen und sagst ›Epidemie der Wiesenschafe‹. Weißt du das noch? Du hast diese Angewohnheit. ›Ost‹ nennst du ›Lost‹, und das ›Kulturinstitut‹ heißt bei dir ›Sepultura-Institut‹. Ich weiß nicht, was das ist, aber irgendeine Bedeutung wird es schon haben. Wenn du möchtest, fahren wir mit der U-Bahn, aber wo doch das Wetter so schön ist – lass uns lieber Richtung ›Oktober‹ spazieren …«

Die Großmutter spazierte oft mit Franzisk durch die Stadt. Sie erzählte von neuen Orten, auf die sie jetzt nur deswegen achtete, um sie später dem Enkel zu beschreiben. Elvira Alexandrowna versuchte, alles in Erfahrung zu bringen, was nur irgendwie sein Interesse wecken, ihn in Erstaunen versetzen, aufwecken könnte. Als sie einen Fernsehapparat ins Krankenzimmer trug, dachten die Schwestern im Chor: »Da haben wir's, die Nächste hat den Nachwuchs satt.«

»Wie ist es dir lieber, Schatz? Soll ich dir das Match nacherzählen, oder sollen wir doch den Kommentatoren zuhören? Obwohl, was bringt es, denen zuzuhören? Die kommentieren ja nicht das Match, sondern brabbeln einfach vor sich hin. Das scheint jetzt so Mode zu sein. Die glauben anscheinend, dass sie hochinteressante Dinge erzählen. Die sollten mal eine Radioreportage machen müssen, das würde ich mir anhören. Aber denen ist doch alles egal. Sie halten sich alle für ach so lustig. Als wäre ihnen auf den Leib geschrieben, nicht Fußball zu kommentieren, sondern Witze über Sportler zu reißen. Und wenn ich ein Match sehe, dann weiß ich nie, wer wem einen Pass zugespielt hat, wer wen ausgetrickst hat, wer nach welchem Schema spielt ... Da sitzen sie, besprechen irgendwelche alten Geschichten, und inzwischen sind schon vier Angriffe vorbei … Eins zu null steht es übrigens schon …«

Die Großmutter drehte den Bildschirm nicht zu Zisk – der Fernseher stand zu nahe beim Bett. Sie fürchtete, das könnte ihrem Enkel schaden. »Er macht ohnehin schon so viel durch, da fehlt es gerade noch, dass er sich wegen mir die Augen verdirbt.«

Manchmal kam Stassik, der letzte der Freunde. Stassik fiel es nicht leicht, Kontakte zu knüpfen, er lernte nie jemanden kennen und tat sich schwer mit neuen Leuten. Seine Mitschüler hatten sich zerstreut, und Stassik Krukowski war allein zurückgeblieben. Hin und wieder witzelte er ein bisschen mit den Kollegen vom Präsidentenorchester, aber das war es dann auch schon. Wenn Stassik einen richtigen Freund hatte, dann war das Franzisk.

»Weißt du, was mir richtig leidtut? Dass wir unsere Gespräche in der Mensa nicht auf Diktiergerät aufgenommen haben. Die waren so geil! Unsere Mittagspausen – das war immer so megalustig! Was haben wir gewiehert, hm? Wir Deppen! Wir hätten das aufnehmen sollen. Uns ist so viel Quatsch eingefallen im ganzen letzten Jahr. Ich glaube, unsere Mittagspausen hätte man live im Radio senden können. Das ganze Land, außer, natürlich, die Lehrer, hätte Tränen gelacht. Weißt du noch, wie wir applaudiert haben, wenn jemand einen Teller oder ein Glas zerbrochen hat? Die ganze Mensa hat geklatscht. Ich finde das geil, wenn es solche Traditionen gibt. Wie in Hollywood-Filmen. Bei uns klatschen ja sogar die Kleinen schon, wenn jemandem der Teller zerbricht. Tja, war ein Spaß, da gibt's nichts zu meckern. Übrigens muss ich dir etwas gestehen. Ja … Wollte ich schon lange, aber irgendwie hab ich es nie hinbekommen … Jedenfalls, weißt du, da waren wir mit der Fütterung dran, wir hatten Dienst, und ich hatte schon begonnen, den Tisch abzuräumen, und du Ochse hast noch deinen Saft ausgetrunken und rumgetrödelt, und ich hab dich angetrieben, und du hast dir extra lang Zeit gelassen, also, wie du da kurz weggeguckt hast – da hab ich den Putzlappen in dein Glas ausgedrückt. Und du hast das ausgetrunken. Ich … Damit habe ich vorher vier Tische abgewischt … Na ja, du Ochse bist halt einfach nicht in die Gänge gekommen! Nimm's mir nicht übel, okay? Kommt eigentlich sonst noch jemand zu dir?«

Nein. Die Freunde kamen nicht. Die einen hatten ihn vergessen, die anderen waren mit den Eltern weggezogen. Ins Ausland, für immer. Franzisks Mama sagte gern, dass es auf der Welt nur mehr zwei Nomadenvölker gebe: »Die Zigeuner und wir. Wir sind ein geographisches Phänomen, keine Nation!« Während Mama ihre Witze riss, verließen die Nachbarn den Wohnblock. In einem Rettungswagen, weil das billiger war. Einen Möbelwagen konnte sich niemand leisten. Sie stopften den Sanitätswagen voll mit Zeug und Wünschen. Die Frauen weinten, die Männer verstauten die Koffer, die Kinder lachten. Der Chauffeur schaltete die Sirene ein, und wieder war eine Familie durch den Torbogen verschwunden.

Stassik verabschiedete sich und ging. Die Großmutter öffnete das Fenster, und frische Luft strömte in das Zimmer. Die Luft dieser Stadt, die schon vor Zisk ins Koma gesunken war. Die Luft einer Stadt, deren einziges wirkliches Wahrzeichen die ganz besondere Farbe ihres Himmels war, eine Farbe, die einst ein großer jüdischer Künstler gepriesen hatte. Für einen Moment vergaß die Großmutter alles und verlor sich im Anblick dieses Himmels. Wie automatisch hatte sie den Rekorder aufgedreht, und während die Großmutter weiter zum

Fenster hinausblickte, sang ein berühmter Musiker für Franzisk:

Denk dir deine eigene Weltenk dir
deinen eigenen Tagenk dir Regen und
Schneegal, was ein anderer sagt ...

Denk dir dein Leben aus
Überall denk dir alles aus
Hauch allem Leben ein
Denk dir, wie willst du sein ...

Kann sein, dass dir das hilft
Kann seino Gott will ...

* * *

Der Herbst brachte Nebel, der Winter Schnee. Mit einem Wort, alles nahm seinen Lauf. Im Frühling des Jahres 2003 brachte Franzisks Mutter einen Jungen zur Welt. Fünf Kilogramm schwer, fünfundfünfzig Zentimeter lang. Gesund. Der Chefarzt hatte sich nicht nur als ausgezeichneter Spezialist, sondern auch als recht sympathischer, charmanter Mann erwiesen. Der stattliche, erfolgreiche Medikus hatte in der Frau, die fast nichts aus sich machte, eine welkende, aber noch nicht vertrocknete Blume erkannt. Die Romanze war zielstrebig und geradlinig. Ein paar Anrufe auf die private Nummer, ein Kinobesuch und ein kurzer (wegen eines Wolkenbruchs) Spaziergang. Von männlicher Aufmerksamkeit umhüllt, dachte die Frau gar nicht daran, sich zu widersetzen. In den letzten Jahren hatte sie nur unerfahrene Jungs als Liebhaber gehabt, die sie als Trainingsgerät benutzten. Sobald die jungen Männer eine Freundin fanden, schloss sich die Tür hinter ihnen und die Mutter blieb weinend zurück. Als der Chirurg seine Offensive begann, erschrak Franzisks Mutter und konnte ihr Glück gar nicht fassen. Einen Augenblick lang glaubte sie sogar, der Arzt wäre auf Schmiergeld aus, und diskutierte mit der Großmutter, welche Summe er sich wohl erwartete. Später waren sich die Frauen aber einig darüber, dass der Chirurg tatsächlich das erlebte, was man landläufig »Liebe« nennt.

Am Anfang kam der Großmutter die Schwärmerei der Tochter gelegen. Elvira Alexandrowna dachte, seine Verliebtheit würde dem Doktor zusätzliche Motivation verleihen. »Vielleicht ist es ja eine gute Sache? Vielleicht liebt er sie wirklich? Vielleicht ist er gar nicht so ein Rüpel? Wenn er sie wirklich liebt, wenn seine Gefühle auch nur zur Hälfte echt sind – dann macht er sich mit neuem Schwung an

Franzisks Behandlung. Dann heilt er meinen Jungen vielleicht, nicht, weil er muss, sondern aus Liebe!«

In Wirklichkeit kam es genau umgekehrt. Der Arzt schrieb Franzisk nicht nur endgültig ab, sondern überredete auch noch seine frischgebackene Frau, bald einen Sohn zu bekommen, ein neues Leben zu beginnen, das nächste Kapitel aufzuschlagen und weiterzugehen, die üblichen Klischees. »Schatz, ich helfe dir dabei. Ja, Schatz, ich verspreche es dir. Ich bin für dich da, ja.« Die Frau gehorchte, die selbstsichere Männerstimme hatte sie überzeugt. Ihr Gatte hatte zweifellos recht, er wollte nur das Beste für sie, das spürte sie. Die Tragödie in der Unterführung war zum Glücksfall geworden. Franzisks Mutter fühlte sich wieder schön, begehrt und jung. Puder, Lippenstift, Freundinnen, Lidschatten – alles war wieder da. Die Geschichte mit Franzisk trat in den Hintergrund. Kennen wir doch alle.

Auf das Drängen des Arztes hin wurde die Wohnung der Großmutter verkauft. »Ich glaube, drei Zimmer sind etwas viel für Sie, ja. Sie verbringen ja ohnehin die meiste Zeit im Krankenhaus. Wofür also drei Zimmer? Wozu so viel? Wie viele Quadratmeter bewohnen Sie überhaupt? Wir brauchen ein neues Auto, ein großes, wir bekommen ein Kind. Eine Einzimmerwohnung reicht für Sie, da bin ich überzeugt. Sind Sie etwa anderer Meinung? Ich höre mir Ihre Einwände gern an. Wie Sie wissen, bin ich Arzt, ich liebe die Funktionalität in allem. Welche Funktionalität liegt in leerstehendem Wohnraum? Was kriegen wir dafür? Was haben wir alle davon? Was gewinnen wir? Wo liegt da die Funktionalität, frage ich? Richtig, nirgendwo. Wir leben, und der Wohnraum steht leer. Wir könnten an dieser Fläche verdienen, könnten sie wenigstens vermieten, könnten irgendein Einkommen davon haben, aber die Wohnung steht einfach leer und staubt vor sich hin. Hab ich recht?«

Die Großmutter verteidigte das Recht auf ihre eigene Wohnung, aber weder Schwiegersohn noch Tochter beachteten sie. Die Sache wurde beschlossen und erledigt. Auf die Großmutter wollte niemand hören. »Wen interessiert das?«

Schließlich erbarmte sich der Schwiegersohn: Er ließ sich überreden, der Großmutter eine Wohnung im selben Häuserblock zu kaufen.

»Von mir aus. Wenn's sein muss. Aber auch wenn ich zustimme, wissen Sie – ich halte das für Geldverschwendung! Dummheit! Es ist dumm, das so zu machen. Sie könnten genauso gut weiter draußen wohnen. Da ist es billiger. Wozu müssen Sie im Stadtzentrum bleiben? Was haben Sie hier verloren? Haben Sie denn viel zu tun? Müssen Sie etwa die ganze Zeit im Zentrum sein? Ich hab das halbe Leben auf dem Dorf verbracht – auch das geht. Ich lebe noch, wie Sie sehen.«

»Aber das war *meine* Wohnung.«

»Elvira Alexandrowna, seien wir ehrlich zueinander. Wir gehören jetzt alle zu einer Familie. Da darf man nicht nur an sich denken. Wir müssen aneinander denken, an unseren Sohn. Ja, die Wohnung hat Ihnen gehört, na und? Schön, aber vorbei. Was wollten Sie noch damit? Wollten Sie sie ins Grab mitnehmen, ja? Oder vielleicht gegen eine gemütliche Dreizimmerwohnung auf dem Friedhof eintauschen? Warum müssen Sie unbedingt in diesem Wohnblock leben? Was soll diese dumme Nostalgie? Wer hat das denn nötig? Glauben Sie etwa, in anderen Stadtvierteln gibt es keine Läden, oder die Lebensmittel sind dort schlechter? Muss es für Sie denn unbedingt das Zentrum sein? Gehen Sie auswärts essen, oder ins Kino?«

»Trotz meines Alters gehe ich immer noch zur Arbeit. Aber das ist nicht die Hauptsache. Ich will, dass Franzisk zurück nach Hause kommt …«

»Vielleicht reicht es dann auch mal? Ich dulde Sie nur wegen meiner Frau! Schalten Sie mal Ihr

Gehirn ein, Sie altes Schaf! Wie oft soll ich Ihnen noch erklären, dass er niemals, ja, ich wiederhole, niemals wieder nach Hause kommen wird. Niemals! Kapiert? Dieses Koma hat nur einen Ausgang – den Tod. Der ist schon verreckt! Aus! Vorbei ist es mit ihm! Und je früher Sie das kapieren, Sie alte Schachtel, ja, desto besser!«

»Was erlaubst du dir eigentlich? Das sagst du jetzt schon seit vier Jahren, du Kretin!«

»Lang wird es nicht mehr dauern, glauben Sie mir!«

Der neugeborene Sohn nahm alle Zeit in Anspruch, und die Mutter kam fast nie mehr zu Franzisk. Außerdem wurde ihr Mann immer fuchsteufelswild, wenn sie doch mal Zeit fand, ihren Sohn zu besuchen. Er rief seine Frau zu sich ins Dienstzimmer und erklärte nach zur Gewohnheit gewordener Prozedur streng, die Besuche seien einzustellen. In solchen Momenten versuchte Zisks Mutter, ihren Mann zu beruhigen, und sagte, während sie ihren BH zumachte: »Sei nicht böse, Liebster, ich bin nicht nur zu ihm gekommen, sondern auch zu dir.«

»Du solltest besser auf unseren Kleinen aufpassen, ja! Wer ist denn jetzt bei ihm?«

»Deine Mutter. Ich bin ja nur eine Stunde weg.«

»Meine Mutter? Wie kommst du darauf, dass

meine Mutter auf ihn aufpassen soll? Glaubst du, die hat sonst nichts zu tun? Glaubst du, ihr ist langweilig? Wieso passt nicht deine Mutter auf ihn auf? Warum immer meine? Sie ist ja auch seine Großmutter, oder etwa nicht? Oder pfeift sie auf ihren Enkel, ja?«

»Schatz, du weißt doch, dass sie die ganze Zeit bei Franzisk ist …«

»Aber wozu? Will sie nicht lieber im Leichenschauhaus sitzen? Ich könnte das einrichten!«

»Komm, Schatz, reg dich nicht so auf, bitte, ich verspreche dir, ich rede mit ihr.«

Franzisks Mutter hatte nicht gelogen. Sie redete wirklich mit der Großmutter. Zweimal, am Telefon und persönlich. Keine Chance. Gehupft wie gesprungen. Die Alte dachte gar nicht daran nachzugeben. Als würde sie allen zum Trotz handeln. Da halfen keine Gründe, keine Argumente und keine Drohungen. Nichts gab es, wovon die Mutter dem geliebten Ehemann stolz hätte erzählen können. Elvira Alexandrowna kam weiterhin jeden Tag zu Franzisk. Sie sprach mit ihm, ließ für ihn Filme laufen, las ihm Bücher vor. Mit den Büchern war sie bald durch, auch mit den dicksten. Die Geschichte auf der griechischen Insel ging zu Ende, Anna warf sich vor den Zug, Marcel fand seine Zeit wieder.

Allein, dass es Franzisk alle sieben Bände hindurch nicht besserging, war zum Aus-der-Haut-Fahren, doch die Großmutter blieb unbeirrbar. Verrückt in ihrem Glauben. Sie legte ein Buch beiseite und begann das nächste:

»Na denn. Heute steht Wassil Bykaus *Alpenballade* auf dem Programm? Die kennst du natürlich schon, aber lesen wir sie doch noch einmal. Heute ist ja so ein Tag … Deswegen komme ich auch so spät … Ich war auf seiner Beerdigung. Du hast keine Vorstellung davon, was dort los war, ich kann es gar nicht beschreiben! Es war peinlich. Widerlich und peinlich. Allerdings, was soll man erwarten von Leuten, die mit Traktoren Kreuze ausreißen? Ich hatte gestern schon beschlossen, Kornblumen zu kaufen, weißt du: Der Blume eine Blume. Also bin ich früher aufgestanden, hab die Straße überquert – da verkaufen sie bei uns immer Blumen, und was glaubst du? Keine einzige. Eine Frau hat zu mir gesagt: ›Na was denn, meine Liebe, um sechs in der Früh war schon alles ausverkauft.‹ Gott sei Dank gab es noch Nelken! Ich kaufte ein paar rote und ein paar mehr von den weißen. Die Totenmesse fand im Haus der Literatur statt. Obwohl ich ziemlich früh da war, war die ganze Straße schon dicht bevölkert. Du glaubst nicht, wie viele Leute da waren! Die Schlange reichte bis zur

U-Bahn zurück. Jawohl. Ohne Übertreibung. Kannst du dir das vorstellen? Ja, mein Lieber, so viele Leute hab ich lang nicht gesehen. Im Literaturhaus habe ich Nora getroffen. Wir gingen hinein, legten die Blumen nieder und wollten schon weggehen, doch irgendetwas hielt mich zurück, und ich bat Nora, noch ein wenig zu bleiben. Wir lehnten uns an die Wand. Weißt du, es war so dunkel … Schön sah das aus … Ich habe den Sarg betrachtet – und konnte nicht glauben, dass er nie mehr wiederkommt. Unser Philosoph Walentin Akudowitsch hat ganz richtig geschrieben: ›Wenn du jetzt und hier existierst, dann heißt das, es wird dich nie mehr irgendwo anders geben.‹ So ist es, mein Lieber. Uns gibt es nur hier und jetzt, darum kämpfe ich so um dich. Etwas anderes kommt nicht mehr, und ich will nicht, dass die Unterführung und das Krankenzimmer die letzten Orte deines Lebens gewesen sind. Es gibt kein Danach, und darum musst auch du mir helfen. Du musst dich anstrengen, musst kämpfen, alles geben, hörst du? Hörst du, mein Lieber? Verzeih … Entschuldigung, ich wollte dich nicht verärgern. Verzeih, deine Babuschka fängt sich gleich wieder. Verzeih … Also, und dann … Ich stand an die Wand gelehnt da, sah mir alles an, und neben uns standen zwei Kerle mit Funkgeräten. Breit wie Schränke – zum

Fürchten. Ich kann mir nicht mal vorstellen, was die zu essen kriegen. Hundefutter wahrscheinlich. Na, und dann haben die geredet und geredet, irgendein uninteressantes Gewäsch, als plötzlich der eine den anderen fragt: ›Hast du was gelesen von ihm?‹ – ›Ja, in der Schule … *Die Jagd vom Königsdach* oder irgendwie so …‹ Kannst du dir das vorstellen? So hat er das gesagt! Fast wäre ich die Wände hochgegangen. *Die Jagd vom Königsdach!* Aber wie sich zeigte, war das erst der Anfang! Ich hatte mich zu früh aufgeregt. Du hast keine Ahnung, was dort gespielt wurde. Es wird einem übel beim Erzählen, mein Lieber. Wovon genau sie redeten, hab ich nicht gehört, weil ich relativ weit weg stand, aber plötzlich hieß es, der Minister habe verlangt, das Kreuz am Kopfende durch die offizielle Staatsflagge zu ersetzen. Die Flagge eines Staates, der ihn einst des Landes verwiesen hat! Eine Flagge, die sie sich selber ausgedacht haben. Die Witwe schickte sie natürlich zum Teufel und sagte, sie werde gar nichts verändern, alles bleibe, wie es ist. Und da fing es an! Stell dir vor, direkt neben dem Totenbett begannen sie zu streiten und verlangten, dass beim Sarg die staatlichen statt der oppositionellen Symbole aufzustellen seien. Andernfalls würden sie die Wache abbrechen und die Trauerfeier verlassen. Fragt sich nur, wem sie damit drohen wollten? Verstehst du, da bestattest du deinen liebsten Menschen, und dann kommt jemand auf dich zu und sagt: ›Wenn Sie Ihre Fahne nicht wegnehmen und unsere hinstellen – dann sind wir gezwungen, Ihre Veranstaltung zu verlassen.‹ Veranstaltung! Ja, schert euch doch zu allen Teufeln! So war es dann auch. Die Beamten packten zusammen und fuhren weg. Danach war klar, dass unser lieber Präsident nicht kommen würde. Der Verabschiedung des größten Schriftstellers der Gegenwart zog er einen Hubschrauberflug zu irgendeiner Sowchose vor. Somit waren überhaupt keine offiziellen Personen anwesend, die interessierten sich eh nicht besonders für das Begräbnis. Dafür waren Botschafter aus fast allen europäischen Ländern da. Nur der große Bruder kam nicht. Ja, wirklich, wozu auch? Ist doch Politik! Sein Erscheinen hätte man falsch verstehen können. Die staatlichen Medien hätten mit ihrer giftigen Polemik losgelegt: ›Was wollte der Herr Botschafter damit sagen? Ist der große Bruder nicht mehr auf unserer Seite? Ist das etwa ein Zeichen, ein Signal?‹ Aber weder der Botschafter des Nachbarlandes noch unser Präsident kamen zur Beerdigung. Es war ja auch nicht ein Mensch gestorben, sondern ein politischer Widersacher. Nein, mein Lieber, da konnte natürlich niemand kommen. Aber vielleicht ist es auch besser so, vielleicht ist es sogar richtig. Stell dir vor, was es für einen Skandal gegeben hätte, wenn der Präsident trotz allem gekommen wäre. Na ja, also, die Beamten waren weggefahren, aber es war bis zum Schluss nicht klar, ob der Sarg den Unabhängigkeitsboulevard entlanggetragen werden darf. Die Atmosphäre war sehr angespannt. Alle waren nervös, beratschlagten sich, aber dann gab es anscheinend grünes Licht, und die Prozession startete Richtung Friedhof. Du kannst dir nicht vorstellen, mein Lieber, wie viele Leute da waren! Der ganze Boulevard, alle acht Fahrstreifen, war voller Menschen. Wahrscheinlich an die vierzigtausend! So viele Leute waren schon lang nicht mehr versammelt. Und weißt du, alle gingen so still, so friedlich. Nur die Fahnen wehten im Wind ... Es war beängstigend ... und friedlich ... und gleichzeitig faszinierend ... und schmerzhaft ... und weißt du ... weißt du, die Menschen gingen einfach mit gesenkten Köpfen. Niemand sprach, niemand flüsterte ... Niemand rief zur Revolution auf, niemand schrie Losungen, wie sie im Fernsehen bestimmt behaupten werden, wenn sie das überhaupt zeigen. Aber das ist nicht der Punkt. Ich habe mich immer wieder umgesehen, und weißt du, Schatz, sehr viele Menschen haben geweint ... richtig geweint, nicht aus Pflicht oder Zwang. Viele von uns haben ihn ja nie zu Lebzeiten gesehen, wir haben ihn nur gelesen, gehört und heute auf seinem letzten Weg begleitet. Wie einen vertrauten, nahen Menschen. Einmal hab ich den Kopf gehoben und eine Frau auf einem Balkon gesehen. Aus irgendeinem Grund war sie nicht auf der Straße. Vielleicht hatte sie Angst oder konnte nicht. Ich weiß nicht. Ist auch nicht wichtig. Wichtig ist, dass sie auf dem Balkon stand, ziemlich weit weg von mir, aber ich habe gesehen, dass auch sie weinte. Über ihr Gesicht liefen Tränen, und ich hätte diese Tränen auch gesehen, wenn zwischen uns hundert, zweihundert Kilometer gelegen wären. Sie war die personifizierte Trauer. Weißt du, ich sah immerzu diese Frau an, und wahrscheinlich hätte ich sie noch sehr lange angesehen, hätte nicht auf den Weg geachtet und wäre gestolpert, hätte jemandem auf den Fuß getreten, doch plötzlich begannen die Verkehrspolizisten ins Megaphon zu brüllen: ›Machen Sie die Fahrbahn frei! Machen Sie die Fahrbahn frei!‹ Dem größten Schriftsteller des Landes wird das letzte Geleit gegeben, und sie brüllen: ›Weichen Sie unverzüglich auf die Gehsteige aus, machen Sie sofort die Fahrbahn frei!‹ Kannst du dir das vorstellen, mein Lieber? Offenbar hat der Sarg des besten Landessohnes den Stadtverkehr behindert. Alle haben es offenbar furchtbar eilig. Dieser Mensch hat das Land auf der ganzen Welt berühmt gemacht, aber wir haben keine Zeit, uns von ihm zu verabschieden, wir haben unaufschiebbare Dinge zu tun. Der eine kommt zu spät in die Banja, der andere hat vergessen, Buttercreme zu kaufen. Sie hatten solche Angst, dass sich der Trauerzug zu einer Protestaktion auswachsen könnte, dass sie begannen, Leute zu vertreiben, die mit gesenkten Köpfen hinter einem Sarg hergingen. Dass man den Boulevard sperrt, wenn der Präsident durchfährt – das ist normal. Das entspricht der Ordnung. Die ganze Stadt muss stehen, denn der Diener des Volkes kommt gefahren! Der Mann, den wir angestellt haben. Der Diener, dem wir, seine Arbeitgeber, partout nicht kündigen können. Wenn dieser Angestellte durch die Stadt fährt, dienstlich oder privat, wenn er Skifahren will oder Freunde besuchen, dann muss die ganze Stadt stehen, aber wenn sie den größten Schriftsteller des Landes beerdigen, dann muss man umgehend die Fahrbahn frei machen. So sind die Regeln! Das ist unser Leben! Aber das Schlimmste ist, dass sie für ihr Vorgehen immer ganz schnell eine Rechtfertigung finden – die Wählerschaft muss auf die Datscha, die Wählerschaft kommt zu spät. Das Begräbnis stört andere Leute. Stört jene, die nie gelesen haben und nie lesen werden. Man kann sie verstehen, was haben sie damit am Hut? Sie müssen am Abend zu den Eltern fahren, Spieße grillen, wieso sollten sie sich aufhalten lassen? Wenn der Präsident unterwegs wäre, ja dann … Bei deiner Mama war übrigens kürzlich ein Revierinspektor. Nicht nur haben sie alle Bäume auf dem Boulevard umgesägt, jetzt darf man während der Durchfahrt der Präsidenteneskorte nicht mal mehr auf den Balkon gehen oder ein Fenster öffnen. Nicht einmal eine Lüftungsklappe darf offen sein. Ab-so-lut nichts. Früher galten Wohnungen auf dem Boulevard als elitär, aber jetzt müssen alle Fenster geschlossen sein. Sie befürchten, jemand könnte aus den Fenstern schießen. Deine Mama oder am Ende gar ihre Katzen. Im Fall eines Katzenaufstands ist es besser, man ist gewappnet. Man weiß ja nie, was diese Tiere im Schilde führen. So sieht's aus, mein Lieber. So werden bei uns die Besten des Landes verabschiedet. Wir sind nur knapp bis zum Haus deiner Mama gekommen, dann wurde der Sarg in einen Bus verladen, und beim Botanischen Garten löste sich die Prozession auf. Auf den Friedhof fuhren nur die engsten Verwandten mit, und ich bin zu dir gekommen …«

Die Großmutter hatte den Eindruck, dass Fransisk traurig und müde war. Sie sah auf die Uhr und beschloss, es heute noch auf die Bank zu schaffen …

Die schläfrige Bankbeamtin händigte die Quittungen aus und sagte monoton:

»Einen Lottoschein?«

»Was, einen Lottoschein?«

»Nehmen Sie einen?«

»Wieso?«

»Dann können Sie sich eine Wohnung kaufen …«

»Ich hab eine Wohnung …«

»Na dann … eine Datscha …«

»Ich hab eine Datscha …«

»Dann halt ein Auto – ich weiß auch nicht …«

»Ich hab ein Auto …«

»Was haben Sie denn nicht?«

»Freiheit …«

Die Großmutter kam nach Hause in die neue Wohnung. Sie warf ihre Tasche hin und fiel entkräftet aufs Bett. Sie betrachtete die ungewohnte Zimmerdecke und dachte an den alten, vertrauten Hauseingang. Den Aufzug, den sechsten Stock, den Treppenabsatz und die Tür. Den Vorraum, das Wohnzimmer, Zisks Zimmer. Die Großmutter dachte an ihre geliebte Schrankwand mit den darin aufgestellten Kaffeetassen. Sie dachte, dass die neuen Besitzer die Schlösser bestimmt nicht ausgetauscht hätten. Die Großmutter dachte, sie sollte sich in den Hof setzen und die neuen Bewohner beobachten. Den richtigen Moment abwarten und sich nur für ein paar Minuten in ihr altes Zuhause schmuggeln. Durch den Flur gehen, ein wenig in der Küche sitzen. Erschöpft musterte die alte Frau die Risse an der Decke und überlegte, dass die neuen Besitzer bestimmt die Kerben im Türstock ausgebessert hätten und Franzisk sie nun nie wiedersehen würde.

Die Großmutter schlief langsam ein. Zusammen mit ihr schlief allmählich die ganze Stadt ein. Es schliefen tausende Kleinigkeiten ein. Die Wohnung schlief ein, das schadhafte Parkett und die Wände. Die Teppiche schliefen ein, die Anrichte und die Stühle, denen es in der neuen Wohnung zu eng war. Es schlief der Kronleuchter ein, das Fenster und der Hof, in dem jetzt niemand spielte. Die alten Schuhe und Taschen schliefen ein. Die Gedanken schliefen ein und die Wörter. Neben der Großmutter entschlummerte ein Buch. Die Großmutter wehrte sich noch gegen den Schlaf, las ein Gedicht aus dem Buch und dachte darüber nach, dass der Autor sich geirrt hatte – das Ende der Perspektive war hier und nicht irgendwo weit weg.

Nichts wurde besser. Nicht in jenem Sommer und nicht in diesem Herbst. Wegen eines einstigen Wolkenbruchs versäumte Franzisk nach wie vor jeden Regen – den Pilzregen und den Gewitterregen (ein paarmal), den Dauerregen und den Schlagregen, den Regen, den es wie aus Eimern schüttete, und den Platzregen. Die Großmutter saß neben Franzisk und erlegte sich selbst eine Prüfung auf: Wenn ihr jetzt alle Arten von Regen einfallen, die Zisk derzeit verpasst, dann wird er ganz sicher wieder gesund. Sie erinnerte sich an den Nieselregen vor ein paar Tagen und an den Fadenregen vor zwei Wochen, als sie zum Grab ihrer Eltern gefahren war. Daran, dass es generell auch Sprühregen, gefrierenden Regen und Schneeregen gab. Aber das war noch nicht alles! Der Großmutter fiel auch ein, dass sie von Steinregen und Blutregen gehört hatte, von Regen in allen Farben und Geschmacksrichtungen, von rotem Regen, schwarzem Regen, Schokoladeregen und Milchregen. Im Versuch, den letzten der Heilung ihres Enkels entgegenstehenden Regen ungeschehen zu machen, erinnerte sich die Großmutter an Regen aus Fröschen, aus Fischen und aus Haferkorn. Aber es half nichts. Nach den Regenfällen aus Roggen, Blättern, Blüten und Insekten kam der Winter. Es schneite. Aus den Ballkäfigen in den Höfen wurden Eislaufplätze. Das ins Hockey verliebte Land holte die Schlittschuhe aus den Stauräumen. Die Mannschaft des Präsidenten gewann wieder einmal ein Amateurturnier. Wie immer zeigte sich der Präsident auch stärker und ausdauernder als professionelle Hockeyspieler. Das Staatsoberhaupt schoss Tore, und der staatliche Rundfunk meldete diensteifrig, welche Behörden die zweiten und dritten Plätze belegten.

»Neben dem Krankenhaus haben sie einen Eislaufplatz angelegt«, begann die Großmutter sarkastisch. »Ach, wenn du das nur sehen könntest, mein Lieber! Eine wunderbare Eisfläche, so glatt, einfach ideal. Spiegelglas, nicht Eis. Zu meiner Zeit hat man von solchen Bahnen nur träumen können. Die ganze Stadt redet nur mehr von diesem Eislaufplatz. Es ist nämlich so: Sie haben den Eislaufplatz aufgespritzt und begonnen, Schlittschuhe zu vermieten. In ihrer Naivität verlangten sie kein Pfand. Sie dachten, die Leute seien ehrlich und niemand würde Eislaufschuhe stehlen. Sie glaubten, dass jeder, der Schuhe auslieh, sie auch wieder zurückbringen würde. Die Besucher mussten also nur die Verleihgebühr bezahlen und kein Pfand. Was glaubst du, ist dann passiert? Nach drei Tagen sahen sie sich gezwungen, den Betrieb einzustellen. Nach nur drei Tagen! Innerhalb dreier Tage wurden zweihundertzehn Paar Eislaufschuhe gestohlen. Zweihundertzehn Paar, kannst du dir das vorstellen? Aber auch das hielt die Organisatoren nicht auf. Die Verwaltung des Eislaufplatzes hängte eine Mitteilung auf: ›Liebe Gäste, ab heute müssen wir leider für den Schuhverleih ein Pfand einziehen. Wir wollten das vermeiden, sehen uns aber dazu gezwungen.‹ Und was glaubst du? Sie brachten die Eislaufschuhe zurück. Leute, die die Schlittschuhe geklaut hatten, brachten sie zurück in der Hoffnung, ein Pfand zu bekommen. Kannst du dir das vorstellen? Niemals, niemals wird sich etwas ändern in diesem Land!«

* * *

»Entschuldigung, dürfen wir mal? Kommt herein, Herrschaften!« Der fremde Arzt hatte ihre Antwort nicht abgewartet.

In der Regel hatten bereits am Ende des ersten Studienjahres die meisten jungen Weißkittel jegliches Interesse an ihrem zukünftigen Beruf verloren. Franzisks Fall konnte sich das Dekanat der Medizinischen Universität daher natürlich nicht entgehen lassen.

»Ist ja ein Ding. Wie lange liegt der schon so? So viele Jahre? Wahnsinn! Was, und er dreht sich nicht einmal um?«

»Nein«, sagte die Großmutter ruhig. »Wir legen ihn um, damit er sich nicht wundliegt …«

»Das ist ja mal krass. Wow! Und spürt er Schmerzen? Kann man ihn stechen? Und was passiert, wenn man ihm jetzt ohne Narkose einen Zahn reißt? Ist ihm das egal?«

»Ganz egal«, erklärte der plötzlich aufgetauchte Schwiegersohn. »Das Gehirn ist außer Betrieb. Keinerlei Impulse und Verbindungen. Auch wenn ihr ihm alle Zähne ausreißt – er wird es nicht spüren!«

»Seid ihr dann bald fertig? Dass ihr euch nicht schämt!«

»Elvira Alexandrowna, ich mache hier nur meine Arbeit! Haben die Herrschaften sonst noch Fragen?«

»Ja, ich. Die Verwandte soll sagen, ob ihr Enkel im Jugendverband ist, in der Republikanischen Jungen Union.«

»Natürlich nicht!«

»Dann hab ich noch eine Frage, darf ich? Wäre es Ihnen recht, wenn wir ihn da reintun? Na ja … einschreiben?«

»Er braucht Ruhe, gehen Sie jetzt!«

»Was haben Sie gegen meine Frage?«

Mit jedem Tag sah das Krankenzimmer mehr nach einem Museum der Gegenwart aus. Die Großmutter versuchte, nichts auszulassen. Die Schwestern beschwerten sich, dass sie das Zimmer mit lauter Gerümpel vollstelle, aber sie antwortete streng: »Wenn das so ist, dann ist unser ganzes Leben Gerümpel! Hier ist nichts überflüssig. Alles, was ich sammle, soll ihm helfen. Er soll alles sehen, alles hören und, wenn möglich, nichts vergessen.«

Die Wände waren gepflastert mit Plakaten von Fußballern und Zeitungsausschnitten in Russisch und Belarussisch. »Einführung von Euro-Banknoten und -Münzen«, »Kameramann verschwunden«, »Terroranschlag. Twin-Towers eingestürzt«, »Abwertung: 1000 Rubel werden 1 Rubel«, »100 000 Personen in landesweitem Unternehmerstreik«, »Opposition boykottiert Parlamentswahlen«, »Truppen der internationalen Koalition marschieren in …«, »Ermittlungsbeamte berichten von ›Todesschwadronen‹ im Land«, »Eröffnung der ersten Fußballweltmeisterschaft in Asien«, »Offiziellen Daten zufolge haben 75 Prozent der Wähler für den Präsidenten gestimmt«, »Aufkeimende Proteste gegen Bau von Ringautobahn auf Grabstätte von Repressionsopfern«, »Behörden kontrollieren wichtigste Literaturzeitschriften und ernennen neue Chefredakteure«, »Fuchs verletzt Jäger mit dessen Gewehr«, »Unabhängige Zeitung muss aufgrund massiver Geldstrafe Tätigkeit einstellen«, »Zerstörung gigantischer antiker Buddha-Statuen«, »Wichtigster Schriftsteller des Landes nach Rückkehr aus Ausland gestorben. Begräbnis wird zu zivilgesellschaftlicher Aktion«, »Bildungsministerium schließt Staatliches Geisteswissenschaftliches Lyzeum und somit letzte Schule in Minsk mit Unterricht in Muttersprache«, »Referendum verleiht Präsident das Recht, mehr als zweimal für Amt des Staatsoberhaupts zu kandidieren«, »Kein einziger Vertreter der Opposition in Abgeordnetenkammer«, »Behörden schließen Universität für Geisteswissenschaften …«

Das Metronom schlug unbeirrt, und die Großmutter las in Zeitungen und medizinischen Enzyklopädien von Fällen wundersamer Erweckungen und versuchte, selbst eine solche herbeizuführen. Als sie erfuhr, dass viele Patienten durch starke Schmerzreize zu sich gekommen waren, stach sie Franzisk über mehrere Tage hindurch mit Nadeln. Als Elvira Alexandrowna einsah, dass das Stechen nicht half, kam Wasser ins Spiel. Ein Amerikaner hatte über fünf Jahre im Koma verbracht und erwachte an dem Tag, an dem die Pfleger ihn zufällig in eine Wanne mit sehr heißem Wasser legten. Die Großmutter tat sich mit der ewig meckernden Krankenschwester zusammen und badete Franzisk mehrere Wochen lang abwechselnd in brühend heißem und eisig kaltem Wasser, aber auch das hauchte ihm kein Leben ein. Elvira Alexandrowna ließ die Bäder wieder sein und machte sich an die Erfindung eines neuen Plans. Sie hatte gehört, dass ein Patient aus dem Koma erwacht war, nachdem das Beatmungsgerät ausgefallen war, doch Franzisk atmete selbst – also musste man sich etwas anderes einfallen lassen. Schließlich erinnerte sich die Großmutter an eine Filmszene, in der eine Patientin aus dem Koma erwacht war, nachdem der Pfleger gegen ihren Willen Geschlechtsverkehr mit ihr gehabt hatte. Der Film interessierte sie, weil er auf einer wahren Geschichte beruhte. Die Großmutter überlegte lange, wer mit Franzisk Liebe machen könnte. »Wie finde ich ein Mädchen, das ihm gefällt? Liebt er Nastja noch? Liebt sie ihn noch? Wer sonst, wenn nicht sie? Eine Prostituierte? Wäre das eine Beleidigung für ihn? Und wenn er sich etwas holt? Wobei, nachdem das ja alles im Krankenhaus stattfinden wird, kann man sie natürlich untersuchen. Ich habe keine Ahnung, auf was für Mädchen er steht. Oder besser Frauen … Was für ein Busen gefällt ihm? Groß oder klein? Was für Brüste könnten ihn ins Leben zurückbringen? Pralle? Wahrscheinlich muss ich ein Mädchen suchen, das aussieht wie Nastja …«

»Hallo, Stassik, grüß dich! Hier spricht Elvira Alexandrowna, Franzisks Großmutter. Hör mal, ich möchte dir eine ernste Frage stellen: Welche Mädchen haben Franzisk gefallen?«

»Hübsche …«

»Ja schon, aber wie hübsch? Große? Kleine? Dünne? Üppige? Was für ein Busen hat ihm gefallen?«

»Alle Jungs haben gern große Brüste, obwohl … obwohl gerade er es mit Riesentitten … 'tschuldigung, mit dem großen Busen nie so hatte. Er hat immer gesagt, er mag das nicht, wenn es schwabbelt und hängt. Ich glaube, er hatte gern feste, hübsche, pralle Brüste, die in einer Hand Platz finden, wieso fragen Sie?«

Auf die Bitte der Großmutter hin fand Stass eine Prostituierte. Eine, die ihm selbst gefallen hätte. Eine von der Art, von der er träumte. Die teuerste von allen, die er finden konnte. Der Großmutter kam sie ungebildet vor, doch Stass überzeugte Elvira Alexandrowna davon, dass sie genau das wäre, was sein Freund brauchte.

»Sehen Sie sie doch an. Erstklassig, die Kleine! Gucken Sie mal, diese Beine, dieser Rücken – wenn das keine Traumfrau ist! Und der Busen! Die könnte ein Model sein. Ich frage mich, warum sie sich mit ihrem Aussehen überhaupt für so was hergibt. Der rennen doch so oder so die Sugardaddys nach. So eine Braut würde Zisk im Leben nicht abkriegen. Aber so, dank Ihnen, fliegt ihm dieses Glück zu. Ehrlich gesagt, Elvira Alexandrowna, das würde ich mir wünschen, dass mir jemand so ein Wunder vorsetzt.«

Währenddessen stand die aufreizende junge Nutte schweigend daneben. Der Preis, den das Mädchen nannte, kam der Großmutter extrem niedrig vor. Sie erschrak, dass womöglich etwas nicht stimme, dass sie etwas nicht beherrsche oder gar krank sei. Die Großmutter ging noch ein paarmal die Preise für die verschiedenen Dienstleistungen durch, doch das änderte nichts – das Angebot war und blieb phänomenal billig. Dazu kam, dass das Mädchen einen möglichen Kundenverlust witterte und mit dem Preis noch mehr herunterging, was die Großmutter endgültig verunsicherte. Als Stass bemerkte, was da vor sich ging, bat er die Prostituierte, auf den Flur hinauszugehen, und beeilte sich, die Auftraggeberin zu beruhigen.

»Elvira Alexandrowna, das liegt nicht an ihr. Machen Sie sich keine Sorgen. Das sind einfach die Preise auf dem Markt, das ist die aktuelle Situation. Was glauben Sie denn sonst, warum wir so viele Touristen haben? Bei uns floriert der Sextourismus wie nirgendwo sonst auf der Welt. Bräute wie die da kosten bei uns einen Pappenstiel – und die hier ist sogar noch eine von den Teuren, das sage ich Ihnen! Ich hätte auch eine Billigere suchen können, aber Sie haben gesagt, die Spektakulärste. Glauben Sie mir, die verkauft sich sehr teuer. Für das Geld kriegen Sie zwei oder drei andere Mädels. Das ginge um ein Drittel oder Viertel des Preises. Wenn Sie wollen, verhandle ich mit ihr.«

»Nein! Bloß nicht. Hauptsache, sie macht ihre Sache gut.«

»Gut!«

Das Experiment mit der Prostituierten war erfolglos. Franzisk wachte nicht auf und war auch nicht erregbar. Das Mädchen kam heraus und sagte ruhig: »Der liegt ja im Koma.« Er wolle nichts. Sie habe brav alles gemacht: »Ich habe geleckt, gelutscht, gesaugt, hab sogar ein bisschen getanzt für ihn, aber ihm ist alles scheißegal. Soll ich Ihnen das Geld zurückgeben?«

»Nein«, war die Antwort der Großmutter.

* * *

»Morgen findet wieder die jährliche Wahl des Wohltäters statt. Morgen werden wir dem Wohltäter wieder den Schlüssel zur unverrückbaren

Hochburg unseres Glücks aushändigen. Das hat nichts gemeinsam mit den tumultösen und unorganisierten Wahlen unserer Vorfahren, als – es klingt lächerlich – noch nicht einmal das Wahlergebnis im Vorfeld feststand. Was könnte unsinniger sein, als einen Staat blind auf absolut unberechenbaren Zufällen aufzubauen? Und doch hat es offenbar Jahrhunderte gedauert, bis man das verstanden hat. Bei uns darf es hier natürlich – wie in allem – keinen Platz geben für irgendwelche Zufälligkeiten oder Überraschungen. Die Wahlen haben eher eine symbolische Bedeutung: Sie erinnern daran, dass wir ein einziger, mächtiger, vielzelliger Organismus sind, dass wir – mit den Worten des alten ›Evangeliums‹ – eine geeinte Kirche sind. Weil die Geschichte des Geeinten Staates keinen Fall kennt, wo an diesem feierlichen Tage auch nur eine Stimme es gewagt hätte, das majestätische Unisono zu durchbrechen …« Die Nachrichtensprecherin verhaspelte sich in monotoner Ekstase, und die Großmutter stellte den Blumenstock vom Tisch auf das Fensterbrett und begann, wie so oft, ein Gespräch mit Franzisk.

»Der ist genau wie du. Überhaupt nicht anspruchsvoll. Er hat zu Hause gestanden, ich habe mich nie gekümmert und vergessen, ihn zu gießen, aber ihm macht das nichts. Er wächst. Schau mal –

da kommen frische Blätter. Sieht aus, als ob ihm menschliche Zuwendung wichtiger wäre als Wasser. Ganz bald wirst auch du die Augen aufschlagen und seine grünen Zweiglein sehen!«

Die Großmutter nahm eine abgeschnittene Plastikflasche und ging auf den Flur hinaus. Beim Wasserbecken stand, einen Putzlappen auswringend, die Frau aus dem Nachbarzimmer. Ihr Mann war erst vor ein paar Tagen ins Koma gefallen, und sie wollte gar nicht daran denken, dass das bei ihm genauso lang dauern könnte wie bei dem Patienten nebenan. Die Großmutter hob die Plastikflasche zum Wasserhahn, und in dem Moment drückte sich, wie immer dienstags und donnerstags, Stasik hinter ihrem Rücken vorbei in Zisks Krankenzimmer.

»Habe die Ehre, Kollege! Na, wie geht's? Besser, wie ich sehe, aber natürlich noch nicht hundertprozentig. War ein Fehler, dass du dir die Schnecke hast entgehen lassen. Von der werd ich jetzt wohl mein Leben lang träumen. So ein scharfes Gerät! Sie hat auch alles echt gut drauf, schade nur, dass es ihr am Arsch vorbeigeht. Und dass sie hinterher will, dass man sich bei ihr bedankt, das ist nicht gut. Sagt einem direkt ins Gesicht: ›Mach mir ein Kompliment!‹ Ganz ungut ist das. Hätte sie das zu dir gesagt, wärst du vor Ärger ganz sicher aufgewacht. Aber das wird sowieso bald passieren, bald wirst du ganz der Alte sein. Und wenn du wieder gesund bist, spielen wir Fußball. Obwohl, von unserem Fußball wird man noch kränker … Wie es mir geht? Na ja, soso … Bei mir ändert sich nichts … Alles wie immer … Alles beim Alten … Weißt du, wenn ich ehrlich bin, beneide ich dich manchmal … Nein, wirklich. In deinem Leben hat es wenigstens ein großes Ereignis gegeben. Gut, dass mich deine Babuschka nicht hört, die würde mich an den Zehen aufhängen. Aber ich mein's ernst. Überleg doch mal, verglichen mit dem Durchschnittsbürger unseres tollen Landes hast du ziemlich was erlebt. In deinem Leben gab es wenigstens ein prägendes Ereignis. Ein Abenteuer. Und wer erlebt bei uns schon was? Von der Stadt ins Dorf, vom Dorf in die Stadt. Das war's dann auch schon. Reist bei uns wenigstens jemand durchs Land? Wen interessiert das? Nur Verrückte. Dabei gibt es so viel Schönes und Interessantes. Ich schaue mir manchmal im Fernsehen eine ganz interessante Sendung an, *Neue Reisen eines Dilettanten*. Solltest du auch gucken, ich sag's nachher deiner Großmutter. Da sieht man, wie viele schöne Orte, wie viele schöne Kirchen es gibt – es gibt Dörfer mit nur zwei Häusern und einer Kirche! Diese Kirchen könnten von Touristen besichtigt werden, aber nein. Wer erzählt denn den Touristen, dass wir solche Kirchen haben, wenn wir nicht mal selber wissen, dass es sie bei uns gibt? So interessante Orte zeigen die. Ich seh mir das immer an und erfahre so viel … Und bei mir? Na ja, bei mir … Ach was, frag mich nicht! Bei mir ist nichts los, aber auch gar nichts. Und wahrscheinlich wird auch nie was los sein. Alles ruhig und glatt. Mit Nastja geht's auch gut … Ich hab dir das doch erzählt, oder? Nicht? Na ja, wir haben halt vor kurzem geheiratet … Jedenfalls, Nastja sagt, ich bin immer mit allem unzufrieden, aber weißt du, Zisk, womit sollte ich denn zufrieden sein? Womit? Weißt du, es ist sogar gut, dass du das alles nicht siehst, was hier rundherum passiert. Die Leute werden eingesperrt wie … Ich weiß gar nicht … Es fühlt sich an, als hätte irgendein Bauer alle Menschen mit Kartoffeln verwechselt, und jetzt teilt er sie in kleine Häufchen auf und bunkert sie ein. Vielleicht wird ja alles anders, wenn du aufwachst, aber derzeit rate ich dir – wach nicht auf! Schlaf weiter. Nein, im Ernst, schlaf lieber. Sonst sagst du noch was, und du wirst sofort eingesperrt oder zusammengeschlagen vor dem Hauseingang. Etwas anderes gibt es nicht in diesem Land. Entweder du hältst die Klappe, oder du kriegst eine auf den Deckel. Das ganze Land schläft, also schlaf auch du ruhig weiter. So beschissen ging's uns noch nie. Alle sagen gebetsmühlenartig: Schaut nur, wie gut es uns geht, Ruhe, stabile Einkommen, Sauberkeit, Wirtschaftswunder! Aber ich sag dir was – es gibt kein Wunder. Fassadenpolitik! Sie haben es so gedreht, dass ein Tourist, der zwei Tage hier ist (länger braucht er nicht für alles), sich denkt, wir leben gut, fast wie im Westen. Aber so ist es nicht. Das ist ja Sand in die Augen! Was verdient deine Großmutter in der Akademie der Wissenschaften? Es ist zum Genieren. Und im Orchester? Und mein Stipendium auf dem Konservatorium? Zum Heulen. Und was für ein Sumpf ist unser Kons, Kollege, uh! Sei froh, dass du keine Ahnung hast. Und im Fernsehen? Dir dreht ja die Babuschka den Fernseher auf, du hörst ja? Das ist doch eine einzige Sauerei. Sei mir nicht böse, aber so kann es wirklich nicht weitergehen. In den Nachrichten bringen sie immer nur: Das Gras ist grüner geworden, die Milchmengen größer, die Hockeymannschaft des Präsidenten hat wieder einmal gewonnen gegen die Arschkriecher, die extra gekommen sind, um gegen sie zu verlieren. So sehen bei uns die Nachrichten aus. Davon, dass die Wirtschaft eigentlich nicht existiert, davon, dass alle Konkurrenten des Präsidenten irgendwie verschwinden, dass wir von der ganzen Welt isoliert und nur mehr mit Diktatorenregimen befreundet sind, davon kein Sterbenswort. Guck doch mal, wer pflegt denn Beziehungen mit uns? Länder sind das keine, eher Stämme. Und natürlich der Iwan. Die Polacken sind auf einmal Feinde, aber der Iwan ist unser Freund. Wir schnorren bei ihm Geld für Zigaretten. Und er gibt uns Kredite und kauft nach und nach dem kleinen Bruder das Land unterm Arsch weg. Willst du ein Eis essen gehen? Gut! Fahr mit dem Fahrrad, das dir die Mama geschenkt hat, aber denk dran, es gehört jetzt mir, und wenn ich will, nehm ich es dir weg. Bald haben wir nichts mehr, gar nichts mehr. Alles wird langsam verkauft. Bald wird unser Batka auch den Boden unter unseren Füßen verkaufen. Ich würde mich nicht wundern, wenn das Bett unter dir gar nicht mehr unserem Land gehören würde. Jedenfalls, alles gründlich im Arsch in diesem Land, und er labert nur immer, wie gut es uns geht. Klar geht's ihm gut, wenn er jedes Jahr seine Millionen kriegt. Wir sind halt eine Subventionsregion. Wenn der Iwan seine Kohlelieferungen einstellt – dann zieh dich warm an und versteck dich in einem Kartoffelberg. Es haben ja alle was davon, dass hier eine Pufferzone ist. Wir sind für unsere großen Brüder gar kein Volk, sondern nur eine Mistgrube zwischen ihnen und den Nachbarn.

Wichtig ist, dass wir nicht zur Europäischen Union gehen, wichtig ist, dass um Himmels willen keine westlichen Truppen an Russlands Grenzen stehen. Die Politik ist eine ernste Angelegenheit, da muss man aufpassen. Und sie müssen dermaßen aufpassen, dass sie ihr Nachbarland in einen Vorposten verwandelt haben, für eine illusorische Sicherheit. So was aber auch, unterstützen sie eine Diktatur. Na und, was ist schon dabei? Ist ja nicht das erste Mal. Damals mit den Deutschen haben sie sich die ganze Welt geteilt wie eine Torte. Dafür sind die Mannen zufrieden. Dafür sind sie ein Imperium. Dafür sind sie die Geilsten. Die Grenze verriegelt. Mit einem Riegel, der auch ein paar andere Länder mit absperrt …«

»Bist du fertig? Was hat dich denn jetzt so aufgestachelt?«

»Oh, schau mal, Zisk, Nastja ist da! Sie wollte gar nicht kommen, war ihr peinlich, aber jetzt ist sie doch da.«

»War mir nicht peinlich, aber er hört dich sowieso nicht. Denkst du überhaupt nach, was du sagst? Hast du eine Ahnung, wie viele Leute hier sind? Willst du, dass dich die Bullen holen?«

»Was hab ich denn gesagt? Oder darf man jetzt überhaupt nicht mehr laut reden?«

»Wenn du einmal was verstehst von Politik, dann

rede, aber bis dahin sei still. Ihm werden sie nichts tun, aber dich schleppen sie durch die Instanzen …«

»Ja, wofür denn?«

»Glaubst du, du kannst durchs ganze Krankenhaus brüllen, dass der Präsident ein Diktator ist?«

»Er nennt sich ja selber so!«

»Er darf das, aber du sag jetzt Tschüss zu deinem Kumpel, wir fahren, wir müssen noch einkaufen …«

Die beiden setzten sich ins Auto, Stassik ließ schweigend den Motor an und drehte das Radio auf. Ein Volkskünstler eines nicht mehr existierenden Landes sang:

> Die Verspätung soll Strafe dafür sein,
> dass zu früh wir uns die Liebe schworen,
> in ganz andren Menschen uns verloren
> eine halbe Stunde vor Frühling.
> Hätten wir das Schicksal vorausgeahnt,
> das im Regen uns beide verband,
> ich wäre zum Rendezvous gerannt,
> eine halbe Stunde vor Frühling …

Die Stadt war im Hochsommer wie leergefegt. All die Taxifahrer und Beamten hatten Minsk in Richtung ihrer Heimatdörfer verlassen: »Ein Ferkel abstechen, mit dem Opa einen heben, auf dem Ofen dösen.« Hallenbäder und Theater, Museen und Schulen waren geschlossen. Als der Rettungswagen in den Hof einbog, standen alle Sachen bereits unten. Koffer, Taschen, noch mehr Koffer. Am Tag ihrer Auswanderung wurde Tante Nora achtundsiebzig. Ihr Mann Jossif Abramowitsch, Professor und verdienstvoller Wissenschaftler, war sechsundachtzig. In diesem hohen Alter hatte das Paar, das zu den erfolgreichsten Ärzten der jungen Republik gehörte, beschlossen zu emigrieren. Tante Nora, die persönliche Neurochirurgin des Präsidenten, weigerte sich strikt, ihren Lebensabend im Land des erstarkenden Schwachsinns zu verbringen. Sie machten nicht viel Aufhebens um ihren Abschied. Auf dem Weg zum Flughafen schaute Nora kurz bei Franzisk vorbei, gab ihm einen Kuss und ging. Fertig. Alle waren der Meinung, es sei besser so, einfacher. Besser zu glauben, Nora sei nirgendwo hingefahren. Sie lebe nach wie vor im Stadtzentrum, in der Straße, die nach dem Urheber der Mehrwerttheorie benannt ist. Als Nora hinausgegangen war, sagte die Großmutter ruhig:

»Nun, jetzt sind wir beide ganz allein. Na, macht nichts. Ich kenne das. Meine Eltern sind längst nicht mehr. Ich lebe schon so viele Jahre allein, daran kann man sich gewöhnen. Und du wirst noch viele Freunde haben … und Mädchen … Wirklich, mein Lieber … Ach, wenn ich nur wüsste, welche Mädchen dir gefallen …«

Am nächsten Tag stürmte die Krankenschwester aufgebracht ins Zimmer, stellte sich vor die Großmutter hin und begann zu reden. Von selbst, plötzlich, als wäre durch die Wucht lange angestauter Worte ein Damm gebrochen. Nicht in den eigenen Bart hinein, sondern laut und direkt an die Angehörige des Patienten gewandt. Die Schwester sprach, und ihre Speicheltröpfchen trafen Franzisk. Sie sprach und wollte zum ersten Mal im Leben, dass man ihr zuhörte, dass man sie hörte, ihren Unmut nachempfand und ihr Antwort gab:

»Diesen Schwachsinn können sie doch ihrer alten Katze erzählen. Ist doch offensichtlich, wer davon profitiert! Sie werden den Feind gleich finden, sagen sie. Sauerei. Wie das Land – so der Terroranschlag. Dann schieben sie die Schuld wieder auf die Opposition, die die Situation im Land destabilisieren will. Das ist überhaupt das Ärgste!«

Die Großmutter traute ihren Ohren nicht. Jahrelang musste die staatliche Propaganda das Gehirn dieser Frau gewaschen, gespült und ausgewrungen haben. Allen Regeln und Gesetzen und ihrer eigenen Natur zufolge hätten ihre Stimmbänder gar nicht in der Lage sein dürfen, all das zu transportieren, was sie jetzt aussprach. Was die Schwester gerade sagte, war ein richtiges, wahres Wunder, ein Wunder, das Franzisk durchaus hätte zum Leben erwecken können. Die Krankenschwester regte sich weiterhin über den Staat auf, und die Großmutter staunte angesichts dieser undenkbaren Revolte, die auch einem existentialistischen Autor wie Camus alle Ehre gemacht hätte. Ein ergiebiges Sujet für Utopien. Die Staatsmaschinerie hatte versagt. Eine Störung im Getriebe, ein wahnwitziges, außer Kontrolle geratenes Detail.

»Machen wir doch mal die Nachrichten an«, schlug die Großmutter lächelnd vor.

»Ja, aber wozu? Ist doch ohnehin alles klar! Eine Sauerei! Eine Sauerei ist das!«

Die Großmutter schaltete trotzdem den Fernseher ein. In äußerst ernstem Ton erklärte der Nachrichtensprecher, dass sich während der Feierlichkeiten zum Tag der Unabhängigkeit in einer Menschenmenge eine Explosion ereignet habe. Ein Sprengsatz, gefüllt mit Schrauben oder Ähnlichem, sei gezündet worden. Niemand sei an den Folgen der Explosion gestorben, jedoch seien 50 Personen verletzt, 37 davon lägen im Krankenhaus.

»Die Hälfte bei uns«, unterbrach die Schwester.

»Schwer verletzt?«

»Sie werden es überleben.«

Der Nachrichtensprecher fuhr fort. Der selbstsichere Mann im billigen Anzug versuchte den Bürgern einzureden, jemand (wahrscheinlich der Westen) suche die Provokation und sei daran interessiert, das Land zu destabilisieren, jemand habe ein Problem damit, dass man hier besser lebe als im Rest Europas. Nach Ansicht des Nachrichtensprechers wollten die Drahtzieher des Anschlags zweifellos Angst säen. Doch das werde ihnen (und in diesem »ihnen« hörte das ganze Land deutlich das Wort »Opposition«) nicht gelingen, weil das der Präsident selbst so gesagt habe.

Wie zu erwarten war, folgten auf die Explosion eine Reihe von Hausdurchsuchungen. Man suchte die Verbrecher in den Büros unabhängiger Zeitungen und zivilgesellschaftlicher Organisationen. Es gab keine Zweifel daran, dass ein Oppositioneller die Bombe gezündet hatte. Anders konnte es gar nicht sein, anders ergab das alles keinen Sinn.

Nach den Durchsuchungen wurde die gesamte männliche Bevölkerung von Belarus zur Abnahme der Fingerabdrücke einbestellt. Jeder volljährige Mann musste auf der örtlichen Polizeidienststelle erscheinen und seine Fingerabdrücke abgeben. Blut und Stuhl waren Gott sei Dank nicht gefragt. Die Bürger mussten nur ihre Fingerspitzen rausrücken – immerhin war das Land eine Hochburg der Demokratie. Um das Prozedere zu beschleunigen, begann die Polizei, die Leute aktiv aufzusuchen.

»Grüß Gott, Frau Mama, wir brauchen die Fingerabdrücke …«

»Von mir?«

»Nein … von Lukitsch … Franzisk Lukitsch … Das ist er doch? Ist er bettlägerig?«

»Wozu?«

»Wieso wozu?«

»Wozu brauchen Sie seine Fingerabdrücke?«

»Es laufen Ermittlungen. Allgemeine Daktyloskopie … Sind Sie etwa taub? Ich habe doch ganz deutlich gesagt, eine allgemeine Daktyloskopie! Womöglich hat er sich ja extra krank gestellt, dann ist er aufgestanden und hat das Verbrechen verübt, und jetzt liegt er wieder, als wäre nichts gewesen.«

»Er ist seit ein paar Jahren im Koma. Er steht schon seit vielen Jahren nicht mehr auf.«

»Umso besser für ihn … ein gutes Alibi.«

»Machen Sie sich lustig?«

»Frau Mama, wir machen nur unsere Arbeit. Das ist Ihr Sohn, Sie verdienen ja auch Geld, damit er etwas zu essen hat. Unsere Vielfraße brauchen auch was zu essen!«

»Aber Fingerabdrücke werden doch nur von Verdächtigen genommen!«

»Bei uns sind alle verdächtig … außer …« Der Beamte schwenkte seinen Blick auf das Porträt des Präsidenten, das die Großmutter auf Befehl ihres Schwiegersohns vor ein paar Tagen aufgehängt hatte.

»Warum hängt er hier?«

»Warum fragen Sie mich das?«

»Haben Sie den aufgehängt?«

»Ja, ich habe ihn von zu Hause mitgenommen und aufgehängt. Sind Sie überhaupt noch bei Sinnen?«

»Haben Sie denn noch nichts gehört vom Kampf gegen den Personenkult?«, fragte der Ermittler mit unverhohlener Verwunderung.

»Was für ein Kampf gegen den Personenkult?«

»Der Präsident hat selbst gesagt, dass das aufhören muss. Der Personenkult muss bekämpft werden. Er hat es selber satt, dass überall riesige Porträts von ihm hängen. Er hat befohlen, alle Porträts umgehend abzuhängen.«

»Meinen Sie das jetzt ernst? Er hat selbst angeordnet, dass man alle seine Porträts abnimmt?«

»Ja! So hat er das gesagt: Wozu hängen überall riesige Porträts von mir? Wozu überall dieser Personenkult, sofort weg damit! Ein kleines Foto auf dem Tisch genügt …«

»Meinen Sie das jetzt ernst?«

»Ja …«

»Das heißt also, ein kleines genügt?«

»Vollkommen …«

»Da hast du's, Franzisk, und da sagen sie noch, der Präsident tut nichts.«

Während die Beamten Franzisk die Fingerabdrücke abnahmen, widmete sich die Großmutter wieder ihren üblichen Tätigkeiten. Diesmal pinnte sie Ansichtskarten der Stadt an die Wände. Sie versuchte, das Krankenzimmer nicht mit Fotos zu verzieren, sondern – wenn nur irgend möglich – mit Reproduktionen von Gemälden einer in Vergessenheit versunkenen Stadt. Die Rote Kirche, das Rathaus, den Zirkus.

Als die Spürnasen weg waren, betrat Waleri Semjonowitsch den Raum. Er hatte auf dem Flur gewartet. Dem Geschichtslehrer war vor ein paar Jahren gekündigt worden, wegen fehlender beruflicher Eignung. Er hatte versucht, eine andere Stelle zu finden, aber keine Schule der Stadt wollte einen anders denkenden Pädagogen anstellen. So verdiente er seinen Lebensunterhalt mit Privatstunden.

Waleri Semjonowitsch grüßte die Großmutter, setzte sich zu Franzisk und begann so wie immer, ohne große Vorbereitung, seinen Unterricht. Diesmal erzählte er davon, wie am 25. März 1918, nach der Flucht der Roten, mit der Dritten Gründungsurkunde die belarussische Volksrepublik ausgerufen wurde.

»Am 25. März um acht Uhr morgens wurde in einem kleinen Bankgebäude die Unabhängigkeit einer Republik erklärt, die nur wenige Monate existieren sollte. Das klang so, merk dir das: ›*Wir, die Regierung der Volksrepublik, werfen nun das letzte Joch der Abhängigkeit, das die Zaren unserem freien und unabhängigen Land gewaltsam auferlegt haben, von unseren Schultern. Wir proklamieren von dieser Stunde an unsere Volksrepublik als freien und unabhängigen Staat.*‹

Allerdings muss man zugeben«, sprach Waleri Semjonowitsch weiter, »dass wir niemals tatsächlich unabhängig gewesen sind. Wir hatten die Staatsbürgerschaft, eine eigene staatliche Symbolik, Briefmarken wurden gedruckt. Aber das Gebiet war nicht souverän – die Besatzung durch die Deutschen dauerte bis zur zweiten Dezemberhälfte 1918 fort, gleich darauf wurde fast das ganze Land von den Roten besetzt. Im Dezember 1919 kam es zu einer Spaltung in den Obersten Rat und den Volksrat. Beide Räte versuchten in verbissener Konkurrenz zueinander, ihr ausschließliches Recht auf die Repräsentanz zu beweisen …«

Als die Stunde zu Ende war, verließ die Großmutter mit dem Lehrer das Krankenhaus. Zum ersten Mal seit Wochen wollte sie nach Hause fahren, nach dem Rechten sehen, Wäsche waschen. Franzisk blieb wieder allein. Er lag da, und wie immer in solchen Fällen lief neben ihm leise der Kassettenrekorder, den die Großmutter angelassen hatte:

Zeitungen schreiben, man kann ohne Zeitung nicht sein
Lyriker schreiben, die Welt dreht sich nur um den Reim
Niemand muss jemals für irgendwen irgendwas tun
Man kann was erzwingen, doch Liebe gehört nicht dazu.
Was da ist zwischen uns beiden,
kann man mit Händen nicht greifen.

Was da ist zwischen uns beiden,
kann man nicht kaufen, nicht leihen.
Was da ist zwischen uns beiden,
können wir selbst nicht beschreiben …

* * *

Die nächste Zeit kam die Großmutter nicht. Eines Tages schaute der Stiefvater herein, wechselte ein paar Worte mit der Schwester und ging wieder. Der Arzt sprach gelassen und gleichgültig, man hätte meinen können, er rede von etwas Alltäglichem, Einfachem, Unwichtigem. Doch die Alte erstarrte. Es gibt Augenblicke, da hören wir etwas, das überhaupt gar nicht vorstellbar ist. Etwas, das dem Lauf der Dinge komplett widerspricht. Etwas, das Unverständnis, Erschütterung, Angst hervorruft: Von nun an muss man bei Rot über die Straße gehen, die Deutschen haben wieder den Krieg erklärt oder so etwas in der Art. Die Alte schniefte, wischte sich die schweißnasse Stirn und sagte an Franzisk gewandt mit einem zaghaften Lächeln, das übrigens keineswegs spöttisch war, sondern eher von Verwirrung zeugte:

»Und nu … Da … da kommt deine Babuschka jetzt nicht mehr zu dir … Herrje … Ein Jammer! So ist das Leben … so ist das Leben … Ist deine liebe

Babuschka vor drei Tagen gestorben … Hast du sie ins Grab gebracht … Ein Jammer! Jetzt bist du ganz allein … Sie werden dich wahrscheinlich wegbringen von hier … Schade, schade … Niemand mehr da, der dich besucht … Herrje … Schade … um dich … und um sie … war eine gute Frau … So herzensgut … Nichts war ihr zu teuer für dich … Aber siehst du … Alle haben gedacht, du wirst als Erster … Dabei hast du deine Großmutter überlebt … So ist das manchmal … Vorbei … Vorbei ist's mit der Alten … Dabei war sie so rüstig … Sah ganz danach aus, dass sie uns alle noch pflegen wird … alles hinkriegt … Aber so ist es nun mal … Das Herz hat nicht mehr mitgemacht … Sie konnte nicht mehr … Hat's nicht mehr ertragen … Man hätte ihr natürlich helfen sollen, aber außer mir hat ihr niemand geholfen … Deine Mutter hat sie im Stich gelassen. Nur an sich hat sie gedacht, deine Frau Mama! Aber an deine Babuschka hat sie überhaupt nicht gedacht, überhaupt nicht. Schade … Schade um die Frau … ja … so eine brave … ehrliche … Solche gibt es fast nicht mehr … War ganz und gar für dich da … Hat all diese Jahre nur dir geschenkt … Hat nie an sich gedacht, und was hätte sie auch an sich denken sollen, wenn sie doch außer dir überhaupt gar niemanden hatte … Deine Mutter … Deine Mutter lebt ja schon lang ihr eigenes

Leben … ja … Der geht es gut, aber du … Dich hat nur mehr deine Babuschka gebraucht … Und siehst du, wie es gekommen ist … Überlebt hast du deine Babuschka, warst zäher als sie … Stur bist du … Wärst du doch gestorben … Wärst du gestorben, dann hätten es alle leichter gehabt … Alle hätten es gut gehabt, richtig wäre es gewesen, dem Sinn des Lebens getreu! Deine Babuschka hätte wenigstens ein paar schöne letzte Jahre gehabt, aber nein … Siehst du, so stur bist du, liegst nur da, aber jetzt kannst du allein daliegen! Jetzt kommst du sicher weg von hier … Der Arzt wird nicht so lang fackeln mit dir … Der wird in Nullkommanix mit dir fertig sein … Die wollten das ja alle deiner Babuschka nicht antun, aber jetzt …«

Ohne eine Antwort abzuwarten, ließ die Alte den Lappen fallen und ging zur Tür. Dieses Zimmer brauchte sie nicht mehr zu putzen. Die Großmutter würde nicht mehr kommen, also würde sie die Schwester auch nicht mehr wegen Unhöflichkeit und Faulheit zur Rede stellen. Ab jetzt würde das Krankenzimmer stets sauber sein, egal wie es aussah. Niemand würde sich mehr aufregen. Diesen Jungen brauchte niemand mehr. Niemand.

Nach ein paar Schritten blieb die Schwester stehen, drehte sich um, kehrte zum Bett zurück und setzte sich zu Franzisk. Der Stuhl knarrte. Auf diesem Stuhl hatte die Großmutter immer gesessen, jene Frau, die sie nun schon viele Jahre insgeheim als ihre Freundin betrachtete. Sie hatte es nie zugeben wollen, aber wenn in ihrem Leben etwas passiert war, wenn ihr Sohn oder ihre Schwiegertochter wieder mal zu trinken begannen, wenn ihr Mann sie schlug, wenn die Nachbarn zu laut Musik hörten oder den Briefkasten anzündeten, dann war die Schwester damit zur Großmutter gekommen. Nur mit ihr hatte sie ihren Kummer geteilt, grummelnd und sich verheddernd in Worten, Fakten und Mutmaßungen. Nur Franzisks Großmutter hatte gewusst, dass ihr Sohn mit jedem Jahr mehr und mehr trank, dass er in letzter Zeit gar nicht mehr nüchtern wurde. Er trank fürchterlich, literweise. Er trank den billigen Fusel, mit dem dank der staatlichen Politik die Supermarktregale voll waren, und manchmal (wenn er Geld hatte) Wodka. Niemand außer Franzisks Großmutter hatte gewusst, dass der Sohn der Krankenschwester in letzter Zeit epileptische Anfälle hatte, bei denen seine Zunge nach hinten rutschte, und dass sie jedes Mal, wenn sie das Krankenzimmer betrat, nur daran dachte, dass ihr Sohn hoffentlich nicht auf der Straße hinfällt und stirbt. »Besoffenen hilft niemand, weil sie schlechte Menschen sind. Wenn einer einen Alkoholiker sieht«, dachte die Alte, »dann fragt er sich nie, warum der so geworden ist, alle denken nur, dass er säuft.«

Die Schwester sah Franzisk an und weinte und begriff, dass in all den Jahren seine Großmutter der einzige Mensch gewesen war, der ihr gegenüber Güte zeigte. Elvira Alexandrowna hatte ihr geholfen, den Sohn an der Akademie der Wissenschaften unterzubringen. Nur ihr war es zu verdanken, dass er weniger trank und endlich Geld nach Hause brachte. Die Schwester sah Franzisk an und dachte, mit dem Tod der Großmutter wäre bald nicht nur sein, sondern auch ihr Leben zu Ende. Ihn werden sie wegbringen, dachte sie, und mich entlassen.

Als die Frau aufstehen wollte – bewegte sich Franzisk. Die Schwester wäre fast in Ohnmacht gefallen ... Sie schwamm ... versuchte, Halt zu finden ... doch ihre Arme gaben nach ... Sie fiel zurück in den Sessel ... blinzelte ... drückte die Augen zu und blinzelte nochmals ... und nochmals ... Nein, es war kein Traum! Franzisk! Der Junge! Franzisk, der fast zehn Jahre reglos in diesem Zimmer gelegen hatte, gab plötzlich zwei kurze, gleiche Laute von sich:

»Ba-ba …«

Die Schwester stieß einen Schrei aus. Sie verspürte einen Stich im Herzen, der bis in den Rücken ausstrahlte. Ihre Arme begannen zu zittern und zu pochen. Das Ereignis, das sie so viele Jahre herbeizuführen versucht hatten, war endlich passiert. Aus ihren Augen liefen Tränen, ihr Mund stand offen. Schon wollte sie Franzisk umarmen und küssen, doch eine Sekunde später eilte sie in plötzlicher Furcht, sie könnte etwas übersehen, etwas falsch machen, den richtigen Zeitpunkt verpassen und ihn damit am Ende töten, auf den Flur hinaus:

»Er ist wach! Er ist wach! Lukitsch ist aufgewacht! Er ist wach! Haalloo! Wache! Liebe Leute! Er spricht! Lukitsch! Selber übergeschnappt! Ruft seine Mama an! Heilige Muttergottes! Geh rein, sieh's dir selber an! Er ist wach, sag ich euch! Lukitsch ist wach! Er ist zu sich gekommen! Aufgewacht! Lebendig! Ja, ja, ja! Ja, sag ich dir! Er hat die Augen aufgeschlagen! Er ist wach!«

Wenige Minuten später standen etwa dreißig Personen um Franzisk herum. Ärzte, Krankenschwestern, Patienten, Wachpersonal. Sie drängelten sich um das Wunder, das sie lebhaft kommentierten.

Wie Fliegen schwirrten Franzisks Pupillen nach Norden, Süden, Westen und Osten. »Schaut nur, er sieht! Er sieht! Er reagiert, er sieht uns!«

Immer mehr Leute kamen dazu. Sie stellten sich auf die Zehenspitzen, schubsten die, die vor ihnen standen. »Macht jemand bitte das Fenster auf – hier drinnen kriegt man gar keine Luft mehr!« Aber keiner rührte sich. »Mach doch selber auf, wenn du schon so klug bist!« Jeder wollte die wundersame Auferstehung als Erster sehen. Das hier war wirklich ein Wunder, ein richtiges Wunder! Und wer wollte nicht an Wunder glauben? Hätte es so jemanden geben können? Wer wollte nach alldem noch den Himmel verfluchen, den allmächtigen, weisen Himmel? Franzisk war zum Leben erwacht. Phänomenal. Ein Märchen, ein Irrsinn. Der diensthabende Neurochirurg untersuchte Franzisk, und ungeachtet der Menschenmenge um ihn herum wiederholte Zisk immerzu: »Ba-ba, ba-ba!«

»Man muss das Fernsehen anrufen, die Zeitungen. Das ist eine Sensation! Wir kommen ins Fernsehen!«

»Auf keinen Fall. Dafür ist es zu früh. Viel zu früh! Das kann auch vor einer Verschlechterung … Ihr werdet … Ihr kommt schon noch … Unbefugte verlassen jetzt bitte das Krankenzimmer! Gehen Sie alle hinaus! Raus jetzt mit allen!«

* * *

Franzisk legte einen Senkrechtstart hin. Der Junge wurde gesund. Schnell, entschlossen, ohne Umschweife. Jeden Tag wunderten sich die Ärzte über die Gier, mit der der Patient nach dem Leben griff. Die Pflanze, die viele Jahre nicht gegossen worden war, erwachte zum Leben. Verdrängte mit ihren Wurzeln ungeniert die Erde aus dem Topf. Franzisk reckte sich zum Licht. Dorthin, wo draußen vor dem Fenster, hinter den Schranken des Krankenhauses, in der Stadt, sein Zuhause war.

»Hallo, sag mal, weißt du noch, wie man Fußnoten formatiert?«

»Wieso Fußnoten? Wozu brauchst du das?«

Der fassungslose Stiefvater überlegte, eine Habilitation zu schreiben. Diese Geschichte roch nach Erfolg. »Das ist es! Genau! Wie man es auch dreht und wendet, der Rotzlöffel bringt mir Glück.« Auf dem Heimweg beschloss er, zu tanken und die Bremsbeläge auszuwechseln: »Wie teuer das Benzin geworden ist, ja! Und was für ein fürchterliches Quietschen … Wenn der Stiefsohn nicht ins Gras beißt – vielleicht bringt er mir immerhin was, ja. Einen neuen Wagen vielleicht … Mit dem Verkauf der schwiegermütterlichen Einzimmerwohnung muss ich mir jetzt natürlich Zeit lassen, ja, aber auch das kann man dann optimal managen, ja, aber bis dahin … Bis dahin muss ich mich wohl in Geduld üben und den Glücklichen spielen … Mich haben ja alle im Blick … Gratulieren mir, leck mich … Ich muss … ich muss mich freuen … Es ist ja trotzdem ein Glück … Ein Glück, wie man es auch dreht …«

Der Stiefvater parkte das Auto, und sein Telefon klingelte ununterbrochen. »Dein Telefon klingelt!« Auf seinen typischen Klingelton folgten sein typisches Gehabe und seine typischen Antworten. Jeder Freund, jeder Kumpel, jeder Mitarbeiter wollte dem glücklichen Vater persönlich gratulieren.

»Gratuliere, Mann!«

»Schon gut, schon gut, seit ein paar Tagen geht's mir ehrlich gesagt schon auf den Sack … Ich sag ja … ja … Mein Akku ist gleich leer. Alle rufen an! Die ganze Stadt hat mich schon angerufen. Ich bring schon alle durcheinander. Reporter und Journaille!«

Er war nicht nur Chefarzt, sondern noch dazu der Glückspilz, dem es gelungen war, den eigenen Sohn, wenn auch Stiefsohn, aus dem Jenseits zurückzuholen. Und das nach so vielen Jahren! Wie toll! Ein Tausendsassa! Was für ein Mann! Jetzt ist er wie ein Sohn für Sie, nicht? Großartig! Das nennt man Willenskraft. Alles auf eine Karte setzen – und gewinnen. Ein Pfundskerl – mit allem Drum und Dran! Ein Doktor, großgeschrieben! Ein wundervoller Mensch sind Sie, wundervoll! Was Sie für Ärzte haben auf der Station! Sie sind ein beeindruckender Mensch! Wir bewundern Sie! Andere hätten schon längst aufgegeben! Hätten es sein lassen, das Handtuch geworfen! Aber Sie! Bravo, bravissimo, Herr Doktor!

Der Stiefvater nahm eine Gratulation nach der anderen entgegen und antwortete ruhig, dass er nie am Erfolg gezweifelt habe, immer vertraut und gewusst habe. Genau, er habe es gewusst. Er habe einfach seine Arbeit getan, gehofft und gewartet. Hätte er sich denn andernfalls mit all diesen Dummheiten aufgehalten: Kalender mitgebracht, Musik aufgedreht, Experimente mit Wasser durchgeführt?

»Ach, was für eine Habilitation denn? Was reden Sie denn da? Ja, wozu denn? Ja, die Hauptsache ist doch, dass es dem Jungen gutgeht. Ja, ja.«

Und dem Jungen ging es wirklich gut, mit jedem Tag besser. Franzisk verstand, reagierte und versuchte zu antworten. Seine Sprechfähigkeit kehrte langsam zurück. Erst Laute und Buchstaben, dann, Silbe für Silbe, Wörter. Er erkannte Ärzte und Schwestern wieder. Lächelte und widersprach, diskutierte, lachte, wenn jemand einen Witz erzählte, und versuchte sogar zu scherzen. Von sich aus. Der neue Held der Klinik, der Junge, der sich noch an vieles nicht erinnern konnte, machte die ersten Schritte. Besser als je irgendjemand in seiner Lage, sicher, über die Matten des Physiotherapieraums.

Normalerweise dauerte die Rehabilitation solcher Patienten Jahre. Zuerst bewegte sich kaum merklich eine Braue, dann der Mund, dann eine Hand. Erst Monate oder Jahre nach dem Aufwachen standen sie aus ihren Betten auf, manchmal auch nie. Franzisk dachte nicht daran, es auch so zu machen. Er sammelte Kräfte wie eine Katze, die sieben Jahre in eines packt.

Seit dem Tod der Großmutter war zu wenig Zeit vergangen. Der Stiefvater hatte die Wohnung nicht rechtzeitig losschlagen können. Die verrückte Alte hatte es hingegen geschafft, ihre paar Quadratmeter dem halbtoten Balg zu vererben. »Wo hat dieser beschissene Notar nur hingeguckt? Überhaupt hätte die alte Schachtel um Erlaubnis fragen können. Die Wohnung habe ich ihr gekauft. So ein Biest! Jetzt muss ich alles anders machen … Wer hätte gedacht, dass dieser Bastard so eine Geschichte aufrührt … Hätte das jemand vorausgesagt – ich hätt's nicht geglaubt … Nein, wirklich … Alles, alles muss man sich gut überlegen … ja … Den Bastard werden wir irgendwo einquartieren … In irgendeinem Behindertenheim, einen Hospiz. Aber das kommt später … danach … später … Und bis dahin … Bis dahin soll er doch vielleicht dort, ja … in der Wohnung der Schwiegermutter wohnen … Das wird besser sein, ja, besser für alle … Er wird ja nicht bei uns wohnen wollen? Doch nicht in meiner Wohnung? Ich habe nicht vor, ihm morgens das Klo freizumachen. Soll er etwa mit meinem Sohn zusammenleben? Aber wirklich nicht! Man kann doch den Kleinen nicht traumatisieren, ja. Der würde bestimmt nicht wollen, dass in seinem Zimmer ein Behinderter auftaucht, ja. Bestimmt nicht. Ich kenne ihn. Also muss er in die Wohnung der Schwiegermutter ziehen. Ja, soll er dort wohnen, ja, so ist es besser für alle. Ja, der wird mir noch dankbar sein. Ja, ganz bestimmt, ja, so wird es besser sein für alle. Meine Frau wird es mir danken, und er auch. Ja, so wird es gut sein. Und zu ihm … Zu ihm muss ich freundlich sein. Völlig unklar, wie lange diese ganze Geschichte dauern wird … Ja … Wenn man ihn so ansieht, dann kann es auch lang dauern … Ja … Jetzt ist alles möglich … Insofern ist es sogar sehr gut, soll er vorerst dort in der Wohnung wohnen. Und ich richte alles bestmöglich ein. Diese Geschichte wird mir noch Erfolg bringen. Vielleicht kann ich sogar die Rechte für eine Verfilmung ins Ausland verkaufen … Nicht wahr? Ist doch eine gute Idee … Ja … Was ist denn dabei, das machen dort alle, warum soll ich mir nicht auch was dazuverdienen? Erst recht, wo doch die Filmbranche bei uns im Arsch ist, und dann so eine Story. Und eine lange noch dazu, da würde sich sogar eine ganze Serie ausgehen. Eine ausführliche Serie, und viele Folgen bedeuten viel Geld, weil, man kriegt ja wahrscheinlich für jede Folge was … Das wäre keine schlechte Entschädigung, immerhin war ich es, der ihn aus dem Jenseits zurückgeholt hat! Ich habe all die Jahre auf ihn aufgepasst, habe ihn gesundgepflegt. Und ihn eben nicht eingeschläfert, obwohl ich das hätte tun können, tausendmal hätte ich Gelegenheit gehabt. Ich habe die Kraft gefunden, mich mit diesem ganzen Blödsinn abzufinden. Er hat sich nur deswegen freistrampeln können, weil ich ihm das ermöglicht habe. Ohne mich wäre nichts gegangen! Hätte ich mich nicht gekümmert, hätte ich nicht jeden Tag nach ihm gesehen ... Oh, das wäre großartig! Für Filme kriegt man ja viel, dann könnte ich mir das eine oder andere leisten ... Und wie ... Ja, da könnte ich mir nicht nur ein anderes Auto kaufen, sondern wahrscheinlich sogar eine Datscha ... ja ... Womöglich sogar mit Banja.«

Während er sein zukünftiges Kapital berechnete, machte sich der Stiefvater Vorwürfe, dass er für das Begräbnis der Großmutter zu viel Geld ausgegeben hatte. Geld liebt Stille und Zählung, pflegte der Präsident zu sagen. Das von niemandem wahrgenommene Ereignis hatte eine zu hohe Summe verschlungen. Was hatte es für einen Sinn, für eine Tote Geld auszugeben, die ohnehin nichts mehr merkte. Den Sarg hätte man wohl auch billiger bekommen und auch den Pfarrer hätte man sich sparen können – die Alte war bestimmt nie zur Kirche gegangen.

Die Frau des Arztes, Franzisks Mutter, begriff nicht ganz, was da vor sich ging. Etwas Unerwartetes, Unverständliches, Seltsames, Außerordentliches war passiert. All das war unfassbar. Was für ein Wunder: Ihr Sohn war plötzlich aufgewacht. »Und jetzt? Was bedeutet das alles? Wie soll es weitergehen? Das ist natürlich ein Glück, aber in so einem komischen und, wenn ich so sagen darf, unpassenden Moment.« In ihrer Realität durfte es so etwas nicht geben. »Wie geht das? Mein Mann hat doch gesagt, dass das für immer so bleiben wird.« Dass Franzisk längst so gut wie tot und der einzige Ausweg aus dieser ganzen Geschichte der endgültige Tod sei. Ihr Mann hatte gesagt, dass das Gehirn ihres Sohnes längst nicht mehr funktioniere, damit müsse man sich abfinden – und sie hatte sich abgefunden. Ihr Mann hatte gesagt, man könne in seiner Anwesenheit reden, was man nur wolle. Und sie hatte geredet, sie hatte wirklich über ihn geredet wie über einen Toten. »Und was jetzt? Wenn er sich erinnert? Wenn er mir das alles übelnimmt? Wenn er mir Vorwürfe macht, es den Leuten erzählt? Das wäre ja peinlich, eine Schande, ein Skandal! Herr Gott im Himmel, womit hab ich das verdient? Was hab ich bloß falsch gemacht, was hab ich angestellt? Womit habe ich Dich beleidigt? Ja, ich war nie in der Kirche, ja, ich habe nicht gefastet, aber ich habe immer an Dich geglaubt! Immer, wirklich! Du weißt doch, dass ich immer mit Dir gesprochen habe. Immer, wenn ich Angst hatte, zum Beispiel im Flugzeug, da hab ich mich an Dich gewandt, und ist das etwa kein Beweis, dass ich an Dich glaube, Herr? Was brauchst Du noch für Beweise? Ich habe geglaubt, habe wirklich an Dich geglaubt, und Du bestrafst mich für irgendetwas! Aber wofür? Ich verstehe nicht, wofür? Was habe ich falsch gemacht? Was hätte ich wissen müssen, was verstehen, Herr Gott? Weißt du, ich habe Dich so geehrt, dass ich Gott und Herr immer großgeschrieben habe! Viele machen das nicht, viele schreiben Dich klein, aber ich hab Dich immer großgeschrieben – und was jetzt? Dafür schickst Du mir diese schwere Prüfung! Zu so einem ungünstigen Zeitpunkt! Was, wenn er wirklich allen davon erzählt, Herr Gott? Wie kann ich ihn überzeugen, dass er schweigt? Soll ich mit ihm reden, mich entschuldigen, um Verzeihung bitten? Wie soll ich die richtigen Worte finden, wie mich rechtfertigen? Wie erkläre ich ihm, dass ich mir nichts habe zuschulden kommen lassen, dass ich einfach meinem Mann vertraut habe. Weil, ehrlich, ich habe von ganzem Herzen seinen Worten geglaubt. Sie geglaubt und hingenommen. Es ist mir sehr schwer gefallen, aber seitdem sind so viele Jahre vergangen. Ich habe einen ganz anderen Ausgang erwartet, aber was ist das für ein Plan B? Wer hat sich das alles ausgedacht? Auch den Tod der eigenen Mutter konnte ich mir nicht vorstellen, aber erst recht nicht (nach so vielen Jahren!) die Auferstehung Franzisks. Ich hatte längst meinen Frieden damit gemacht, dass es Zisk eines Tages nicht mehr geben wird. Mehr noch, ich habe sogar zugestimmt, dass sein Tod unter diesen Umständen für alle das Beste ist. Herr Gott, Du hattest mir offenbar die Zeit geschenkt, mich an den unersetzlichen Verlust zu gewöhnen – so hat es der Pfarrer gesagt ... Siehst Du, ich weiß das noch! Ich war beim Pfarrer, ja, einmal! Er hat mir gesagt, dass Du Franzisk durch einen Mord oder einen Autounfall in einem Wimpernschlag zu Dir hättest rufen können, schnell und gnadenlos, ohne Vorwarnung und Zeit, sich darauf einzustellen. Aber Du, der Allmächtige und Barmherzige, hast den mildesten Weg gewählt, Du hast uns Zeit gegeben, uns zu gewöhnen, uns abzufinden, uns zu verabschieden und es anzunehmen ... Jetzt kann ich mir absolut nicht vorstellen, wie ich mich verhalten soll. Soll ich mich freuen oder weinen? Was soll ich tun, wen soll ich anrufen? Um Franzisk muss man sich kümmern, man muss mit ihm sprechen, ihm auf die Beine helfen. Aber wie soll ich das denn alles machen? Soll ich mich zerreißen? Soll ich etwa jetzt den einen Sohn links liegenlassen und für den anderen sorgen? Wie schaffe ich das alles, Herr Gott? Wo wird Franzisk wohnen, wie geht das mit der Schule weiter, was wird er anziehen? Und letztendlich wird er von irgendwas leben müssen!«

Franzisk war als Sechzehnjähriger aufgewacht. Er ging davon aus, dass draußen vor dem Fenster das Jahr 1999 wartete – mit seinen Prüfungen, dem Sommer und Nastja. Das Präsidentenporträt an der Wand bestärkte ihn noch in dieser Überzeugung. Als erstmals jemand versuchte, Franzisk zu erklären, dass er über zehn Jahre im Koma gelegen hatte, glaubte der Junge das natürlich nicht: »So *viel Jahr* kann man nicht schlafen. Unmöglich!« Franzisk warf russische und belarussische Wörter wild durcheinander.

Auf die Fragen der Ärzte antwortete er bestimmt, er wohne mit seiner Babuschka in der Nähe der Akademie der Wissenschaften und manchmal bei seiner Mama gegenüber vom Botanischen Garten. Dass die Großmutter gar nicht mehr lebte, wusste Franzisk nicht, obwohl ausgerechnet das der Grund für seine wundersame Erweckung gewesen war. Die Ärzte wollten sein Gedächtnis, das gerade auf Touren kam, lieber nicht mit neuen Details blockieren. Für den Anfang sollte der Patient sich an möglichst viel von dem erinnern, was er früher gewusst hatte. Die Hauptstadt der Republik, die Namen der Nachbarn, seine Lieblingsfarben. Den Tod der Großmutter verschwieg man ihm lieber. Die offizielle Version war, dass sie sich im Sanatorium erholte und jeden Moment zurückkommen müsste. Franzisk wunderte sich, dass sie nicht anrief, vergaß das aber auch schnell wieder. Sein Gehirn ratterte, formatierte sich um, lud sich neu. Die Umgebung verblüffte ihn im Sekundentakt. Er sammelte Fakten am Laufmeter, Hirngespinste, Herleitungen, Offenbarungen, neue Wirklichkeiten. Baute sie neu zusammen, ein menschlicher Teilchenbeschleuniger. Zur Besichtigung des Patienten kamen Koryphäen verschiedener Länder, Ärzte aus den Hauptstädten des Ostens und des Baltikums. Alle wollten mit eigenen Augen den Jungen sehen, der in der Vergangenheit aufgewacht war. Franzisk lernte gehen, trinken, sprechen, Unmut ausdrücken. Sehen, schlafen, träumen, horchen. Die Arme bewegen und, wie einst auf der Toilette im dritten Stock des Lyzeums, mit den Ohren wackeln. Von einer Altersstufe zur nächsten springend, studierte der Junge die Menschen und die Zeichnungen über seinem Kopf, nahm die Plakate des Fußballklubs und die feine Narbe am Handgelenk der Krankenschwester wahr. Der Stellvertreter des Stiefvaters bat Stassik, so oft wie möglich zu kommen: Der Freund, der sogar gebeten wurde, sich Kurzurlaub von seinem Job zu nehmen, war am besten dazu geeignet, Franzisk Tag für Tag in den Strom seines früheren Lebens zurückzuleiten.

»Na gut, dann probieren wir es noch mal … Letztes Mal ging das ja schon ganz gut … Wie heißt du?«

»Franzisk …«

»Zuname?«

»Lukitsch … oder?«

»Richtig, richtig … Wie alt bist du?«

»Siebzehn …«

»Und?«

»Ich bin Schüler des Staatlichen Lyzeums der Künste … spiele Cello … oder so …«

»Welches Jahr schreiben wir?«

»1999 …«

»Alles klar … Schau … Das ist ein Laptop …«

»Was *tust* du aus mir einen Idioten?«

»Mach ich nicht, und was früher war, zählt nicht – und das ist wirklich ein Laptop. Wir können jetzt leider nicht ins Internet, weil sie nach sechs das WLAN abdrehen.«

»Was ist ein WLAN?«

»Eine kabellose Verbindung … Früher musste man, wenn man ins Internet wollte, ein Kabel an den Computer anschließen und sich einwählen, das ist jetzt nicht mehr notwendig. Jetzt kommt das alles über die Luft, wie die Mobilfunkverbindung. Ich weiß nicht mehr, hattest du 1999 schon ein Handy?«

»Weiß ich nicht mehr. Warum *arbeitet* dieses WLAN nach sechs nicht?«

»Ist Gesetz. Nach sechs Uhr wird die kabellose Verbindung im Land abgeschaltet.«

»Warum?«

»Weiß nicht. Ist Gesetz.«

Stassik legte den Computer beiseite, nahm die Fernbedienung und schaltete den Fernseher ein.

Er zappte durch die Kanäle und erzählte, dass jetzt alles anders sei, die ersten Ziffern seien jetzt nicht mehr die Sender der Nachbarländer, sondern einheimische.

»Weißt du noch, früher hat niemand unsere Nachrichten geguckt. Wen hätte das interessiert? Alle wollten lieber die Nachrichten des großen Bruders sehen. Wahrscheinlich war uns irgendwie nicht klar, dass wir in einem neuen Staat leben. Was heißt wir? Wir waren ja noch Kinder, unseren Eltern hätte das klar sein müssen, aber denen war das überhaupt nicht klar. Die glaubten, nur der Name des Landes habe sich geändert und alles andere werde sein wie früher. Aber so läuft das nicht. Ich glaube, sie verstehen bis heute nicht, was passiert ist. Erst die Leute in unserem Alter scheinen langsam zu realisieren, dass sie in einer zwar noch ganz jungen, aber dafür eigenen Republik leben. Jedenfalls, während du hier geschlafen hast, hat sich alles ein wenig verändert. Nicht viel, bloß ein wenig. Weil umgekehrt sehr viel von unserer Kindheit zurückgekehrt ist! Also zwar keine grundlegenden, aber trotzdem Veränderungen – ›ein wenig‹ trifft es genau. Nehmen wir mal das Fernsehen. Zunächst haben sie haufenweise Programme aus den Nachbarländern gesendet, dann haben sie es geschafft, ihren Einkaufskorb ausschließlich mit heimischen Produkten zu füllen. Ich glaube nicht, dass dahinter der Wunsch stand, das örtliche Fernsehen wiederzubeleben, sondern sie wollten in erster Linie eigene Nachrichtensendungen haben. Die neue Politik erforderte viele Erklärungen. Zudem stimmte die offizielle Version unserer Regierung oft nicht mit jener der Nachbarn überein, obwohl man eigentlich an einem Strang zog. Jedenfalls, da wollte jemand unbedingt die gesamte Medienlandschaft für sich haben und hat das im Endeffekt auch erreicht. Ob du heute die Nachrichten im Ersten Kanal anschaust, im Hauptstadtkanal oder im nationalen Rundfunk – das Ergebnis ist dasselbe. Du wirst nie zusätzliche Informationen zu hören kriegen, nichts, was der Position der Präsidialverwaltung entgegensteht. Und so ist es mit allem. Zeitungen, Radio. Alle tuten ins selbe Horn, das große Orchester eines kleinen Landes. Wenn wir jetzt das

Radio aufdrehen, hören wir wahrscheinlich einen einheimischen Interpreten.«

»Wierum?«

»Weil ein neues Gesetz vorschreibt, dass mindestens fünfundsiebzig Prozent der gesendeten Musik aus heimischer Produktion sein müssen ...«

»Wird jetzt also auch ...«

»Nein ... Ich weiß schon, was du meinst ... Was wir in der Schule gehört haben, wirst du nie zu Ohren bekommen. *Luftballon* oder *Drei Schildkröten* – nein, diese Lieder gibt es bei uns nicht ... Die fünfundsiebzig Prozent haben viele unserer Beamten wörtlich verstanden ... Bands, die auf die eine oder andere Art als Sympathisanten der Opposition registriert waren, werden im Radio nicht gespielt ...«

»Warum?«

»Versuch, dieses Wort zu vergessen. Du kriegst es gesagt – akzeptiere es. Machen wir es so, okay? Das ist einfacher. Gesunde Menschen stellen keine Fragen, und du solltest erst recht keine stellen. Andernfalls kannst du verrückt werden. Vor allem jetzt. Nimm einfach alles als Tatsache hin. Wenn du jedes Mal fragst, warum, wie, wozu – dann kommen wir nicht weiter. Hör mir einfach zu, und ich erkläre dir alles.«

Stassik erzählte von Festivals, die einer erfolgreichen Ernte gewidmet waren, und von der Republikanischen Jungen Union; von Festnahmen von Journalisten und vom Hungerstreik als einem der letzten Mittel im Kampf gegen den Staat. Davon, dass treulose Untertanen hinter Gittern saßen und fast alle Betriebe verscherbelt waren, und jetzt bliebe nur mehr der Verkauf der inhaftierten Untertanen. Davon, dass im Land noch immer politische Prozesse im Gang seien, und jeden Tag würden es mehr, dass man für die Verweigerung des Parteieintritts seine Arbeit verlieren könne, und dass in all den Jahren, die Franzisk im Koma gelegen habe, keinerlei Ermittlungen zu Entführungen von Journalisten und Politikern aufgenommen worden seien. Dafür habe man einen moralischen Rat eingerichtet, der darüber entscheide, welche Bücher man lesen dürfe und welche nicht. Je mehr Stass erzählte, desto weniger verstand Zisk. Kein guter Plan. Wahrscheinlich war es besser, im Westen aus dem Koma zu erwachen. In einem kleinen Land, wo alles klar und vernünftig war. Wo die Ereignisse der Logik entsprachen und dem jahrhundertelangen Lauf der Dinge. Was Stass erzählte, war nicht annehmbar, nicht begreifbar. Das wollte alles nicht in seinen Kopf hinein. Franzisk wurde nervös und spürte, wie sich in seiner Brust Panik ausbreitete. Sie begann, auf sein Herz zu drücken, und er bat um Unterbrechung, wenigstens für eine Stunde.

Ein paar Tage nach der wundersamen Erweckung hatte ihn endlich auch die Mutter besucht. Natalja Nikolajewna kam mit einem Kind und dem Chefarzt.

»Ich bin dein behandelnder Arzt, wie du dich erinnerst ... und dein Stiefvater«, fügte der Mann plötzlich hinzu.

»Nein, nein! Nicht Stiefvater«, unterbrach die Mutter. »Er soll dich Papa nennen. Er hat nie einen Vater gehabt. Das ist doch so schön! So ein Geschenk, so ein Glück! Das ist alles so wichtig. Ein Vater! Schatz, du hast jetzt einen Vater! Freust du dich? Freust du dich, mein Lieber?«

»Batka?«, fragte Franzisk mit unverhohlener Verwunderung.

»Ja, mein Schatz, dieser Mann ist dein Vater. Er hat dir das Leben geschenkt. Er kann sich wirklich dein Vater nennen! Und das ist dein Brüderchen.«

Zisk stemmte sich im Bett hoch. Seine Arme funktionierten. Für einen Menschen, der zehn Jahre im Koma verbracht hatte – zu gut. Zisk hätte mit Leichtigkeit aufstehen und zu dem kleinen Jungen hingehen können, doch der Arzt befahl ihm, sich zu schonen.

»*Interessant*«, dachte Zisk. »Das ist meine Mutter, und das ist mein neuer *Batka. Sehr interessant.*«

Die Mutter fuhr fort:

»Ja, mein Lieber, das ist dein neues Brüderchen, und das dein Vater. Jetzt werden wir alle zusammenleben. Eine große Familie! Schön, nicht wahr?«

»Wie hat sie das bloß gemacht?«, dachte Zisk. Und fragte:

»Wo ist Babuschka?«

»Freust du dich etwa nicht, Schatz?«

»Sehr, ich frage nur, wo ist meine Babuschka. *So viel Zeit ist vergangen,* und sie kommt nicht.«

Die Mutter sah den Chefarzt an. Der nickte gelassen und sagte: »Er kann es erfahren. Er ist so weit stabil.« In dem Moment wusste Zisk es, noch ehe es die Mutter aussprach: »Sie ist gestorben.«

»Schon lange?«

»Einen Tag, bevor du aufgewacht bist.«

Franzisks Rehabilitation dauerte ein halbes Jahr. Sechs spannende Monate. Die Ärzte hörten nicht auf, sich über die unvergleichliche Selektivität zu wundern, mit der das Gehirn dieses besonderen

Patienten funktionierte. Zisk konnte sich an Ereignisse aus dem dritten oder dem siebenten Komajahr erinnern, die Handlung eines Hörbuchs wiedergeben oder den Hauptsatz irgendeiner Symphonie nachsingen. Hätte die Prüfung über musikalische Literatur jetzt stattgefunden und nicht vor zehn Jahren, Franzisk hätte das Quiz von Alla Wladimirowna fehlerfrei bestanden. Er wusste auch noch, dass die Lehrerin für musikalische Literatur so hieß. Franzisk erinnerte sich auch an andere Lehrer, aber jedes Mal, wenn er sie zu beschreiben versuchte, vermischte er die Sprachen. Das war das einzige Rätsel, das die Ärzte noch immer nicht geknackt hatten. Sein linguistischer Kollaps, ein aus zwei Leben zusammengestoppelter Wortschatz. Die große und die Muttersprache, die allgemein übliche und die Lieblingssprache vermischten sich ständig in Zisks Kopf. Wie der erste und bisher einzige Präsident des Landes sprach er jetzt beide Amtssprachen gleichzeitig. Allerdings waren sich die Ärzte beim Grasrauchen im Ärztezimmer darüber einig, dass Franzisk im Gegensatz zum Präsidenten alle Chancen hatte, eines Tages wieder grammatikalisch richtig zu sprechen. Als die Wirkung des Marihuanas ihren Höhepunkt erreichte, vergaßen die jungen Doktoren alle Vorsichtsmaßnahmen und begannen einander lauthals, mit Blick auf das leicht schief hängende Porträt des Batka, böse Witze zu erzählen.

»Wisst ihr, wer das Buch *Meine Ratschläge für Gott* geschrieben hat?«

»Ja! Und habt ihr gehört, dass in unserem Land jeder Präsident werden kann, der diesen Beruf mindestens fünf Jahre lang ausgeübt hat?«

»Ja, und wisst ihr außerdem, warum in den fünfziger Jahren in unserem Land Abtreibungen verboten waren?«

»Hat auch schon einen Bart! Hört mal, ich hab gestern darüber nachgedacht, warum Lukitsch so schnell seine Erinnerung wiedergefunden hat, und bin zu dem Schluss gekommen: Wir leben im besten Land für erwachende Komapatienten. Hier ändert sich absolut nichts. Egal, wie lang sie im Koma liegen. Monatelang, jahrelang, ewig …«

»Wenn sie zu sich kommen, wird alles rundherum genau so sein wie an dem Tag, an dem ihnen das Unglück widerfahren ist. Nur so kann ich mir Lukitschs schnelle Genesung erklären. Das ist nur, weil bei uns die Zeit stehengeblieben ist. Er schlägt die Augen da auf, wo er sie irgendwann einmal geschlossen hat. Wir erzählen ihm von irgendwelchen Unterschieden, aber im Großen und Ganzen hat sich nichts verändert. Wir wissen, dass sein Gehirn an etwas andocken muss, um zu genesen, an

Häkchen aus der Vergangenheit, wenn man so will. Und ebendiese Häkchen gibt es hier auf Schritt und Tritt! In dieser Stadt wird fast nichts gebaut. Sie verändert sich nicht. Würden unsere Architekten ihren Beruf wirklich lieben, sie würden sich aufhängen vor Entsetzen und Langeweile! Wenn hier neue Gebäude entstehen, dann unterscheiden sie sich in nichts von jenen, die vor ein paar Jahrzehnten gebaut worden sind. Außerdem gibt es etliche Aspekte, die ihn in seine Kindheit zurückversetzen. Seht euch die Straßenreklame an, all diese sozialistischen Plakate. Unser Land bewegt sich rückwärts. Unser Fünfjahresplan katapultiert uns zurück ins Jahr 1980, allenfalls plus ein paar Jahre. Wir feiern das Einbringen der Ernte, auf der Parade zum Tag des Sieges ziehen Traktoren die Erträge der Volkswirtschaft durch die hauptstädtischen Straßen, Kolchosbauern marschieren auf, Turner bilden Pyramiden aus menschlichen Körpern – was braucht er noch, um sich an seine Kindheit zu erinnern? Das ganze Land hat sich in ein Bühnenbild seiner Kindheit verwandelt. Besser hätte ihn der Staat gar nicht unterstützen können. Wir hätten um Medikamente ersuchen können, aber das Land ist uns entgegengekommen und hat uns einen viel besseren Dienst erwiesen.«

»Ja, man möchte glauben, dass diese ganze Absurdität nur den einen Zweck hat, dass unser Staat seinem in der Vergangenheit festgefrorenen Sohn helfen will. Aber ich fürchte, so ist es nicht.«

Franzisk blätterte das Album mit seinen Kinderfotos durch und hörte durch die Wand jedes Wort der Rauchenden. Die Bemerkungen erklärten ihm vieles und warfen Licht auf all das, was Stass und Mama ihm in den letzten Monaten näherzubringen versucht hatten. Zu seiner Freude begann er zu begreifen, was all diese geglätteten Linien und Kanten zu bedeuten hatten. Nach monatelangen schwammigen Erklärungen und Interpretationen konnte er jetzt endlich nach Hause gehen – dorthin, von wo aus er eines Tages ins Lyzeum aufgebrochen war.

»Hast du neue Jeans?«

»Aber nein«, sagte Stass verwundert. »Na, freust du dich?«

»Ja, natürlich, sehr …«

»Ich wusste, dass es eines Tages so kommen würde.«

»Was denn?«

»Was heißt, was? Dass du wieder gesund wirst! Was denn sonst?«

»Man könnte meinen …«

»Könnte man! Weißt du, es gibt etwas wie Vorahnung … Ich habe immer gespürt, dass alles gut ausgehen wird … Schau mal, wie die Tapeten über die Jahre ausgeblichen sind, dabei scheint mir alles wie im Flug vergangen zu sein. Als hätte ich erst gestern erfahren, was mit dir passiert ist. Sehr schnell ging das. Wenn ich an die letzten Jahre denke, kann ich gar nicht glauben, dass du jetzt hier sitzt und mit mir sprichst. Unmöglich, das alles zu fassen. Aber ich hab's gewusst, Zisk, wirklich, ich hab's immer gewusst!«

»Aha …«

»Du bist nicht so richtig glücklich, oder …«

»Aber nein … *Alles gut …*«

»Warum holen dich nicht deine Eltern ab?«

»*Wozu denn?* Ich kann ja selber fahren … Meine Mama hat heute viel zu tun, sie kocht … Gestern hat sie mir die Schlüssel gebracht … Hör mal, vielleicht schauen wir, bevor wir nach Hause fahren, noch bei Babuschka auf dem Friedhof vorbei?«

»Dazu hast du noch genug Zeit … Keine Sorge … Denk lieber daran, dass du heute endlich zu Hause einschlafen wirst.«

»Ich weiß nicht, ob ich überhaupt werde einschlafen können. In letzter Zeit habe ich Alpträume und leide unter Schlaflosigkeit.«

»Gut gemacht!«

»Was meinst du?«

»Du hast den ganzen Satz in derselben Sprache gesagt. Hast keine Wörter verwechselt. Super! Das meinte ich, nicht die Schlaflosigkeit, natürlich. Ich hatte heute übrigens auch einen Alptraum. Ich träumte, wir sitzen in einem Saal, in der Oper oder in der Philharmonie, und ein Präsidentschaftskandidat tritt auf, und alles verläuft gut, alle sind glücklich, aber plötzlich stürmen Menschen in Zivil den Saal, mit Funkgeräten, und beginnen alle zu jagen und zu verprügeln. Und die Menschen rennen, fallen zu Boden ... Das war's dann ... Du weißt ja, wie schnell im Traum Szenenwechsel ist ... Jedenfalls, dann sitze ich zu Hause, es ist Nacht, aber sehr hell, es klingelt an der Tür, und ich weiß, das sind die Spezialeinheiten ... Die Tante tritt vor die Tür, um zu sagen, dass ich nicht da sei, aber es ist zu spät – sie haben schon gehört, dass ich mich hinter der Tür verstecke. Und drängen in die Wohnung herein ... Die Tante führen sie ins Badezimmer, und ich glaube schon, sie bringen sie um, aber sie geben ihr irgendeinen Tee zu trinken, und sie kommt heil wieder heraus. Ich freue mich, aber sie würgt; ich begreife, dass sie ihr eine Lektion dafür erteilen wollen, dass sie versucht hat, mich zu verstecken. Dann packt mich ein bulliger Kerl am Hals und sagt: ›Über die Präsidenten der anderen Länder kannst du sagen und schreiben, was du willst, aber nicht über unseren! Kapiert?‹ Und ich habe Angst! Ich weiß, dass ich schuldig bin, und entschuldige mich ein ums andere Mal bei ihm und sage: ›Ja, ja … ja … Alles klar … Sagen Sie mir nur, was man darf! Sagen Sie mir, was man darf und was nicht! Erlauben Sie mir nur, was man darf … Sagen Sie mir, was ich darf, und ich werde es machen …‹ Dann ließen sie uns was unterschreiben und gingen weg, und unsere Nachbarn kamen rein und holten die Sachen, die sie bei uns versteckt hatten, und wir gingen zu ihnen rüber, um unsere Sachen zu holen … Kannst du dir das vorstellen? Aber das ist noch nicht alles, das Interessanteste kommt noch. Dann wurde es im Traum Morgen, und ich ging irgendwie mit den jungen Polizisten, denselben, die den Saal und dann meine Wohnung gestürmt hatten, auf einem Spielplatz spazieren. Wir spazierten so dahin, unterhielten uns, und sie sagten zu mir: ›Alter, wir verstehen das alles, aber du musst uns auch verstehen, wenn wir den Befehl verweigern, bringen sie uns um!‹ Ich darauf: ›Die können doch nicht alle umbringen! Es ist unmöglich, alle umzubringen!‹ Und sie: ›Ja, wir wissen sehr gut, dass sie nicht alle umbringen werden, aber … Aber das Schlimmste ist, wenn man weiß, dass sie nicht alle umbringen, sondern nur dich, ausgerechnet du wirst umgebracht. Und dein Tod führt zwar allen vor Augen, dass ihre ganze Brutalität umsonst war und es so nicht weitergehen kann, aber davon kommst du nicht zurück, und du wirst nicht mehr erleben, wie endlich alles anders wird. Und weil wir das wissen, machen wir weiter mit dem, was wir machen, in der Hoffnung darauf, dass ein anderer umgebracht wird und alle verstehen werden …‹ So einen Traum hatte ich heute, mein Freund …«

»Ich bin so weit.«

»Ja, verzeih meinen Redeschwall. Hast du übrigens gemerkt, wie viel größer das Krankenzimmer ohne die Plakate und alle deine Sachen wirkt?«

»Nein …«

»Ja, klar, wie könntest du das auch merken, du kennst ja dieses Zimmer nicht anders. Und trotzdem, du bist heute gar nicht fröhlich, dabei ist so ein wichtiger Tag.«

»Ach, ich bin schon fröhlich, fröhlich und glücklich bin ich, ich möchte nur so schnell wie möglich weg von hier …«

»Ach, schaust du gar nicht bei deinem Stiefvater rein?«

»Der kann mir gestohlen bleiben.«

»Hm, ich weiß nicht. Immerhin hat er sich so lange Zeit um dich gekümmert. Hat so viel für dich getan.«

»Zum Glück kann ich mich an nichts davon erinnern.«

»Bedank dich wenigstens bei ihm.«

»Ich glaube, dazu werde ich ab jetzt genug Gelegenheiten haben.«

»Hey, fast hättest du dein Metronom vergessen!«

* * *

Franzisk sperrte die Wohnung der Mutter mit seinen eigenen, neuen Schlüsseln auf. Als er noch hier gewohnt hatte, hatte es nur ein Schloss gegeben. Weder Franzisk noch seine Mutter hatte Angst vor Einbrechern gehabt. Von Kindheit an hatte die Mama ihrem Sohn einen Schlüssel um den Hals gehängt, den er trug wie andere ein Kreuzchen. Jetzt aber stand Zisk vor zwei Türen und vier Schlössern – zwei pro Tür. Genau wie früher bei der Großmutter. Franzisk probierte lange die Schlüssel durch. Niemand hatte ihm erklärt, dass der himmelblaue für das obere Schloss war, der schwarze (wie die Erde) natürlich für das untere. Die Mutter hatte dem Sohn einfach einen Bund neuer Schlüssel gegeben, ohne daran zu denken, dass er zehn Jahre lang keine Türen aufgesperrt hatte.

Franzisk erkannte sofort den strengen Geruch wieder, den diese Wohnung immer verströmt hatte. Mama liebte Katzen über alles. In ihren Bemühungen, Territorium zu erobern, hatten die Haustiere permanent den Wohnraum markiert. Zisk hatte sich für den Geruch der eigenen Wohnung geschämt – so durfte ein Zuhause nicht riechen – und nie Mädchen oder Freunde zu sich eingeladen. Als sich das Baby ankündigte, hatte die Mutter beschlossen, auf die Katzen zu verzichten, und gab sie irgendwelchen Verwandten, der Kater musste auf die Datscha, doch der Geruch war geblieben. Kaum war Franzisk über die Schwelle getreten, wusste er, er war zu Hause. Der Stiefvater hatte neu tapeziert, doch Zisk erkannte den Korridor trotzdem.

»Möchtest du Koljas Kinderzimmer sehen?«

»Ja …«

Als er in sein Zimmer ging, verstand Franzisk nicht, warum Mama es Koljas Zimmer nannte. Dieser Platz gehörte ihm. Mit dem Recht der Erinnerung, mit dem Recht der Kindheit. Ungeachtet der zehn Jahre Schlaf kannte er jeden Zentimeter dieser für den neuen Besitzer buntgestrichenen Wände. Seine Spielsachen waren hier, seine Flugzeugmodelle und sein Ball, auch wenn der nicht mehr genug Luft hatte. Ansonsten gehörte das Zimmer, das musste

Franzisk einsehen, dem neuen Mini-Zaren. Über dem Bett hing eine Karte mit den aktuellen Fußballchampions. Auf dem Schreibtisch, neben dem Globus und dem Computer, stand eine fremde, rot-grüne Flagge. Franzisk sah sich im Zimmer um und ertappte sich bei dem Gedanken, dass es eher wie ein Mädchenzimmer aussah, so sauber und ordentlich. Alles war zu genau, zu aufgeräumt, zu korrekt. Als Zisk noch Herr über diese Gefilde gewesen war, herrschte hier Chaos, von Ordnung konnte gar keine Rede sein. Franzisk hatte immer zu seiner Mama gesagt, Disziplin habe überhaupt nichts Gutes.

Franzisk ging zum Tisch und griff nach einem roten Cabriolet im Maßstab 1:16. Kaum hielt er das Auto in Händen, erklang hinter seinem Rücken eine strenge Kinderstimme:

»Stell das hin – das gehört mir!«

Franzisk wollte widersprechen, doch er verstand, dass er sich an der Stelle des kleinen Bruders genauso benommen hätte. Man sucht sich sein Alter nicht aus. Jetzt trug der kleine Bruder die Krone. Er hatte sich das Königreich aus drei Zimmern untertan gemacht. Nur ihm, und sonst niemandem, gehörten dieses Fenster, der Botanische Garten dahinter und die tausend Teilchen des Baukastens, den Franzisk einmal geschenkt bekommen hatte.

Nur ihm gehörten die vollgestopften Regale und der versiffte Teppich.

»Sorry, ich wollte nur sehen, ob die Türen aufgehen.«

»Sie gehen auf!«, antwortete Kolja und nahm ihm das Modell aus der Hand. Er drehte es gewichtig hin und her und erzählte, was für eine exakte Nachbildung das sei, dass alles genau so sei wie im echten Wagen, und wenn man das Lenkrad drehe, drehten sich die Räder.

Franzisk strich dem Bruder über den Kopf und trat wieder aus dem Zimmer. In der halben Stunde, bevor der Stiefvater nach Hause kam, ging Zisk schweigend durch die Wohnung. Wie ein Gespenst bewegte er sich lautlos von Raum zu Raum. Setzte sich, wurde still. Zisk sah sich die Schuhe im Korridor und die Bücher im Wohnzimmer an, die Shampoos im Badezimmer und den Teppich im elterlichen Schlafzimmer. Er stand auf und setzte sich wieder auf den Platz, an dem ihn die Mutter fünf Minuten zuvor reglos hatte sitzen sehen. Er tat einen Schritt und blieb stehen. Jedes Ding, das er vergessen hatte und nun wiedersah, erschütterte ihn. Ein Brillenetui, eine Tasse, ein Bild, eine Steckdose – alles. Zisk erinnerte sich an Geschichten rund um die Ceylon-Teedose, in der die Dokumente aufbewahrt wurden, und die Elefantenfigur mit dem abgeschlagenen Stoßzahn, die seine Mutter einmal im Zorn nach ihm geschleudert hatte. Er erinnerte sich an die Geschichten in den Fotos und Tapeten, in den geschenkten Vasen, in den Büchern.

»Mama, wie alt ist der Fernseher eigentlich?«

»Ich kann mich nicht erinnern …«

»Wenn jetzt wirklich 2009 ist, was ihr mir immer weismachen wollt, dann ist er … Dann muss er …«

»Fast zwanzig Jahre alt sein, ja. Babuschka und ich haben ihn damals im Devisengeschäft gekauft, 1999. Zähl mal nach. Dein Vater möchte einen neuen, einen großen Flachbildschirm, einen Plasmafernseher, aber ich bin dagegen. Ich sage, wir brauchen überhaupt keinen neuen Fernseher, solang der hier so gut funktioniert. Wozu? Was hat es für einen Sinn, Geld für neue Technik auszugeben, wenn die alte noch gut ist? Ich persönlich finde das dumm. Dieser Fernseher wird uns noch alle überleben. Allem Anschein nach war sein Schöpfer weitaus kompetenter und professioneller als unserer. Unserer hat dort und da Fehler eingebaut, aber der nicht. Der hat alles genau, richtig und robust gemacht. Liebling, bleibst du zum Abendessen?«

»Wie meinst du das? Ja, schon … Wo soll ich sonst hin?«

»Ach ja … Entschuldige! Du weißt ja noch von nichts! Wir haben beschlossen, dass du jetzt groß bist und besser allein lebst. Wieso solltest du dich mit uns Alten abgeben? Außerdem hast du wenig gemeinsam mit deinem kleinen Bruder. Ihr seid so verschieden! Ihr kennt euch gar nicht. Ihr braucht noch viel Zeit. Nicht alles auf einmal. Städte werden nicht an einem Tag erbaut. Wenn du übersiedelst … Wenn du bleibst – dann ist das unangenehm für ihn, unbequem, er kennt dich überhaupt nicht, ist befangen. Jedenfalls haben wir beschlossen, dass du allein leben sollst. Du hast ein neues, nicht einfaches Leben vor dir. Du musst deine zweite Hälfte finden, und Arbeit. Wir werden dir natürlich die erste Zeit helfen, da mach dir keine Sorgen, aber dann musst du alleine zurechtkommen. Dein Vater ist der Meinung, je früher wir aufhören, dir zu helfen, desto besser für dich. Du musst lernen, dich selbst über Wasser zu halten! Das Leben ist eine schwere, lange, kräfteraubende Belastungsprobe. Niemand hilft dir. Die Arche kann nicht alle mitnehmen. Schwächlinge müssen es selber ans Ufer schaffen. Mein geliebter Mann sagt, du wirst es uns noch danken. Da, ich habe alles vorbereitet: ein Handy, Geld und die Schlüssel.

Kennst du dich aus mit dem Geld? Weißt du, wie der Kurs gerade steht?«

»Ja, weiß ich.«

»Und mit dem Handy?«

»Mama!«

»Moment mal, wo gehst du hin? Bleibst du jetzt doch nicht zum Abendessen?«

»Nein, danke, dann geh ich wohl lieber spazieren.«

»Gut … Wie du meinst … Aber findest du selber hin, zum Haus von der Babuschka?«

»Das ist ja nur über die Straße, Mama!«

»Am Ende hast du es trotzdem vergessen? Wir wissen ja überhaupt nicht, was in dir vorgeht. Bisher weiß niemand irgendetwas. Die Ärzte sagen, du schlägst dich tapfer, aber würden sie es uns sagen, wenn es anders wäre? Deswegen mache ich mir Sorgen, und deswegen frage ich nach. Also, hier hast du für alle Fälle die Adresse. Du weißt ja auch noch gar nicht, dass die Wohnung nicht mehr dieselbe ist.«

»Inwiefern nicht mehr dieselbe? Habt ihr renoviert?«

»Sieh einer an, du verwechselst gar keine Wörter mehr.«

»Warum ist die Wohnung nicht mehr dieselbe?«

»Wir hatten es nicht leicht … Wir mussten Großmutters Wohnung verkaufen … Der Vorschlag kam aber von ihr … Wir haben uns gesträubt bis zum Gehtnichtmehr … Aber dann musste es sein … Dafür hast du jetzt eine eigene Wohnung im Stadtzentrum. In deinem Alter kann man davon nur träumen!«

»Danke euch, Mama. Ich danke euch sehr für alles.«

»Ach, sag keinen Blödsinn.«

»Nein, wirklich! Ich verstehe ja, wie viel ihr wegen mir aushalten musstet! Wirklich, danke!«

»Hör auf!« Sie begann zu weinen. »Schatz, was sagst du denn da, mein Dummerchen? Warum sagst du denn so etwas? Wir haben nichts Besonderes gemacht. Jeder hätte genauso gehandelt an unserer Stelle. Wir waren einfach für dich da. Sag mir lieber: Willst du wirklich nicht bleiben?«

»Nein, wenn es okay ist, gehe ich lieber spazieren.«

»Gut … Natürlich, geh nur spazieren, mein Lieber, natürlich, geh an die Luft, zur Akademie, am Krankenhaus vorbei bis zur Philharmonie und wieder zurück.«

Franzisk ging hinunter in den Hof, in dem Kinder spielten. Er sah näher hin: Sie spielten »Proteste zerschlagen«. Die einen waren die Polizisten und droschen mit Stöcken auf jene ein, die das Los gezogen hatten, Oppositionelle zu sein. Einem Jungen war die Augenbraue aufgeplatzt. Er weinte, über sein Gesicht liefen Tränen und Blut, und die »Polizisten«, die ihn gerade noch geknüppelt hatten, ließen ihre Stöcke sinken – eigentlich wollten sie spielen und nicht weh tun. Die Kinder hatten Angst, dass sie jetzt ausgeschimpft würden, dass sie nicht mehr rausgehen und miteinander raufen dürften. Mit hängenden Stöcken hofften sie inständig, ihr blutüberströmter Freund möge sich beruhigen und das Spiel weitergehen. Franzisk sah die Kinder an und dachte darüber nach, dass er seinen Hof nicht wiedererkannte. Auf den ersten Blick hatte sich hier nichts verändert. Dieselbe Schaukel, dieselben Häuser – aber die Luft war anders. Mit diesem Hof war etwas passiert, das Franzisk nicht hatte beobachten können. Ein Abgrund, ein Spalt hatte sich aufgetan. Überall parkten fabrikneue, bestechend schöne Autos. Zisk musterte sie interessiert. Er hatte sich nie vorstellen können, eines Tages etwas Derartiges zu sehen. Groß, stromlinienförmig, unfassbar, übertrieben perfekte Formen. Früher hatte man solche Autos nur auf Kaugummibildchen sehen können, sie wurden Prototypen genannt, und jetzt standen sie hier in seinem Hof, und nicht gezeichnet, sondern echt.

Franzisk dachte an das, was Stass auf dem Heimweg gesagt hatte.

»Mann, heute redet keiner mehr über was anderes als über Autos. Achte mal darauf, wenn du durch die Straßen schlenderst, im Café sitzt. Hör einfach den Leuten rundherum zu. Ausnahmslos alle werden über Autos reden. Das ist unser neues Wohlstandssymbol. Weil die Zölle auf Importwagen extrem niedrig sind, entsteht der Eindruck, dass wir alle ziemlich gut leben. Dieselbe Karre kostet im Osten ein Drittel mehr. Deshalb haben hier alle einen Knall. Reden über nichts anderes mehr als Autos.«

Franzisk ließ sich Stassiks Worte durch den Kopf gehen und dachte, der Grund sei eigentlich ein anderer. »Es geht nicht um Zölle und Steuern«, dachte Zisk. »Nein! Es geht darum, dass das einfach alles komplett überwältigend ist. Die sind so riesig, so schön! Ich fasse es gar nicht, dass einer meiner Nachbarn einen solchen Wagen fahren kann.«

So kam Franzisk zu seinem ersten Traum.

Franzisk spazierte an einem Warenhaus vorbei und gelangte auf den Platz, der nach demselben Mann benannt war wie das ehemalige Königsberg. Im Zentrum des Platzes stand ein Denkmal. Auf dessen Kopf saß ein Vogel. Er beäugte die Passanten, als wären sie seine Untertanen. Die Menschen schleppten sich durch ihren Alltag, und der Vogel wechselte von Zeit zu Zeit das Beinchen. Es war ein heimischer Vogel. Einer, der den langen Flügen in warme Länder die Unterführungen der städtischen U-Bahn vorzog. Der Vogel war alt und infolge der gegebenen Umstände dumm. Franzisk sah ihn an und hatte plötzlich den Gedanken, dass es auf der Welt Geschöpfe gibt, die nicht klüger werden, auch wenn sie mehrere tausend Jahre auf diesem Planeten verbringen würden. Der Vogel kackte auf das Denkmal und flog weg.

Die Wohnung war winzig. Zimmer, Küche, Bad und Klo. Das war's. Das Fahrrad, das die Großmutter dem Stiefvater erfolgreich abgerungen hatte, verstellte den Flur. Um ins Wohn- und Schlafzimmer zu gelangen, musste Zisk es in die Küche schieben.

Zisk schaltete das Licht ein. Eine schwache Glühbirne flackerte auf, deren Fassung Zisk an einen Embryo erinnerte. Auf dem Schalter klebte ein Sticker und forderte zum »Ausschalten« auf. Franzisk lächelte, denn die Botschaft galt nicht dem Patienten, der zehn Jahre im Koma verbracht hatte, sondern ihm, Zisk. Schon damals, vor vielen

Jahren, hatte er immer vergessen, Bügeleisen, Fernseher und Fön auszuschalten. Das war der Großmutter so auf die Nerven gefallen, dass sie eines Tages begonnen hatte, Aufkleber in der Wohnung zu verteilen: »Nicht vergessen!«, »Kontrollieren!«, »Ausschalten!«

Im Schlafzimmer standen ein Bett, ein Klavier und ein Cello. In der Küche, in der sich Franzisk jetzt befand, stand ein Tisch. Darauf atmete, kaum merklich, in Erwartung seiner Stunde, fast ohne Pulsschlag, ein Brief. Franzisk nahm ihn in die Hände und setzte sich auf den Hocker. Der Hocker taumelte.

»Grüß Dich, mein Lieber! Willkommen, mein Schatz!

Ich habe niemals bezweifelt, dass Du eines Tages diesen Brief lesen wirst! Kein bisschen. Ja, wirklich, ich war immer überzeugt davon. Nur dieser Glaube hat mir geholfen. Nur der Glaube daran, dass Du diese Zeilen eines Tages laut lesen wirst, hat mir geholfen weiterzuleben.

Wenn Du diesen Brief liest, dann bedeutet das, dass ich nicht mehr da bin. Aber mach Dir um mich keine Sorgen. Wirklich, sei unbekümmert, alles ist in bester Ordnung. Vor allem, weine nicht und sei nicht traurig! Als ich gestorben bin – da gab es mich ja schon gar nicht mehr. Deine Großmutter hat den Tod nie gefürchtet. Nie! Diese Angst kannte ich nicht. Wahrscheinlich habe ich nie verstanden, wovor ich mich fürchten soll, was ich zu verlieren habe. Du warst ja mein einziges Glück. Trotz allem habe ich ein langes, glückliches Leben gehabt. Ich schreibe das jetzt nicht nur, um Dich zu beruhigen, nein, mein Lieber! Mein Leben war wirklich sehr glücklich – weil ich Dich hatte. Nur schade, dass ich nicht mehr sehen konnte, wie Du die Augen aufschlägst. Ich würde so gerne wissen, wie viel Zeit noch vergangen ist. Wie lang hast Du noch geschlafen, mein Lieber? Ein Jahr? Zwei? Wie viel hat Deiner Ba gefehlt? Du hast so lange im Koma gelegen. Weißt Du, manchmal war ich mir sicher, dass das reine Sturheit war. Du hast nie auf mich gehört. Aber was soll's, sehen wir uns lieber an, wie es jetzt weitergehen soll bei Dir. Erstens, und das ist meiner Meinung nach sehr wichtig: Komm nicht auf die Idee, Deinen Eltern böse zu sein. Niemals! Keiner von uns ist perfekt. Wer weiß, wie wir uns an ihrer Stelle verhalten hätten (ich meine vor allem Deine Mutter, obwohl auch Dein Stiefvater nicht ohne ist)!

Was Geld betrifft, mach Dir keine Sorgen. Ich habe für Dich etwas beiseitegelegt. Zuerst wollte ich in den Brief schreiben, wo ich es versteckt habe, aber dann dachte ich, es kann ja vor Dir jemand anders meinen Brief lesen. Ich glaube, Du weißt noch, wo ich immer das Geld versteckt habe, und findest es leicht. Wenn Du Geldsorgen hast, verkauf die Kronleuchter, die haben dir sowieso nie gefallen, aber sie sind echt, mit echtem Bleikristallbehang! Deine Mutter hat wahrscheinlich schon alles an Schmuck und Porzellan mitgenommen, aber Du sollst wissen, dass auch das Dir gehört, und für den Fall, dass Du es brauchen solltest, habe ich Dir alles vermacht. Da sind Silberlöffel dabei, Kristallgläser, zwei Tafelservice. Das alles kannst Du von Deiner Mutter zurückverlangen. Auch wenn Du nicht alles verkaufen willst, behalte es bei Dir, zu Hause.

So, weiter ... Das Wichtigste ist jetzt, dass ich nichts vergesse, aber das Gedächtnis Deiner Babuschka hat schon ziemlich nachgelassen. Also, wo war ich stehengeblieben? Ach ja, beim Geld. Mit dem Geld ist es jetzt schwierig, und Du wirst es bestimmt nicht leicht haben, aber bitte, mein Lieber, sei tapfer, streng Dich an, lass Dich nicht unterkriegen! Alle haben es jetzt schwer, darum sei auch Du darauf gefasst. Vor allem – schäm Dich nicht für Deine Armut. In der Schule warst Du gern besser gekleidet als die anderen Kinder, Du hattest immer schicke Sachen, T-Shirts, Turnschuhe – das wird es jetzt nicht mehr geben. Versprich mir, dass es das nicht mehr geben wird! Du darfst nicht Dein ganzes Geld für modische Kleidung ausgeben, wichtiger ist, dass Du Dich gesund ernährst. Verstehst Du, es ist völlig egal, was Du anhast. Wichtig ist, wer Du bist. Dass Du einfache Kleidung tragen wirst, das macht überhaupt nichts. Alle laufen jetzt so rum, und jeder versteht das sehr gut. Niemand urteilt mehr nach der Kleidung. Deswegen, bitte, sei sparsam beim Einkaufen!

Was die Deutschen angeht – ruf sie unbedingt an! Die sind sofort nach der Tragödie gekommen. All die Jahre hindurch haben sie uns geholfen. Sie haben dringend benötigte Medikamente geschickt, Kleidung, Geld. Früher waren Deine Mama und ich immer eifersüchtig auf sie, Du warst noch klein und konntest das natürlich nicht verstehen – aber das ist jetzt nicht mehr wichtig. Jetzt ist alles anders. Sie sind jetzt ein Teil der Familie, sie sind wie Verwandte für Dich. Vergiss das nicht. Hab sie gern! Sie sind gute Menschen – glaub mir, in diesen Jahren hatte ich Gelegenheit, die Menschen zu beurteilen, obwohl urteilen auch schlecht ist. Urteilen ist nicht das richtige Wort, richtig wäre: Schlüsse ziehen. Urteile niemals über jemanden, mein Lieber – zieh Deine Schlüsse. Ruf die Deutschen unbedingt an – sie werden sich freuen. Außerdem sind sie wirklich keine Fremden für Dich.

Weiter geht's! Tante Nora ist in die Staaten gegangen. Manchmal telefonieren wir. Ich rufe nie an, weil es teuer ist, aber Nora ruft mich an. Anita – ihr Hund, ein Chow-Chow – ist gestorben, da waren sie schon drüben. Sie habe den Flug überhaupt nicht vertragen, danach immer mehr abgebaut und sei nach ein paar Monaten tot gewesen, aber Jossif Abramowitsch geht's gut, der hält sich wacker, obwohl er schon einundneunzig ist. Ach ja, so alt sind wir geworden. Das Leben ist zu schnell vergangen. Ich habe es gar nicht bemerkt. Das Leben verfliegt viel schneller als die Jahre, die Du verschlafen hast. Glaub mir das. Schwupp – und vorbei. Also, verliere keine Zeit, mein Schatz! Verschwende sie nicht für lauter Unsinn! Für irgendwelche Computerspiele und Fernsehen. Geh lieber spazieren, geh in Konzerte und lies Bücher. Schau Fußball! Ich schaue selber manchmal (wenn ich zu Hause bleibe). Besser gesagt, höre ich, meine Augen sind nämlich sehr schlecht geworden. Das Sehen fällt mir schwer, die Augen schmerzen, also setze ich mich mit dem Rücken zum Fernseher und höre einfach zu. So höre ich viele Matches, wenn ich nicht gerade bei Dir bin. Kürzlich war ein Supermatch. Die Jungs haben sich echt ins Zeug gelegt. Ich habe aber vergessen, wer gegen wen … Fällt mir nicht mehr ein, aber der Kommentator hat geschrien bis zum Anschlag. Wegen der Armee mach Dir keine Sorgen. Ich habe alle notwendigen Befunde gesammelt – sie haben Dich für untauglich erklärt, Du wirst also nicht einberufen. Such Dir erst mal eine Arbeit. Mit einem Studium wird es leider schwierig. Ich habe nur ein Zeugnis über eine unvollständige Sekundarbildung ergattert, Du musst also Deinen Schulabschluss nachholen. Mein Lieber, das wird sehr schwer werden. Und niemand wird Dir helfen, Du wirst es ganz alleine schaffen müssen. Mach Dir keine Gedanken, weil Du älter bist als die anderen Kinder. Du weißt jetzt viel mehr als sie und kannst überhaupt alle Prüfungen extern ablegen. Also, keine Sorge. Pack's einfach an und mach es! Für mich, für Deine Babuschka!

Wenn Du Zeit hast – besuch mich auf dem Friedhof. Achte nicht darauf, dass ich in der Erde liege, unter einer Steinplatte. Es ist übrigens eine schöne Platte, ich habe alles selber ausgesucht und auch schon bezahlt, also mach Dir keine Sorgen. Sterben ist übrigens extrem teuer geworden. Alle machen Witze darüber, es ist ein geflügeltes Wort, aber ich sage Dir ganz im Ernst, in voller Verantwortung: Wenn Du in Rente bist und allein lebst, dann ist es wirklich sehr teuer zu sterben.

Also, achte nicht darauf, dass ich unter der Platte liege. Das sind alles nur Äußerlichkeiten. Siehst Du, jetzt zum Beispiel bin ich nicht bei Dir, und trotzdem rede ich mit Dir. Und ich höre Dir zu, sei unbesorgt! Sprich einfach, und ich werde alles hören, was Du mir erzählst. Vor allem: Komm. Ich habe Deine Stimme so sehr vermisst. Ich lebe doch nur, um sie eines Tages wieder zu hören. Also, komm zu mir. Nicht oft! Ich verstehe, dass Du viel zu tun haben wirst und natürlich alles sehen willst, überall hinfahren, alles nachholen. Ich verstehe, dass Du alles erfahren willst, was Du verpasst hast, aber das ist ja kein Grund, seine Ba zu vergessen, stimmt's? Ich bitte Dich nicht um viel. Ich werde mich schon bei Dir melden von da oben! So lernst Du auch gleich Deine Vorfahren kennen. Ich liege neben meinen Eltern – Deiner Urgroßmutter Tanja und Deinem Urgroßvater Sascha. Weißt Du noch, als Du sechs Jahre alt warst, hat der Uropa sich mit Dir hingesetzt und Dir Schach beigebracht? Du hast sofort verstanden, wie Du die Figuren bewegen musst, aber er war ein gewissenhafter Mensch und hat Dir ganz genau gezeigt, was diese oder jene

Figur kann. Alle möglichen Varianten hat er Dir gezeigt, weißt Du noch? Das Pferd kann hierhin und dahin, und dahin, und dahin. Und Du hast immer gesagt: ›Opa, ich habe verstanden, ich verstehe schon.‹ Am Ende hielt er Deinen Scharfsinn für fehlendes Sitzfleisch und verjagte Dich vom Tisch. Du hast diese Episode wahrscheinlich schon vergessen, aber ich weiß das noch. Übrigens, wenn Du möchtest, das Schachspiel ist noch hier. Es liegt in einer der Schachteln mit Deinen Sachen, Zeitungsausschnitten und anderem. Ich habe alles nach Jahren sortiert. Vieles habe ich nicht selbst gefunden, aber die Kollegen von der Akademie haben für mich im Internet recherchiert. Sodass Du alles nachlesen und Dir in Erinnerung rufen kannst. Die Geschichte unserer Familie, unseres Wohnblocks, der Stadt und auch des Landes – ich habe alles detailliert aufgeschrieben. In der Stadt hat sich in all den Jahren zum Glück fast nichts verändert. Nur so eine kosmetische Fassadensanierung der Republik. Aber mir scheint, dass das sogar gut ist, so fällt Dir alles schnell wieder ein und Du wirst Dich in ein paar Tagen schon wieder perfekt auskennen. Viele Straßen sind umbenannt worden, aber da sind wir alle verwirrt. Das machen sie jetzt genauso oft, wie sie Leute einsperren. Ich glaube, das ist alles. Oh, nein … noch etwas. Beim Schachspiel liegen auch die Orden vom Urgroßvater. Versprich mir, dass Du sie in Ehren halten wirst! Wie schlecht es Dir auch gehen mag, wie schwer Du es auch haben magst – komm ja nicht auf die Idee, sie zu verkaufen! Versprichst Du mir das?

So, das ist jetzt wirklich alles. Denk daran, dass ich Dich sehr lieb habe! Wenn Du einmal eine Tochter hast – vielleicht gibst Du ihr meinen Namen, ja? Und wenn Du sie dann rufst, dann denkst Du manchmal an mich. Aber natürlich kannst Du sie auch anders nennen. Verzeih mir, ich weiß, ich weiß, dass ich zum Ende kommen muss. Aber ich weiß auch, dass ich in diesem Leben niemandem mehr einen Brief schreiben werde, ich kann noch nicht aufhören. Niemand ist mehr da, dem ich schreiben oder mit dem ich reden könnte. Ich habe alle meine Freunde überlebt, alle Verwandten. Das ist ganz falsch. Ich habe jetzt verstanden, dass man als Erster gehen muss, oder zumindest zur rechten Zeit. Sonst fürchten wir uns alle wie verrückt vor dem Tod, und eines Tages wird uns klar, dass es nichts Schlimmeres gibt, als im Leben zurückzubleiben. Verzeih, dass ich Dir das alles schreibe, vielleicht liest Du auch gar nicht bis hierher und denkst, ich hätte immer gemotzt und geschulmeistert, aber so ist es nicht, überhaupt nicht, ich hab

Dich einfach sehr, sehr geliebt! Und jetzt möchte ich zu guter Letzt mit Dir sprechen, bis ich satt bin, aber das ist dumm, dumm ist das alles, ich weiß. Ich umarme und küsse Dich, Deine Ba.«

Franzisk legte den Brief weg. Er wischte sich die Augen, ging zu den Schachteln, die die Balkontür verbarrikadierten. 1987 … 1993 … Franzisk hatte das Schachbrett rasch gefunden. Er nahm den Turm und stellte ihn auf ein schwarzes Feld, danach wusste er nicht weiter. Er erinnerte sich zwar noch, dass er die Figur verschieben konnte, aber wohin genau, davon hatte er keine Vorstellung.

Nach den Figuren legte er Soldatenfigürchen aus Plastik auf den Tisch, Fotos, Zeitschriften, Noten, Bleistifte, Filzstifte. Baukastenteile, Audiokassetten, Freundschaftsbänder, ein buntes Slinky, Hefte. Tagebücher, Sticker und Zeichnungen. Nur die Orden waren nicht da, doch in dem Moment achtete Zisk nicht darauf. Seine Augen konnten diesen Reichtum noch gar nicht fassen. An einiges erinnerte er sich sofort, anderes nahm nur langsam Gestalt an. Ein Handpuppen-Gespenst aus Stoff, das er als Kind gebastelt hatte, lag neben Nastjas Telefonnummer. Ob er sie anrufen sollte?

Stass hob ab. »Hallo?! Hallo! Hallo, wer ist da? Wieso sagen Sie nichts? Wissen Sie, wie spät es ist?«

Franzisk dachte, er habe sich verwählt, und legte auf. Eine Minute später rief Stass zurück.

»Grüß dich, mein Freund, ich erkläre dir alles …«

* * *

Die Freunde trafen sich eine Woche später. Franzisk wollte es langsam angehen und ein bisschen allein sein. Sich alles in Erinnerung rufen, die Zeitungsausschnitte lesen, die Fotos betrachten. Ordnung machen und wie ein Hund das vertraute Quartier erschnuppern. Sie trafen sich im Stadtzentrum.

»Hinter uns ist das Kunstmuseum, dessen größte Errungenschaft …«

»Nichts ist«, witzelte Zisk.

»Da hast du recht. Allerdings gab es kürzlich doch mal ein Ereignis … Sie lieferten Keramik an … zwei Teller eines bekannten Künstlers. Zwei Teller, und du kannst dir nicht vorstellen, was das für ein Hype war. Nein, beim Honig-Erlöser-Fest ist natürlich noch viel mehr los, aber ein Hype war das, ich sage dir … Na, egal, jetzt weißt du wieder, wo das Museum ist, gehen wir weiter. Wenn wir den Boulevard überqueren, kommen wir in die Vorstadt und eigentlich auch zu der Stelle, wo du damals fast dein Leben verloren hättest. Aber dort gehen wir heute nicht hin, ich habe mir einen anderen Weg überlegt.«

»Sehr lieb von dir.«

»Ich weiß, ich weiß, nichts zu danken.«

* * *

»Sollen wir in dieses Café gehen?«

»Okay. Wie heißt es?«

»News Café …«

»Ist bestimmt sehr teuer, oder?«

»Nicht ganz billig, aber egal – ich lade dich ein! Nicht schlecht hier, oder?«

»Ja, hat schon was.«

»Das ist eines der besten Cafés der Stadt. Zumindest kommst du dir hier nicht vor wie im letzten Jahrhundert. Es ist einer der wenigen Orte in der Stadt, die einem nicht widerstreben, im Gegenteil. Hier versammeln sich Expats, Geschäftsleute, Journalisten, Botschafter.«

»Und Nutten, wie's aussieht …«

»Ja, auch davon gibt's reichlich – handverlesen vom Hausherrn. Sie kommen hierher, um ein gutes Leben zu haben. Wozu arbeiten oder studieren, wenn man hier bloß einen Saft zu bestellen braucht, und nach einer halben Stunde Herumsitzen schwänzelt schon irgendein Wichtigtuer an deinen Tisch heran. Da, sieh mal.«

Am Nebentisch saßen drei Personen. Ein älterer Deutscher, eine junge Dolmetscherin und eine ebenfalls junge Blondine, grell geschminkt und mit üppigen Formen.

»Er fragt, ob Sie gern ins Kino gehen«, sagte die Dolmetscherin und stellte ihre Tasse ab.

»Na ja, können wir mal machen, ja ...«

»Ja!«, dolmetschte die junge Frau.

Es wollte sich kein Gespräch ergeben, allerdings wussten die Beteiligten nur zu gut, dass alles, was gerade passierte, reine Formalität war. Was danach kam, würde einfacher sein, so hatten es ihr die Freundinnen erzählt und die Freunde erklärt. Das hier war das erste und letzte Treffen mit Dolmetscherin, danach wartete das wunderbare Finale: Er wird sie füttern und kleiden, sie wird ihn lieben. Maximal ein paarmal im Monat, mehr schafft der Alte ohnehin nicht. Warum also nicht? Er riecht gut, und ihr Freund hat nichts dagegen. Auch die Mama hat nichts dagegen, wenn nur dieser Ausländer ein guter Mensch ist. Die Küche bräuchte einen neuen Anstrich. Und diese Deutschen, heißt es immer, sind ein recht anständiges Volk, wenn er sie in andere Umstände bringt, wird er ihr sicher was für die Küche geben.

»Wie Michalok sagt, Wohlstand gegen Sex.«

»Wer ist Michalok?«

»Da, hör mal diesen Song!« Stass gab Zisk seinen MP3-Player und winkte den Kellner herbei.

»So subtil aber auch.«

»Das geht noch subtiler. Hör zu!«

Franzisk drehte das Wunderding in den Händen herum, steckte sich die Stöpsel in die Ohren und drückte auf die Taste mit dem Dreieck. Eine vertraute Stimme sang:

Spiel! Und such! Im Schlaf der Jugend deine Träume!
Spiel! Und ruf! Des grünen, warmen Frühlings Zauber!
Spiel! Und sing! Freundschaftslieder von der Freiheit!
Spiel! Spiel! Verjag die Bullen, pack dein Schicksal!

Während er das Lied hörte, fixierte Franzisk die Dolmetscherin mit einem zu unverschämten, zu aufdringlichen und zu starren Blick. Er konnte seine braunen, sich nach Schönheit verzehrenden Augen nicht von ihr abwenden. Zisk starrte das Mädchen so auffällig an, dass Stass ihn in die Seite stieß.

»Hey-hey, jetzt aber genug geglotzt!«

»Seltsam. Das versteh ich nicht. Überhaupt nicht! Wieso will dieser Deutsche die doofe geschminkte Tussi flachlegen und nicht sie?«

»Meinst du die Dolmetscherin?«

»Ja. Die ist doch viel hübscher. Guck sie dir doch mal an, hundertmal besser. Entzückender, wenn man das so sagen kann, und bestimmt auch klüger.«

»Ich glaube, die Antwort ist schon in deiner Frage enthalten. Wozu soll er sich plagen? Wozu all diese langen, sinnlosen Gespräche über Filme und Literatur? Bei uns ist er ein feiner Ausländer, aber bei sich zu Hause nur ein simpler Mechaniker. Dass er sie jetzt ins Kino einlädt, heißt ja gar nichts, das ist nur eine Farce. Aber mit so einer Farce würde sich die Dolmetscherin nicht zufriedengeben. Und wozu solche Nervenstrapazen und Ängste: ›Was, wenn sie mich nicht ranlässt?‹ Der ist ja nicht hier, um hochgeistige Unterhaltung zu pflegen. Sextourismus setzt eine etwas andere Art der Beziehung voraus. Er zahlt Geld und erwartet dafür eine Leistung. Das ist doch allen klar! Wenn Europa Sanktionen über alle hier produzierten Waren verhängt, dann bleiben als einzige Handelsware die Weiber übrig. Diese Wasserstoffbombe hätte eine Medaille verdient. Glaub mir, mit ihren Titten zieht die mehr Kapital ins Land als irgendein verlottertes Unternehmen vierzig Kilometer außerhalb der Stadt. Die Dolmetscherin macht nicht so schnell für ihn die Beine breit, aber dieser Schnalle reicht es schon, dass er ihr einen Saft spendiert. Die ist bereit, ein Risiko einzugehen. Eigentlich bumst sie ihn nur, weil er Ausländer ist. Der hat einen Schwanz aus dem Westen, verstehst du? Die Dolmetscherin kriegt er damit nicht. Die kann selber ins Ausland fahren. Die weiß, dass er ein stinknormaler Familienvater aus einem kleinen Städtchen jenseits der Grenze ist.«

»Ich glaube, ich kenne sie.«

»Die Schnalle?«

»Die Dolmetscherin.«

»Sonst noch was! Du wirst ab jetzt immer glauben, dass du alle süßen Mädchen kennst.«

»Nein, wirklich!«

»Schon gut, vielleicht kennst du sie ja wirklich. Willst du sie ansprechen?«

»Ich weiß gar nicht, wie das geht. Und außerdem, wie stellst du dir das vor. Hingehen, ihr Gespräch unterbrechen und sagen: Hallo, ich habe zehn Jahre im Koma gelegen, ich glaube, ich kenne dich, überlegen wir mal gemeinsam, woher?«

»Ist ein guter Einstieg, finde ich. Allerdings wird sie dich wohl eher für einen Bettelstudenten halten, der sie nicht mit Geld beeindrucken kann und sich deshalb irgendeinen Bullshit ausgedacht hat.«

»Genau.«

Während sie bezahlten, erzählte Stass, dass in diesem Café die Tische oft verwanzt seien. Es sei durchaus möglich, dass jemand auch ihr blödsinniges Gespräch abgehört habe. Aber eigentlich sei ihm das egal, er sei ein kleiner Mensch und für den Staat wohl kaum von Interesse.

»Vor den Wahlen werden sie sowieso niemanden anrühren. Da soll ja der Eindruck entstehen, dass im Land echte Demokratie herrscht. Das Schreckliche wird erst danach passieren – nachdem sie ihn zum x-ten Mal wiedergewählt haben. Dann wird es losgehen … Das bezweifelt hier niemand!«

Draußen übernahm Stassik wieder stolz die Rolle des Stadtführers. Er zeigte seinem Freund neue Läden und Cafés, Restaurants und gepflegte Plätze. Stass empfand einen gewissen Stolz auf die kosmetischen Veränderungen seiner Heimatstadt, doch Franzisk ließ das alles komplett kalt. In zehn Jahren hatte sich in der Stadt fast nichts verändert. Die Werbetafel für Fernseher war auch damals schon da gewesen, das Fastfood-Restaurant stand noch an derselben Stelle. Der Marmor, aus dem jetzt alle Bordsteine gemacht waren, beeindruckte ihn nicht, rief ihm im Gegenteil die Vergangenheit in Erinnerung. Franzisk sah sich die Passanten an und stellte fest, dass sie in ihrer Masse graue, traurige, verschüchterte Menschen waren. Sie lächelten nicht. So wie damals, in seiner Kindheit. So wie damals senkten sie die Blicke.

»Stass, das siehst du doch auch, oder? Die meisten Leute haben einen Gesichtsausdruck, als würden sie nach etwas schnüffeln. Sie schauen drein, als hätte ihnen jemand Scheiße unter die Nase gerieben und sie kämen nicht drauf, woher dieser Gestank kommt.«

»Stimmt!«

»Warum lächelt niemand?«

»Worüber sollten sie lächeln? Du bist noch wie ein Tourist, siehst alles von außen. Du beginnst erst, hier zu leben, aber wenn du die letzten zehn Jahre wach verbracht hättest, dann würdest auch du viel seltener lächeln, glaub mir. Du kannst dir gar nicht vorstellen, wie viel Scheiße du noch erfahren wirst. Also, halte deine Nase bereit. Wart's ab, wie du in ein paar Monaten dreinschauen wirst!«

»Die Großmutter hat mir ein wenig Geld hinterlassen. Ich würde gern durch Europa reisen. Brauchen wir dafür noch ein Visum?«

»Natürlich! Für die Europäer sind wir Menschen zweiter Klasse aus einem Dritte-Welt-Land. Alle sagen immer nur, man müsse uns helfen, die Tür aufmachen, wir seien so wie sie, würden uns durch nichts von ihnen unterscheiden, aber sobald es um das Thema Visum geht – ziehen sie zwischen uns eine riesige Panzerglasscheibe hoch. Unsere Mädels bumsen die Botschafter ohne Panzerglas, aber mit uns reden sie wie mit einem Stück Scheiße. Würde ich nicht im Präsidentenorchester spielen, käme ich überhaupt nie ins Ausland. Die Länder, die ich besucht habe, sind allerdings kaum anders als unseres – unseren Präsidenten lassen ja die wenigsten rein. Aber das eine oder andere hab ich trotzdem gesehen. Weißt du, dass der Großteil unserer Landsleute noch nie im Ausland war? Stell dir das mal vor! Da hast du die Antwort auf deine Frage, warum sie so ein Gesicht ziehen. Sie können sich nicht mal vorstellen, dass es Länder gibt, in denen die Leute einander auf der Straße zulächeln. Sie kennen kein anderes Leben. Sie sehen fern und denken, die Welt sei genau so, wie der Sprecher sie beschreibt. Weißt du, manchmal schalte ich die Kiste an, und allein schon die Formulierungen hauen mich um. Wie können diese Leute aussprechen, was sie da sagen, und dabei noch eine ernste Miene bewahren?«

»Wahrscheinlich glauben sie daran, nicht?«

»Ich weiß es nicht ... wahrscheinlich ... Ich würd's ihnen ja noch abnehmen, wenn sie es für viel Geld machten, aber nein, die kriegen genauso einen Pappenstiel wie ich. Die verbreiten diesen ganzen Unsinn für ein Butterbrot ... für gar nichts!«

Franzisk stellte Fragen, und Stass versuchte zu antworten. Als sie beim Theater angekommen waren, sagte Zisk:

»Ich kann's gar nicht glauben ... Das könnte jetzt mein Arbeitsplatz sein.«

»Danke Gott! Du kannst dir nicht einmal vorstellen, was das für ein Sumpf ist. Weißt du noch, wie wir als Kinder hierhergekommen sind? Weißt du noch, wie inbrünstig wir die Musiker bewundert haben? Ihre teuren Instrumente und Fracks. Jetzt habe ich selbst einen solchen Frack – na und? Ich will gar nicht daran denken, wann ich ihn das letzte Mal in die Reinigung gebracht habe. Aufzugwärter und Installateure pflegen ihre Arbeitskleidung mit mehr Sorgfalt als wir. Vor den Aufführungen bin ich nicht nervös, blättere keine Noten durch. Ich habe keine Angst, Fehler zu machen oder meinen Einsatz zu verpassen. Wer würde es denn hören? Der Präsident etwa? Der hält sich doch nur ein Orchester, weil ihm das einmal jemand empfohlen hat. Die Schlagzeuger machen ständig derbe Witze, die Trompeter legen sich ungeniert Zeitschriften mit nackten Weibern auf die Notenpulte. Während der Auftritte blättern sie die Hochglanzseiten öfter um als ihre Partituren. Ich wollte eigentlich gar nicht davon anfangen … Alle verarschen den Dirigenten … Tun, als würden sie gleich ihren Einsatz verpassen, als wären sie eingeschlafen … Das ist kein professionelles Orchester, sondern nur irgendein Amateurclub.«

»Können wir reingehen?«

»Ja, klar. Wer sollte uns daran hindern?«

»Ich habe keinen Passierschein … und noch keinen Pass.«

»Hör auf! Ich doch auch nicht. Aber ich kenne da alle. Wir treten hier ja auch manchmal auf, ich nehme dich einfach mit. Aber willst du wirklich? Ich bin nicht besonders scharf drauf, ins Theater reinzugehen.«

»Hast recht, vielleicht bleiben wir lieber hier ein bisschen sitzen?«

Franzisk saß auf einer Bank, den Rücken jenem Krankenhaus zugewandt, in das er damals nach dem Unglück gebracht worden war. Ihm war gar nicht bewusst, dass ihn weniger als ein Kilometer vom Ort der Tragödie trennte. Er hätte nur aufstehen müssen, den Park verlassen, der seit vielen Jahren das Theater umklammerte, der Altstadt entlang hinunterschlendern – und da wären die Unterführung, die Treppen und das Denkmal mit der Inschrift: »53 Kerben ins Herz des Landes«. Franzisk dachte jedoch nicht an die Unterführung, und Stass hatte es nicht eilig, ihn daran zu erinnern. Er fasste sich ein Herz und erzählte von seiner Beziehung zu Nastja.

»So, und jetzt weißt du alles. Als du angerufen hast – war ich gerade dabei, meine Sachen zu packen. Die Wohnung gehört ja ihr. Wir lassen uns scheiden.«

»Warum?«

»Weil, sei mir nicht böse – ich weiß ja nicht, ob du noch Gefühle für sie hast –, weil sie sich als genauso eine Schlampe erwiesen hat wie diese Tussi im Café. Aber ich bin selber schuld, was konnte ich anderes erwarten. Ich weiß selber nicht, warum sie damals zu mir gekommen ist. Wahrscheinlich war es ihr schwergefallen, ihre Umlaufbahn zu verlassen und endgültig in eine andere zu wechseln. Ich bin bloß ein Musiker im Präsidentenorchester, aber ihr Vater ist Fußballspieler. Fußballer haben immer viel verdient, und ihr Papa hat sich gut für seine Siege bezahlen lassen. Derzeit ist er untergetaucht, weil anscheinend ein Verfahren gegen ihn läuft. Du weißt ja selber – sie hat eine zweistöckige Wohnung mit Blick auf die Insel der Tränen, und was hab ich?«

»Aber sie war doch mit mir zusammen …«

»Aber das war doch ewig her? Außerdem hattest du immer angesagte Klamotten, hast deine Ferien in Deutschland verbracht. In der Schule warst du der Coolste von allen. Vor ein paar Jahren ist es auch bei ihr losgegangen. Weißt du, mir ist ja klar, dass ich ihr nicht mal Vorwürfe machen kann. Ihre Mutter hat mitbekommen, dass ständig alte Piefkes um sie herumschwirrten und ihr teure Geschenke machten, und hat das sogar noch unterstützt, war ja egal. Ich habe sie gefragt: ›Nastja, wozu brauchst du so viele Handys? Was machst du denn damit?‹ Sie machte große Augen und rechtfertigte sich, das seien halt Geschenke. Ich sagte: ›Nastja, Schatz, das sind teure Geschenke, die verändern deine Beziehung zu den Menschen, die sie dir gemacht haben. Solche Präsente anzunehmen ist einfach unanständig – immerhin hast du einen Mann, nämlich mich!‹ Aber ihr war das egal, sie nahm weiter Sachen an und meinte, nur weil ich selber kein Geld hätte, wäre das noch lange kein Grund, andere zu beneiden. So lebten wir dahin. Sie zahlten ihr Flüge, schenkten ihr Schmuck und Uhren, und ich musste alles schlucken. Wir hatten ständig Streit deswegen, und irgendwann packte ich mein Zeug zusammen und zog aus. Ich verstehe schon, wenn du jetzt nicht mehr mit mir reden willst, weil ich dir das alles nicht erzählt habe, aber das ist so eine komische Situation …«

Franzisk schwieg lange. Dann fing er plötzlich leise zu singen an:

»Jeder sagt, es ist nicht nett,
ist nicht nett, nein, gar nicht nett,
wenn du dir das Mädel deines Freundes
schnappst …
Das stimmt wohl, doch mit Franzisk
ist sie nicht glücklich, gar nicht glücklich,
und ein festes Band verknüpft uns drei.
Was nur tun, was tun? Mir verbieten, dich zu
lieben?
Nein, das kann ich nicht, das kann ich einfach
nicht!
Besser wäre, wenn ich gehe,
aber ohne deine sanften Augen
wird mein Lebensweg von Glück verlassen sein!

Ich nehm's dir ja nicht übel, du Holzkopf!«

»Selber Holzkopf!«

»Wirklich, ich nehm's dir nicht übel. Das ist so viele Jahre her … Sag mir lieber: Du hast ja jetzt kein Dach mehr über dem Kopf, oder? Willst du bei mir wohnen?«

»Aber nein, Alter, passt schon, ehrlich gesagt hab ich eine kennengelernt …«

»Ja, sag mal! Da heulst du mir die Ohren voll mit deinem Liebeskummer, dabei hast du schon eine Neue. Du bist gut!«

»Dein Opa ist gut.«

»Dein Vater ist gut!«

Es folgte eine lange Aufzählung naher und ferner Verwandter, deren geistige und körperliche Fähigkeiten wie gewohnt, wie einst auf der Toilette im dritten Stock, in Zweifel gezogen wurden. Als sie fertig waren, einigten sich die Freunde darauf, dass der im News Café getrunkene Kaffee nicht ganz das war, was zwei junge Kerle wie sie brauchten.

»Gehen wir ins Durman?«, schlug Stass vor.

»Ins Durman? Viel zu teuer.«

»Jetzt nicht mehr.«

Franzisk hatte das Durman ganz anders in Erinnerung. Das Lokal gegenüber dem Konservatorium war ihm immer irgendwie besonders vorgekommen, unerreichbar, wie etwas aus einer anderen, wunderbaren Welt. Während er als Schüler in den Meisterklassen der angesehensten Musikhochschule des Landes gesessen hatte, hatte Zisk oft durchs Fenster das teure Restaurant im Haus gegenüber betrachtet. Reiche Leute, so seine Wahrnehmung, verzehrten teure Speisen. Zehn Jahre später fand sich Zisk in einer halbleeren Pelmenistube wieder. Im ersten Saal war kein Mensch, am Eingang zum zweiten standen die Kellnerinnen an der Kasse aufgereiht wie in einem Bordell. Sie hatten fast nichts zu tun und diskutierten lebhaft irgendetwas mit der »Mutti« – der Kassierin.

»Raucher oder Nichtraucher?«

»Ist mir egal«, sagte Franzisk.

»Uns ist es auch egal, entscheiden Sie.«

Sie bekamen einen Platz am Fenster. Am Nebentisch nahm ein dicker Mann sein Mittagessen ein. Während des ganzen Essens telefonierte er: »Und? Und? Und weiter? What the fuck? Leck mich am Arsch – jetzt hör auf, so rumzueiern! Ich hab dir doch alles erklärt, verdammt! Ist mir scheißegal – überhaupt bin ich gerade am Essenfassen!«

Die Freunde folgten dem Beispiel ihres Tischnachbarn und bestellten Soljanka und gebratene Pelmeni, die Spezialität des Hauses.

Zu ihrer großen Erleichterung wurde der Mann bald von einem Wagen mit VIP-Nummer zu einem extrem wichtigen Termin abgeholt. Einen Moment lang herrschte Ruhe. Die Kellnerin räumte lustlos den Tisch ab und stellte ihn sofort einer großen, lauten Runde zur Verfügung. An die zehn Personen, Jungs und Mädchen, alles Studierende. Sie diskutierten lautstark über irgendetwas, bis einer sagte: »So, genug, lasst uns spielen! Wer fängt an?« – »Soll doch mal Axak anfangen, oder Ramses«, sagte ein Mädchen, auf das Stass sofort ein Auge geworfen hatte. Der Junge, der in der Runde Axak genannt wurde, begann.

»Was spielen die?«, fragte Zisk über den Tisch gebeugt.

»Das angesagteste Spiel im Moment.«

»Wie heißt es?«

»Absurd. Sie spielen Absurd.«

»Wie spielt man das?«

»Ganz einfach: Jeder Mitspieler erzählt eine absurde Geschichte, der Reihe nach. Einer erzählt, dann ist der Nächste dran, und wem nichts mehr einfällt, der fliegt raus. Hör zu – das ist superinteressant, ich gehe mir inzwischen die Hände waschen.«

»Ich will mir auch die Hände waschen.«

»Später, hör dir das an, das ist wirklich lustig.«

»In welcher Stadt das war, weiß ich nicht mehr, ich müsste lügen«, begann Axak, »aber die Geschichte ist wahr. Das könnt ihr überprüfen. Also, ein Unternehmer, ein Deutscher, macht eine Wurstwarenfabrik auf. Das Geschäft läuft gut, der örtlichen Bevölkerung schmeckt's. Mit einem Wort, alle sind zufrieden … außer der Direktor der staatlichen Fabrik, die die ganze Zeit ihres Bestehens hindurch Würste aus Klopapier hergestellt hat. Der Direktor begreift, dass er sofort etwas unternehmen muss, wenn er nicht endgültig zusperren und selber gekündigt werden will. Was heißt, sofort, die Fabrik steht schon still, keiner kauft die dort produzierte Pappe. Natürlich denkt der Direktor nicht daran, gute Produkte herzustellen, nein! Wozu? Er denkt umfassender. Man muss den Deutschen zusperren. Ein richtiger Beamtengedanke. Aber wie, wie wird man den Deutschen los? Alle Normen werden erfüllt, die Waren entsprechen den staatlichen Standards. Alles ist ordnungsgemäß, alles legal. Die Leute sind zufrieden, der Staat kassiert Steuern. Der Direktor schaltet Fachleute ein, an der Ausschaltung des Deutschen arbeitet eine ganze Mannschaft von echten Profis auf ihrem Gebiet, und schließlich finden sie einen Weg. Ein genialer Zug! Ich finde, diese Geschichte sollte doppelt zählen.«

»Jetzt erzähl doch endlich!«

»Also, bei einer der vielen Kontrollen stellen sie fest, dass die deutschen Würstchen besser sind als die staatliche Norm. Besser – das heißt, sie entsprechen der Norm nicht. Logisch? Logisch! Die Fabrik wird geschlossen, und der Deutsche fährt um ein paar Millionen leichter nach Hause.«

»Gilt. Serge, du bist dran!«

»Meine Geschichte ist einfacher, aber ich hoffe, ich fliege trotzdem nicht raus. Nun denn, der Präsident veranstaltet wieder einmal einen sportlichen Wettkampf für seine Beamten. Diesmal soll Fußball gespielt werden. Alle wissen, wessen Mannschaft siegen wird, aber Dabeisein ist alles! Alle hochrangigen Beamten sind verpflichtet, auf dem Spielfeld zu erscheinen, der einzig akzeptierte Grund für eine Absage ist der Tod. Die Mannschaften der einzelnen Ministerien bereiten sich darauf vor, im richtigen Moment zu verlieren, und solange dieser noch nicht eingetreten ist, überprüfen sie ihre Ausrüstung und binden sich die Schnürsenkel. Vor lauter Aufregung schwankt bei vielen der Blutdruck. Ist ja nicht ohne, das Feld wird nicht irgendein Fußballkönig bespielen, sondern der Präsident höchstselbst. Und da beugt sich einer der Beamten, seines Zeichens Verwaltungschef in einem Ministerium, vornüber, um sich die Schuhe zu binden –

beugt sich vornüber und stirbt. Der alte Mann hat eine hypertensive Krise, seit Jahren verbieten ihm die Ärzte jegliche körperliche Anstrengung. Aber er hat eine solche Angst, seine Arbeit zu verlieren und auf dem Ehrensold sitzenzubleiben, dass er an seinem ersten und letzten Fußballmatch im Leben teilnimmt.«

»Registriert. Nächster!«

»Ich mache gleich weiter mit Sport. Diesmal geht die Mannschaft des Präsidenten aufs Eis. Oder nein, ich muss die Vorgeschichte erzählen. Vor dem Match verschreckt der Präsident die gegnerischen Mannschaften: ›Wenn einer von euch meiner Mannschaft unterliegt, ist er entlassen!‹ Ein Trainer nimmt ihn beim Wort und peitscht seine Schützlinge so an, dass sie die Mannschaft des Präsidenten mit Leichtigkeit schlagen. Es sieht aus, als wäre der Wunsch des Staatsoberhaupts erfüllt worden, aber … nicht die Bohne! Am nächsten Tag löst der professionelle Hockeyklub, der den Sieg davongetragen hat – wahrscheinlich als Zeichen seiner Loyalität mit dem Präsidenten – seinen Vertrag mit dem furchtlosen Unglückstrainer auf.«

»Ja, davon hab ich gehört. Das ging noch weiter, noch absurder wurde es, als der Präsident befahl, den Trainer an seinen Posten zurückzuholen, und sie haben ihn wieder angestellt!«

»Na?«, fragte Stass grinsend.

»Die erzählen sich aber nur Witze, oder?«

»Nein! Das ist es ja! Es werden nur wahre Geschichten akzeptiert.«

»Dann hab ich jetzt viel Neues erfahren ... vor allem über Sport ...«

»Oh! Sport ist jetzt unser Ein und Alles, im Eishockey finden wir unsere Erfüllung! Ich weiß nicht, ob sie davon auch erzählt haben oder nicht, aber im September 99, nur ein paar Monate nach deinem Unfall, fand ein Qualifikationsspiel für die Europameisterschaft statt. Wir spielten gegen die Dänen, die bei der vorhergehenden Weltmeisterschaft ziemlich Aufsehen erregt hatten. Alle Tickets waren ausverkauft, um das Stadion drängten sich zigtausende Menschen. Aber nicht alle, die ein Ticket in den Händen hielten, durften ins Stadion.«

»Gefälschte Karten?«

»Nein, wo denkst du hin. Ganz etwas anderes. Sie haben nur niemanden reingelassen, der ein weißes T-Shirt trug.«

»Wie meinst du das?«

»So wie ich es sage.«

»Mit welcher Begründung?«

»Mit gar keiner. Einfach so, wenn du in einem weißen T-Shirt zum Match gekommen bist, dann zieh es entweder aus, schmeiß es auf einen Haufen und geh rein, oder zieh Leine. Vor jedem Sektor lag ein Berg weißer T-Shirts, die die Leute den Polizisten demonstrativ vor die Füße geworfen hatten.«

»Und hat man herausgefunden, warum die Polizei sich so verhalten hat?«

»Nein! Die erklären doch nie was. Ich glaube, sie hatten Angst, dass viele Leute in weißen und roten T-Shirts ins Stadion kommen, dort ihre Plätze tauschen und so eine große, dem Präsidenten verhasste weiß-rot-weiße Flagge bilden. Nur so kann ich mir das alles erklären.«

»Ja … könnte sein.«

Zu Hause stellte Franzisk einen Sessel auf den Balkon. Das hatte er früher oft so gemacht, wenn er heimkam. Er sagte immer zur Großmutter, dass sich die Hausaufgaben hier besser erledigen ließen. Franzisk versank im Sessel und betrachtete stundenlang die Dächer der Nachbargebäude. Es gab keine Hausaufgaben mehr, keine Großmutter, es war nicht mehr der vertraute Balkon, aber alles andere war wie früher. Dasselbe Bühnenbild. Die Aussicht war gleich geblieben, hatte sich durch den Umzug nur ein wenig verschoben. Franzisk betrachtete die Nachbarhäuser und dachte darüber nach, dass die große, tapfere Stadt seiner Kindheit es in zehn Jahren nicht fertiggebracht hatte, gegen einen einzelnen Menschen aufzubegehren. Die Stadt der Rosenkranz und Güldensterns, wir alle sind hier offenbar nur Nebenfiguren, uns braucht es nicht für die Handlung. Wenn stimmt, was Stass sagt, wenn auch nur die Hälfte von dem wahr ist, womit er mich heute überschüttet hat, dann werden wir es nie schaffen, etwas zu verändern. Während er die Schauspielakademie und ein Stück des Boulevards betrachtete, dachte Franzisk daran, dass vielleicht genau jetzt in einem der Nachbarhäuser Hausdurchsuchungen durchgeführt, Technik beschlagnahmt und dem Regime unliebsame Menschen brutalst bestraft wurden. Im Lauf der letzten Woche hatte Franzisk viele solche Geschichten gehört, aber erst jetzt sickerte ihre Bedeutung zu ihm durch.

Franzisk drückte die erste Zigarette nach über zehn Jahren aus, kehrte ins Zimmer zurück und schaltete den Fernseher ein. »Jeder der Pionierinnen steht die Mühsal ihres bisherigen Lebens, die Magerkeit ihres Körpers ins Gesicht geschrieben. Doch das Glück der kindlichen Freundschaft, die Verwirklichung der zukünftigen Welt im Spiel der Jugend und in der Würde ihrer strengen Freiheit haben die kindlichen Mienen mit einer gewichtigen Freude versehen, die ihnen Schönheit und häusliche Ernährung ersetzt.« Er schaltete den Fernseher aus und ging schlafen, ohne sich auszuziehen.

Franzisk träumte, dass ein Zug entgleist war. Er verstand nicht, welcher genau und wo, er sah nur eine Riesenmenge mit weißen Leintüchern bedeckter Körper. Im Traum wusste Franzisk, dass er im Auto seines Vaters an der Unfallstelle vorbeifuhr, aber den Vater sah er nicht. Dann stand Zisk plötzlich auf dem Balkon in der Wohnung seiner Mutter. Auf dem Platz vor dem Botanischen Garten bereitete der Staat ein feierliches Begräbnis vor. Franzisk sah die akkurat in langen Reihen aufgestellten Särge, und plötzlich fielen hunderte weitere Särge vom Himmel. Sie schlugen auf dem Asphalt auf, zerbrachen dabei aber nicht. Aus irgendeinem Grund kamen sie ins Rutschen, rollten weiter und zerschellten an Franzisks Haus, direkt unter seinen Füßen. Als der Sargregen zu Ende war, erschienen Clowns auf dem Platz, solche wie die, die Kinder in die allseits bekannte Fastfoodkette lockten. Franzisk betrachtete sie und dachte: »Mein Gott, was für ein Idiot, sogar am Begräbnis lässt er Clowns auftreten.«

* * *

Das Koma geriet in Vergessenheit. Zisk studierte eine neue Rolle ein: »Glücklicher Bürger eines kleinen Landes.« Nach Meinung der Nachbarn hatte sich sein Leben im Nu wieder eingerenkt. Zu einfach, so wie ein Fluss wieder in sein Bett findet. Alles hätte viel schwieriger sein können. Viele waren jahrelang auf der Suche nach anständiger Arbeit, aber er hatte dank seiner Krankheit, die er jetzt rücksichtslos ausnutzte, mit Leichtigkeit eine ordentliche Anstellung gefunden. Von solchen Bedingungen und so einem Gehalt konnten andere nur träumen. Die Liste von Bekannten, die die Großmutter ihrem Brief beigelegt hatte, hatte Zisk rasch zu einer Arbeit als Verkäufer verholfen. In einem Geschäft auf einem großen Markt für Baumaterial und Werkzeug, in der Welt der Farben, Leisten und Lacke, in einer Galaxie von eingezogenen Decken und Böden aller Couleur. Jeden Morgen sperrte Franzisk den kleinen Laden auf, um dann auf seinem Platz zwischen Mischmaschinen, Waschbecken und Klomuscheln gegen den Schlaf anzukämpfen. Franzisk war für den Verkauf von Sanitärkeramik zuständig. Mit allem Drum und Dran, von neun Uhr morgens bis sechs Uhr abends. Von so einem Job hatte er zwar definitiv nie geträumt, doch angesichts seiner Ausbildungs- und Perspektivlosigkeit war die Stelle doch ein Grund zur Freude. Sagten der Stiefvater und die Mutter unisono. Jeden Tag musste Franzisk ähnliche Fragen beantworten: »Und wie fällt die Scheiße da rein?«, »Und der Topf da, spült der gut?«, »Ist die aus Steingut oder Porzellan?«

Mama bestand darauf, dass Franzisk eine tolle Arbeit gefunden habe.

»Sag danke! Bei uns gibt es keine Arbeit. Die Leute suchen jahrelang eine Stelle – und dir ist man entgegengekommen. Die Leute können ihre Mieten nicht bezahlen, und dir wird noch was übrigbleiben für dies und das.«

»In den Nachrichten sagen sie aber, die Arbeitslosigkeit liege praktisch bei null, alle Länder rundherum beneideten uns und Deutschland sei ein Land voller drogensüchtiger Faulenzer.«

»Franzisk, wieso bist du so grob zu mir?«

»Ich erzähle nur, was ich gesehen habe. Du redest von irgendeiner Krise, dabei sagen sie im Fernsehen, dass alles wunderbar ist, dass es keinen besseren Platz auf Erden gibt.«

»Dann ist es auch so! Ran an die Arbeit und rein ins Vergnügen! Nur nicht zu hochnäsig! Wer bist du, dass du unzufrieden sein dürftest? Freu dich!«

Und Zisk freute sich und schlug hie und da erfolgreichen Mitbürgern vor, sich ein Bidet zuzulegen.

»Sag mal, seh ich aus wie ein Muselmann? Was brauch ich das?«

»Das ist keine Frage der Religion, sondern der Hygiene.«

»Ach was. Vierzig Jahre hab ich mir den Arsch mit der Hand abgewischt – und dabei bleibt's auch!«

»Das will ich ja gar nicht bezweifeln, nur …«

»Na dann. Wozu der Scheiß?«

»Bidet. Dieses Ding heißt Bidet.«

»Ist mir doch scheißegal!«

»Auch das will ich nicht bezweifeln. Die Kloschüssel bestellen wir?«

»Mach mal, ich hab's eilig, ich muss noch in die Kirche.«

Jedes Wochenende fuhr Zisk auf den Friedhof. Er setzte sich auf eine kleine Bank, die er selbst zusammengebaut hatte, und erzählte seiner Babuschka, dass er diese Woche eine Eckbadewanne und ein Hänge-WC mit einem Kratzer verkauft hatte. Er hatte keine Lust, in seine Wohnung zurückzukehren, daher erzählte er der Großmutter lange und umständlich die neuesten Nachrichten:

»Alle reden jetzt in einem fort nur noch von dem Mädchen, das von seinen Gasteltern entführt worden ist. Sie lebte in einem Kinderheim und fuhr so wie ich jeden Sommer zu einer Familie nach Deutschland. Fünf Jahre ging das so, doch als beim letzten Besuch die Rückkehr ins Kinderheim näher kam, sagte sie, sie wolle nirgendwohin zurück, sie sei hier Gewalt ausgesetzt und werde permanent missbraucht. Natürlich beschloss die Familie, sie nicht zurückzuschicken. Offiziell gilt das als Entführung. Sie versteckten das Kind in einem Kloster, das Kinderheim erstattete Anzeige, und zwanzig Tage später fand die Polizei das Mädchen und schickte es mit einem Sonderflug nach Hause. Ins Paradies. Ins Kinderheim. Wieso sollte sie in einem normalen Land bei liebenden Eltern leben, wenn sie doch auf Staatskosten Haferflockenbrei reinschaufeln kann? Außerdem würde das die demographische Situation im Land beeinträchtigen! Von hier hauen ja alle ab, behalten wir also wenigstens dieses Mädchen – solang sie minderjährig ist. Das Mädchen wurde also zurückgebracht und die Deutschen zu einer Haftstrafe verurteilt – nicht nur die Eltern, sondern auch der Priester, der ihnen geholfen hatte, das Mädchen zu verstecken. Schon nach einem Monat kam das Kind in eine einheimische Familie. Kurz vor der Adoption teilte die neue Familie übrigens mit, dass sie das Mädchen nun doch nicht wolle, sie hätten keinen Platz und keine besondere Lust. Aber offenbar mischte sich jemand

Einflussreicher ein und hat sie zur Adoption gezwungen. In so einer Familie lebt sie nun!«

Als Franzisk seiner Babuschka die Geschichte der bösen Entführung und der wundersamen Adoption fertigerzählt hatte, kehrte er zurück zur Sanitärkeramik. Der Enkel erzählte der Großmutter von den Vorteilen von Acryl gegenüber Steingut. Als der Wärter die letzte Runde machte, strich Franzisk über den Grabstein und ging weg.

Um möglichst spät nach Hause zu kommen, wählte Franzisk die längstmögliche Strecke. Bus. U-Bahn. Umsteigen. Von einer Linie auf die andere. Jeden Sonntag fuhr er vom Friedhof in einen großen Supermarkt, um Lebensmittel für die nächste Woche zu kaufen. Zisk konnte sich stundenlang die Waren ansehen, die es in seiner Kindheit nicht gegeben hatte. Während er die Käsesorten betrachtete, erinnerte er sich, dass im Land seiner Kindheit, in jenem Land, das Teil eines riesigen Staates gewesen war, blaue Gummiziffern im Käse steckten und dass die Suche nach diesen Ziffern und ihr Herauspopeln viel mehr Spaß gemacht hatte als der Verzehr des Käses. Franzisk erinnerte sich, dass in seiner Kindheit die Konserven genau gleich aufgestellt waren, pyramidenförmig, aber das Brot hatte natürlich niemand in Plastik verpackt, weil es damals noch frisch gewesen war. Dafür gab es jetzt Joghurts und Säfte, zwar keine solchen wie in Deutschland, aber immerhin. Franzisk erinnerte sich, wie er einmal mit seiner Mama zum Fußballstadion gefahren war, um das herum sich ein Kleidermarkt ausgebreitet hatte. Viele Jahre hatten sich die Minsker vorwiegend hier eingekleidet, doch Franzisk interessierten die Klamotten überhaupt nicht. Er zog seine Mama zu jener Stelle, wo eine Frau mit rotgefrorenem Gesicht frittierte Piroggen mit Kartoffelfüllung verkaufte. Für diese Piroggen reisten die Leute aus allen Ecken und Enden der Stadt an, und während Franzisk vor dem Supermarktregal stand, konnte er gar nicht glauben, dass ihm dieser herzhafte Geschmack, den er schon vor dem Koma vergessen gehabt hatte, wieder eingefallen war …

Die nächste Woche verbrachte Franzisk, so wie alle anderen Wochen auch, an seinem Arbeitsplatz.

»Alle meckern über ihn, aber ich persönlich werde ihn trotzdem wählen«, begann Franzisks Kollege.

»Vielleicht machst du dir die Mühe, mir zu erklären, warum?«

»So halt! Weil es keine Alternative gibt.«

»Glaubst du wirklich, in einem Land mit zehn

Millionen findet sich niemand, der besser regieren würde?«

»Bisher hat sich ja niemand gefunden.«

»Es geht hier um eine Frage von Anstand und Machtgier, nicht darum, ob er sich selber für den besten Verwalter hält.«

»Ich halte ihn für einen guten Verwalter.«

»Sogar wenn man annimmt, du hättest recht – alles hat seine Zeit. Auch der beste Fußballer setzt seiner Karriere irgendwann ein Ende. Man kann zehn, maximal fünfzehn Jahre auf hohem Niveau spielen, aber dann ist es vorbei, Punkt. Auch der glänzendste Mannschaftskapitän sitzt früher oder später auf der Bank. Man darf nicht von verflossenen Verdiensten leben.«

»Wir reden von Politik, nicht von Sport, Franzisk! Aber auch wenn wir Begriffe aus dem Sport verwenden – du weißt ja selbst, der Sport Nummer eins bei uns ist nicht Fußball. Unser Sport Nummer eins ist Eishockey, und da dauern die Karrieren gerne mal zwanzig Jahre. Außerdem vergisst du, dass viele Sportler nach dem Ende ihrer Karriere als Trainer arbeiten.«

»Die Geschichte lehrt, dass nur wenige große Sportler auch als Trainer herausragend sind.«

»Die Geschichte hat noch niemals jemandem etwas beigebracht. Nicht im Sport, und erst recht nicht in der Politik! Und trainieren kann man, bis man achtzig ist.«

»Wenn die Mannschaft keine Erfolge vorweist, wird der Trainer abgesetzt. So lange wartet niemand!«

»Aber was für einen Erfolg erwartest du dir? Welche Siege fehlen dir? Niemand erwartet Großes von ihm. Außerdem ist er der Chef dieses Klubs, der stellt sich die Aufgaben selbst. Nur er weiß, ob sein Team die Aufgabe für die Saison geschafft hat oder nicht.«

»Genau das ist sein gröbster Irrtum. Man hat ihm irgendwann eine Mannschaft zum Training anvertraut, und aus irgendeinem Grund ist er zur Überzeugung gelangt, diese Mannschaft gehöre jetzt ihm. Aber das stimmt nicht! Die Mannschaft gehört den Fans.«

»Das glauben die Fans, weil sie mitfiebern mit ihr. Er fiebert nicht mit. Er steht schon lange über der Mannschaft. Er nimmt sie nicht wirklich ernst, sieht sie nicht als etwas, das unabhängig von ihm existieren kann. Er hat genug andere Sorgen, er muss regieren. Nur er allein weiß, wozu er die Mannschaft noch braucht. Der olympische Grundgedanke trifft doch generell auf das Leben zu, Fransisk: Es geht nicht um den Sieg, Dabeisein ist alles, permanent …«

Zum Glück oder leider kamen manchmal Kunden herein. Dann wurde das Gespräch unterbrochen, und Franzisks Aufmerksamkeit richtete sich auf eine Frau mit Kind oder einen Mann mit Maßband. Meistens waren es Männer mit Maßband. Männer mit Maßband interessierten sich für die Funktion von Unterputz-Spülkästen und ihre Montagehöhe. Männer mit Maßband maßen alles ab, und Franzisk hielt einstudierte Reden über freitragende Stahlrahmen mit Pulverbeschichtung und Verbindungselemente.

»Was haben die für Verbindungselemente?«

»Zwei Halterungsschrauben für die Kloschüssel, eine Verankerung für die Keramik, einen Anschluss, eine Einlass- und eine Spülgarnitur sowie ein pneumatisches Spülventil mit drei Spülmodi.«

Der Kunde ging raus, ohne was zu kaufen. Der Kollege klopfte Franzisk auf die Schulter. »Siehst du, wir sind alle nicht perfekt. Du bist auch kein Superverkäufer und wirst trotzdem nicht gekündigt.«

Der Arbeitstag ging zu Ende. Franzisk schloss die Kasse und den Laden, und genau in dem Moment rief wie immer Stass an.

»Na, wer hat dir heute wieder was geschissen? Gehen wir ins Kefir?«

Im kühlen Duft spätsommerlicher Abende, im Hemd mit umgebundenem Pulli holte Franzisk das Versäumte nach. Nicht nur Arbeit. Alles, was er verpasst hatte: Kiffen. Partys, private und weniger private. Mädels. Rauchen. Mit Rauch vermischten Alkohol, in großen Schlucken. Knutschen mit Xenias, Anjas, Julias, in einem kleinen Badezimmer und in der Galerie moderner Kunst, Nacht für Nacht. Franzisk tanzte, feierte und brüllte Lieder. Er trank und presste nasse Lippen an Lippen. Er lächelte und schloss vor Glück die Augen. Die Musik war toll, und die Gesichter strahlten. Stass schlug dem Freund auf die Schulter und reichte ihm die Flasche. Franzisk trank. Und trank. Irgendein Mädchen tanzte neben ihm, und Zisk fasste sie um die Taille. Absolut ruhig. Als hätte er diesen Trick millionenfach probiert. Sie widersetzte sich nicht, und Zisk triumphierte. Er fühlte sich als Sieger, als wäre er hier der Coolste, der edelste Prinz auf der Tanzfläche, dem keine ernstzunehmende Prinzessin widerstehen konnte.

Franzisk riss Witze, und die anderen lachten. Franzisk kritisierte, und sie hielten ihn für scharfsinnig. Das jahrelange Koma hatte ihn nicht zurückgeworfen. Franzisk hinkte nicht hinterher. Franzisk führte. Mädchen verliebten sich in ihn. Viele.

Der Bass dröhnte, der DJ gab sein Bestes, und Franzisk ließ die Unbekannte nicht los. Sie hatte nichts dagegen, und sie hielten sich an den Händen. Auf der Straße, im Mondschein, im Taxi und im Aufzug. Im Zimmer, in der Küche, im Bad und auf dem Balkon. Sie rauchte, und Franzisk betrachtete das kleine Feuer. Hell wie ein Stern und absolut wie diese Nacht.

»Bist du erst kürzlich hierhergezogen?«

»Ja … Das heißt … Na ja, eigentlich schon … ja … wieso?«

»Ich hab dich noch nie auf Partys gesehen …«

»Da war ich auch nie …«

»Warum?«

»Ich hab geschlafen …«

»Ich fahr jetzt auch schlafen.«

»Wieso, du kannst ja bei mir bleiben …«

»Schlafen muss man zu Hause …«

»Ich hab viele Jahre nicht zu Hause geschlafen …«

»Das könnte ich nicht. Rufst du mir ein Taxi?«

»Ich hab die Nummer vergessen …«

»Sehr gewieft! 152 oder 135 …«

Franzisk begleitete das Mädchen in Pantoffeln vor die Haustür, küsste sie und lächelte den Taxifahrer an. Wie einst der Krankenwagen verschwand das

Auto hinter der Biegung, und Franzisk blieb allein im leeren Hof zurück. Statt in seine Wohnung hochzugehen, ging er auf den Sportplatz. In seiner Jackentasche fand er Zigaretten und einen CD-Player. Er zündete sich eine Zigarette an, drückte die Start-Taste und legte sich auf die Bank. Am Himmel leuchteten Sterne, und im Player erklang ein altes Lied, dessen Text er zum ersten Mal bewusst wahrnahm:

Auf der Erde im Frost
steht eine Stadt,
da brennen die Lichter
und hupen die Autos.
In der Stadt ist es Nacht,
in der Nacht scheint der Mond.
Und heut ist der Mond
wie ein Blutstropfen rot.
Das Haus steht, das Licht brennt.
Vor den Fenstern Progress.
Wo kommt sie also her – diese Tristesse?
Ich bin jung und gesund.
Alles klar, wunderbar.
Wo kommt sie also her – diese Tristesse?
Rundherum Wohlergehen –
kein Teufel zu sehen.
Rundherum alles gut –

kein böses Blut.
Alle schreien »Hurra!«, alle kommen voran
und über alldem bricht ein neuer Tag an.
Das Haus steht, das Licht brennt.
Vor den Fenstern Progress.
Wo kommt sie also her – diese Tristesse?
Ich bin jung und gesund.
Alles klar, wunderbar.
Wo kommt sie also her – diese Tristesse?

Franzisk hörte Musik und dachte an die Leute, die einmal in diesem Wohnblock gelebt hatten. Pasch-ka, Iljuscha, Wara. Waras Vater hatte man eines Ta-ges eingebuchtet, weil er eine Straftat seines Soh-nes auf sich genommen hatte. In einer Schlägerei unter Halbstarken hatte Wara einen Jungen aus dem Nachbarhof mit einem Messer erstochen. Aber sein Vater sprach sich mit den Ermittlungs-beamten ab und konnte das Gericht davon über-zeugen, dass er es gewesen war, der dem Opfer den entscheidenden Stich versetzt hatte. Als er freikam, fand Waras Papa in seiner Wohnung einen anderen Mann vor, einen Künstler. Franzisk erinnerte sich, dass Waras Papa im selben Haus wohnen blieb, und von da an hatte Wara zwei Väter. Franzisk dachte an Rom und seine Schwester Katja und erinnerte sich an ihre Nachbarn auf dem gleichen Stockwerk gegenüber. Eine große Familie mit acht Personen, die alle an einem Tag gestorben waren – an einer Pilzvergiftung. Franzisk erinnerte sich an dutzende Familien und dachte darüber nach, dass sein Leben ganz anders verlaufen war, als er sich im Literaturunterricht vorgestellt hatte. Er hatte gedacht, er würde ein teures Auto haben, eine wunderschöne Frau und eine große Wohnung im Stadtzentrum. Hatte geglaubt, wenn er schon nicht ein großer Fußballer würde, dann ganz bestimmt ein großer Schauspieler. All das hatte sich nicht erfüllt, war nicht passiert. Franzisk lag auf der Bank mitten im Hof und begriff, dass er für das, was derzeit mit ihm geschah, froh und dankbar sein musste. Sein Schicksal fügte sich in einer Weise, dass er sich nichts Größeres mehr erträumen durfte. Was ihn jetzt umgab, war die beste aller möglichen Welten. Seine Träume musste er in der Kiste für 1999 lassen …

* * *

Der Herbst begann. Die letzten warmen Tage zogen ins Land. Traurigkeit lag in der Luft, Trauer ergriff Franzisk und Stass. Sie gingen zur ungeliebten Arbeit und trafen sich manchmal im News Café.

»Hast du schon gehört? Eine irre Geschichte, oder? Da ist einer Journalist und leitet die Wahlkampagne eines Präsidentschaftskandidaten. Sein Leben ist voller Pläne und Ideen, er glaubt daran, dass die Zeit für große Veränderungen gekommen ist. Dass dieses Jahr die Wende bringen wird, dass die Zeit reif ist für den Umsturz. Er ist glücklich verheiratet, vor einem Jahr ist seine Tochter zur Welt gekommen. Vor einem langen, intensiven Projekt nimmt er Urlaub und fährt ans Meer, macht lange Spaziergänge und kommt froh und glücklich nach Hause. Er möchte sein Glück mit seinen Freunden teilen. Eine Woche nach seinem Urlaub lädt er sie ins Kino ein, schreibt ihnen, wann und in welchem Kino er sie erwartet … Und dann beginnt das eigentlich Interessante. Statt wie vereinbart beim Oktober-Kino zu erscheinen, setzt sich der glückliche Freund, Vater, Ehemann, dessen intensivste Lebensphase gerade erst begonnen hat, plötzlich ins Auto. Er fährt auf seine Datscha, trinkt zwei Flaschen billigen Fusel, den er früher nie angerührt hat, und hängt sich auf. Eine brillante Story!«

»Wieso erzählst du mir so genau, was ich eh schon weiß?«

»Wie lang wird das noch so weitergehen, Zisk?«

Franzisk gab keine Antwort und sprach an diesem Abend auch nicht mehr. Worüber hätte er reden, was erzählen können? Franzisk blickte auf die schmale Straße und dachte über Dinge nach, an die es schrecklich war zu denken. So weit war es gekommen, dass der Tod dieses Journalisten ausnahmslos allen diente – der Staatsmacht, der Opposition, Europa. Ob sie weinten oder lachten, auf die eine oder andere Weise rieben sich alle die Hände. Das menschliche Schicksal, deine Kindheit, Jugend, erste Verliebtheit, Arbeit, Ehefrau, Kind – all das hat absolut keine Bedeutung, kein Gewicht, wenn sich erst die Politik in dein Leben mischt. Es kann im Gegenteil passieren, dass dein Tod fast allen in die Hände spielt. Ein Mensch, der sich sein Leben lang bemüht hat, anderen Menschen Gutes zu tun, leistet ihnen mit seinem Tod plötzlich den größten Dienst. Nur schade, dass sich niemand die Zeit genommen hatte, den Journalisten zu fragen, ob er überhaupt sterben wollte. Franzisk blickte aus dem Fenster und verstand, dass weder sein Leben noch das von irgendjemand anderem irgendetwas wert war, keinen roten Heller war es wert, sobald die Politik ins Spiel kam. Abgesehen von den bürokratischen Kosten, die es verursachte. Während Franzisk schwieg, beobachtete Stass die Besucher des Cafés und dachte, dass all diese Menschen nur deswegen immer noch atmeten, weil sie kaum etwas darstellten. Weil sie niemandem im Weg waren. Er musterte die frisch hereinkommenden Mädchen und dachte, dass das Leben imstande war, jeden Knochen zu verdauen. »Nichts hat sich verändert, während Zisk im Koma gelegen hat. Die Welt ist nicht stehengeblieben. Die Leute haben sich weiter um ihre Angelegenheiten gekümmert, die Sonne ging unter und wieder auf und der Regen fiel weiterhin. Sein Leben hat keinen Wert, überhaupt niemand hat einen Wert. Wenn er oder ich, wenn wir alle nicht mehr sind, wird trotzdem alles weitergehen. Die Erde bleibt nicht stehen, nichts bleibt verdammt noch mal jemals stehen! Nicht einmal Bäume oder Blätter. Auf der ganzen Erdkugel gibt es keinen Menschen, dessen Leben wenigstens irgendetwas verändern könnte. Wenn einer lebt, weiteratmet und weiterarbeitet, dann nur deswegen, weil ein anderer daraus Nutzen zieht oder er niemanden stört …«

Der Selbstmord des Journalisten war noch ein paar Wochen Stadtgespräch. Zwar kamen täglich neue Details ans Licht, doch im Grunde änderte sich nichts an dem Fall: Alle beschuldigten alle, die Staatsmacht, die Opposition, das Ausland. Die Stimmung in der Stadt verschlechterte sich, zur üblichen Herbstdepression gesellten sich Enttäuschung und Ohnmacht. Die Freunde blieben zu Hause, die Freunde der Freunde sagten ihre Partys ab. Man hatte keine Lust auf Singen und Tanzen, man wollte sich betrinken, ließ die Köpfe hängen. Der beginnende Wahlkampf hatte bei vielen die Hoffnung auf Veränderung geweckt, doch die Ermordung des oppositionellen Journalisten verwies sie alle wieder auf ihre Plätze. Weder Franzisk noch seine Freunde hatten den Journalisten persönlich gekannt, doch der Verlust wog trotzdem schwer. Zisk wollte es einfach nicht in den Kopf, dass ein Mensch allein aufgrund seiner beruflichen Tätigkeit umgekommen war, aufgrund seiner Gedanken und Worte: »Das ist, als würden sie einen Cellisten umbringen – und zwar nicht wegen eines falschen Tons, sondern nur, weil er den Bogen auf die Saiten gesetzt hat.«

Der Tod des Reporters wurde diskutiert bis hin zum Wahltag, an dem der Präsident der Republik einen »eleganten« Sieg hinlegte und mühelos für eine neue Amtszeit gewählt wurde.

Es war klirrend kalt und schneite ohne Unterlass. Der Verkauf von Zelten und warmer Kleidung war behördlich verboten. Die Opposition rief ihre Anhänger auf, gemeinsam beim Palast der Republik auf das Wahlergebnis zu warten. Sie baten die Menschen, sich warm anzuziehen, es würde kalt und düster werden, aber unbedingt zu kommen. Nur die Mutter sah das anders.

»Zisk, du gehst mir da nicht hin! Dein Vater ist dagegen!«

»Erstens habe ich keinen Vater, und zweitens muss ja jemand Präsenz markieren, wenn das unsere Eltern schon nicht machen. Wir können nichts dafür, dass wir uns auf den Platz stellen müssen, das ist eure Schuld! Fünfzehn Jahre lang habt ihr nichts gemacht! Du hast nichts dafür unternommen, dass ich heute zu Hause bleiben könnte!«

»Und was hätte ich unternehmen sollen? Ich habe gewählt, und zwar nicht ihn, was hätte ich sonst noch tun können?«

»Keiner wählt ihn – wen man auch fragt, keiner hat ihn gewählt. Und doch kriegt er immer 75 Prozent!«

»Ich verstehe dich ja, aber auf die Straße zu gehen ist keine Lösung.«

»Und was ist eine Lösung?«

»Ich weiß es nicht, damit müssen sich die Politiker befassen.«

»Die Politiker haben keine Ideen! Keine Pläne! Sie können keinen einzigen oppositionellen Kandidaten aufbauen, sie sind nur mit sich selbst beschäftigt. Es gibt keine Politiker, es gibt nur Menschen – und es gibt solche wie mich, die nicht mehr in dieser Absurdität leben wollen! Verstehst du? Ich gehe nicht auf die Straße, um eine Revolution anzuzetteln oder um mich zu prügeln oder Losungen zu skandieren. Aber ich will mich davon überzeugen, dass dieser ganze Surrealismus nicht wahr ist, der ganze Stumpfsinn, den sie im Fernsehen zeigen, der Schwachsinn, den die Sprecher verzapfen. Wenn ich sehe, wie die Seifenblase platzt, wie die Kulissen fallen, dann bin ich schon zufrieden und gehe heim wie Cincinnatus zu seiner Feldarbeit. Ich will einfach sehen, dass außer mir auch andere Leute hinausgehen, die genauso nicht an diese Farce glauben, und spüren, dass ich nicht die einzige Geisel in diesem Narrenhaus bin.«

Allerdings stellte es sich als ziemlich schwierig heraus, sich auf einem der wichtigsten Plätze der Stadt zu versammeln. Die Stadtverwaltung hatte plötzlich beschlossen, eine Eisfläche anzulegen. Was sie auch tadellos erledigte. Das Eis war genau, wie es sein sollte, die Nationalmannschaft hätte ihre Matches darauf austragen können. Außerdem wurden ein paar Dutzend Boxen herbeigetragen und Musik aufgedreht. Die Musik schien zum Vergnügen der sportlichen Bürger auf dem Eislaufplatz gedacht, aber seltsamerweise standen die Boxen beim Haus der Gewerkschaft, genau an der Stelle, wo die Anführer der Opposition vor der versammelten Menge hätten auftreten sollen. Natürlich wunderte sich weder Franzisk noch Stass. Überrascht hätte sie eher alles andere.

Sie hatten sich in einem spanischen Café gegenüber dem Kino verabredet, dort wollten sie Tee trinken und dann Richtung Platz losgehen, um die Wahlergebnisse zu erfahren. Franzisk wollte Wodka oder Kognak bestellen, um sich aufzuwärmen, aber die versammelten Freunde wuschen ihm gleich den Kopf:

»Sag mal, spinnst du? Betrunkene schnappen sie als Erstes, auf der Stelle, genau die suchen sie sich raus. Kein Tropfen Alkohol! Haben alle gehört? Niemand trinkt auch nur einen Tropfen! Wir haben Thermosflaschen mit Tee dabei, wenn jemandem kalt ist, soll er sich bei mir melden. So, jetzt weiter! Haben alle einen Pass mit oder eine Passkopie? Wenn jemand seinen Pass vergessen hat – sofort nach Hause fahren. Kommt bloß nicht auf die Idee, dort ohne Pass hinzugehen!«

Gerade als die Freunde startbereit waren, stürmte eine Bekannte herein und berichtete mit Tränen in den Augen, dass einer der Oppositionskandidaten, ein bekannter Lyriker, mit Rauchgranaten beworfen und verprügelt worden sei. Er sei ins Krankenhaus eingeliefert worden und werde nicht auf dem Platz sprechen können. Das Spiel hatte begonnen, die Staatsführung hatte den ersten Zug gemacht. Auf das Volk zu. Im Café wurde es still. Auch die Leute an den anderen Tischen wollten zum Palast der Republik. Alle wollten dahin, und alle hatten verstanden, dass es nicht ohne Provokationen ablaufen würde. Es würde schrecklich werden, aber nicht hinzugehen war keine Option, es war zu spät für einen Rückzug. Das Volk musste der Staatsmacht um jeden Preis zeigen, dass es unzufrieden war, dass sie nichts mehr gemeinsam hatten und es Zeit für eine Trennung war.

Gegen acht Uhr abends hatten Leute in Zivil die Stadt eingenommen. Sie waren überall. Es war, als würde die ganze Stadt über Funk kommunizieren. Mal hier, mal da hörte man ein Knarzen, das Rauschen des Äthers. Überall – beim Rathaus und beim Konservatorium, beim Haus der Offiziere und beim Zirkus – rannten diese zivilen Ratten herum wie von der Kette gelassene tollwütige Köter. Dennoch und trotz der Nachrichten über den verprügelten Präsidentschaftskandidaten ließen sich die

Menschen nicht einschüchtern. Sie gingen auf die Straße. Zum ersten Mal nach langen Jahren im Koma. Als sie den Platz erreichten, empfand Franzisk Freude. Hier waren Menschen, mutige und tapfere Menschen, hier waren Frauen und Kinder, hier waren alle, die es nicht mehr aushielten. Es waren nicht viele, zumindest nicht so viele, wie Zisk erwartet hätte, möglicherweise nur ein paar tausend. Aber trotzdem – Franzisk war von freundlichen, schönen, anständigen Menschen umgeben. In ihrer Mitte hatte er keine Angst, im Gegenteil, zum ersten Mal seit langem fühlte sich Franzisk in seiner Stadt sicher. Vor dieser Menschenmenge hatte er keine Angst.

Die Mitarbeiter der Spezialeinheiten schlüpften in Eislaufschuhe und zogen, die Funkgeräte griffbereit, rund um einen Weihnachtsbaum ihre Kreise, wofür sie von den Leuten auf dem Platz mit Applaus belohnt wurden. Die Leute brachten den Hyänen keinen Hass entgegen, sondern Mitleid.

Die vorbeifahrenden Autos hupten, um den Demonstranten ihre Unterstützung zu bezeigen, und die frierenden Menschen auf der Straße freuten sich allein schon darüber, dass es noch Mitbürger gab, die keine Angst hatten zu hupen.

»Zisk, sieh dich aufmerksam um! Hier sind ganz viele Ratten in Zivil. Wenn irgendwas losgeht, wenn die Provokationen losgehen, dann werden uns keine Uniformierten festnehmen, sondern aller Wahrscheinlichkeit nach Beamte in Zivil.«

Wirklich, man sah fast keine Polizei. Die Polizisten erschienen erst später, sehr viel später. Vorerst zeigte das Regime, dass eine Zusammenrottung von »dreihundert Raufbolden«, wie die Opposition im staatlichen Fernsehen längst hieß, es komplett kaltließ. »Schreit nur, wir werden euch schon den Garaus machen«, sagte das siegreiche Regime, das in seiner Überlegenheit Musikboxen zu Hilfe nahm, um die Oppositionsführer zu übertönen. Fast niemand konnte hören, was von der Treppe des Gewerkschaftshauses herunter geschrien wurde, die Informationen wurden mündlich weitergegeben. Das hatte das Volk über die Jahre gelernt. Schon nach wenigen Augenblicken wusste die tausendköpfige Menge alles, was auf der Tribüne gesagt wurde.

Dann sagte jemand neben Franzisk, dass sich ein weiterer Demonstrationszug auf die Oppositionellen zubewege, dass es in Wirklichkeit viel mehr Leute seien. Dass die Stadt offenbar aufgewacht sei.

Im selben Augenblick begannen die Menschen, die bisher den Platz bevölkert hatten, die Fahrbahn zu blockieren. Die Menge schwappte auf die Straße. Und ein Wunder geschah! Gruppen von Menschen schlossen sich zu einer riesigen, mächtigen Kolonne zusammen. Franzisk traute seinen Augen nicht, ein Glücksgefühl durchströmte ihn. Innerhalb weniger Minuten war die zahlenmäßig überschaubare Protestaktion zu einem Akt des nationalen Widerstands geworden. Der Protestzug wuchs minütlich an. Die zigtausendfache Masse sperrte den wichtigsten Boulevard des Landes ab. Franzisk konnte es nicht fassen. Es war alles wie eine perfekt inszenierte Performance. Es waren plötzlich unendlich viele Menschen! Franzisk blieb vor Glück die Luft weg:

»Siehst du das? Siehst du das, Mann? Guck einfach nur, wie viele Menschen, da, und da, und da! Das ist alles unfassbar! O-oh! Da schau hin, hinter uns, nach hinten, schau nach hinten! Das geht zurück bis zum Zirkus! Schau dir das an! Krass, so viele Leute, Alter! Sieh mal, das Volk ist aufgewacht!!! Schau! Das sind wahrscheinlich an die fünfzigtausend, ach was, das sind sogar mehr!«

Erstmals seit vielen Jahren marschierten zigtausende Menschen durch die Straßen von Minsk. So viel

Protest hatte niemand erwartet. Sogar die Oppositionsführer schienen sprachlos zu sein. Nicht einmal sie hatten sich träumen lassen, dass nach so vielen Jahren Unterdrückung, nach all den Entführungen und Verhaftungen, nach Jahren der absoluten Willenlosigkeit und Passivität so viele Leute auf die Straße gehen würden. Ein hunderttausendköpfiger Demonstrationszug blockierte den längsten Boulevard von ganz Europa. All das konnte gar nicht wahr sein. Aus einem so langen Koma erwacht man nicht. Es gibt keine Wunder. In diesem verängstigten, an die Wand gefahrenen, in die Ecke gedrängten Land konnte all das nicht passieren. Franzisk befürchtete, gleich das Bewusstsein zu verlieren. Er hatte Angst, dass die Erschütterung, die er gerade erfuhr, ihn paralysieren, lahmlegen könnte. Er sagte nichts davon zu Stass, drückte nur ganz fest dessen Hand und brüllte vor Glück:

»Schau! Schau! Dort sind noch mehr Leute! Und dort, und dort! Schau nur, schau! Wir sind überall! Wohin man auch blickt! Schau, wie viele wir sind!«

Der Protestzug wuchs immer weiter an. In jeder Gasse schlossen sich ihnen Gruppen mit mehreren hundert Personen an. Mehr und mehr. Und noch mehr.

»Vielleicht haben sie es geschafft? Vielleicht haben sie es geschafft?«

»Was geschafft?«

»Alles zu organisieren? Schau, vom Stadion kommen noch ein paar tausend! Und uns entgegen auch, schau! Schau, wie viele Leute! Vielleicht haben sie es geschafft, uns zu vereinen? Wir sind hunderttausend – mindestens!«

»Ja! Schau nach hinten! Mann!«

Stass stellte sich auf die Zehenspitzen, um zu sehen, wie weit die Spitze des Zugs vorgedrungen war. Doch mittlerweile hatten sich so viele Menschen um sie herum versammelt, dass er, auch als er auf Zisks Schultern kletterte, weder Anfang noch Ende der Menschenmasse erspähen konnte. Als einer der Demonstranten die Präsidentenflagge vom Gebäude des KGB riss und die weiß-rot-weiße Fahne hisste, unter der die Opposition auftrat, dachten viele, dass nun die Revolution begonnen habe. Stass kamen die Tränen. Darauf hatte er sein Leben lang gewartet. Einen Moment lang glaubte er daran, dass nun alles vorbei, das Regime gefallen sei. Die Polizei vertrieb die Protestierenden nicht. Über Zisks Stadt wehte die echte Flagge, die seiner Kindheit. Eigentlich mussten jeden Augenblick die Handlanger der Regierung eingreifen und das Symbol wieder herunterreißen – aber das geschah nicht. Mit eingezogenen Schwänzen bestaunten die Lakaien in Zivil die Menge und wussten, dass sie für den Moment machtlos waren. Sie konnten zwanzig oder fünfzig Leute vertreiben, aber nicht hunderttausend.

Die Menschen, die Franzisk und Stass umgaben, lächelten. Sie lächelten über das eigene Glück, lächelten, weil sie wussten, dass die Schlacht nicht verloren war. Als sie an jenem Abend auf die Straßen ihrer Stadt hinausgegangen waren, hatten sie vor allem ihre eigene Angst besiegt, und das war einer der größten Siege – denn es gibt nichts Wichtigeres, als über den Abgrund der eigenen Angst zu springen.

* * *

Franzisk ließ seinen Mantel auf den Boden fallen und ging sofort ins Badezimmer. Er zog die Jeans aus, riss sich die nassen Kleider vom Leib und stopfte sie mit zitternden, rotgefrorenen Händen in die Waschmaschine, stellte Feinwäsche plus Spülung ein. Sein Körper war mager, kraftlos. Auf den Fliesen zeichneten sich Schmutzspuren ab. Wie gebannt starrte Zisk direkt in die Trommel, gedankenlos. Während Tränen über sein Gesicht strömten, sah er zu, wie seine Kleidungsstücke übereinanderpurzelten und -wirbelten. Wie vorhin der nasse Schnee die Stadt füllte Schaum die Trommel an. Das runde Glas beschlug, die Maschine nahm Schwung auf und wackelte. Dann blieb sie plötzlich stehen, die Jeans und der Sweater plumpsten auf den Boden der metallenen Trommel wie auf nasse Stufen, und die Trommel drehte sich in die andere Richtung. Sensoren sorgten für die richtige Temperatur, während Franzisk die Temperatur seiner Tränen nicht steuern konnte. Die Maschine pumpte nun die Lauge ab, und der Schleudergang setzte ein. Zisk sah zu, wie die nassen Kleider an die Wände gepresst wurden. Er dachte daran, dass er an diesem Tag zum Verräter geworden war und das nie mehr würde abwaschen können. Auf dem Platz waren Menschen zurückgeblieben, viele. Die Polizei hatte sie umzingelt und eine halbe Stunde lang auf sie eingeprügelt, während die anderen Demonstrierenden flüchteten. Franzisk und Stass wurden durch den Polizeikordon voneinander getrennt, und zusammen mit anderen war Franzisk davongerannt. In wenigen Minuten hatte die Polizei eine hunderttausendköpfige Menge vertrieben und sich rund tausend Demonstranten als Dessert aufgehoben. Die machten sie schonungslos dem Erdboden gleich. Der Präsident hatte erklärt, auf dem Platz seien höchstens dreihundert Raufbolde, doch schon den ersten Nachrichten zufolge waren rund tausend Personen festgenommen worden. Jene, die nicht hatten entkommen können. Franzisk starrte in die Trommel, und ein Flashback folgte dem nächsten. Er erinnerte sich, wie er am Minsk Hotel vorbeigelaufen war und bemerkt hatte, dass sich darin Leute versteckten. Die Polizei hatte ihnen nachgestellt, doch die Portiers stellten den Schutz der Verfolgten über ihre Angst vor Konsequenzen und sperrten die Türen zu. Sie hatten sich heldenhaft verhalten, dachte Franzisk. Sie hatten sich nicht darum gekümmert, dass sie schon morgen ausfindig gemacht und verhaftet würden, sie hatten einfach den Hyänen die Tür vor der Nase zugeschlagen. Während er selber gerannt war, zusammen mit anderen weggerannt, während er Angst gehabt hatte, dem Staat in die Fänge zu geraten. Die Waschmaschine spulte ihr Programm ab, und Franzisk dachte an den Blick des Portiers, den er sein Leben lang nicht vergessen würde. Der Mann hatte entsetzt eine Frau angestarrt, die es nicht ins Hotel geschafft hatte. Die Polizisten hatten sie niedergerannt und an der Kapuze ihrer Jacke über den Asphalt in Richtung Gefängnistransporter gezerrt. »Ein tolles Sujet für ein Werbevideo«, dachte Zisk. »Unsere Jacken sind so fest genäht, unsere Jacken halten sogar Dinge aus, die das menschliche Herz nicht erträgt.« Franzisk dachte an das Gesicht des Portiers, und wenn er sich recht erinnerte, war es ihm auch gelungen, von seinen Lippen zu lesen: »Leck mich am Arsch … Leck mich am Arsch …«

Irgendwo hatte Franzisk einmal gelesen, Erdöl sei nichts anderes als das Blut der Drachen, die einst die Erde besiedelt hatten. Wenn das Erdöl raffiniert und in Form von Treibstoff in Flugzeuge gefüllt würde, erwachten die Drachen wieder zum Leben. Nun fiel Zisk diese Allegorie wieder ein, und er fügte in Gedanken hinzu, dass die hiesigen Drachen sich wohl einst von Menschen ernährt hatten und deshalb nur bei der Jagd auf die Opposition wieder lebendig wurden.

Die Waschmaschine spulte ihr Programm ab, und Franzisk erinnerte sich, wie er mit seinen ebenfalls flüchtenden Freunden in die Straße eingebogen war, in der seine Geburtsklinik stand. Als er zur Welt kam, hatte sich, wie Mama erzählte, die Nabelschnur um seinen Hals gewickelt … Zusammen mit anderen war er hinunter zur Feuerwache gerannt, während die Polizei auf der Hauptstraße wahllos alle festnahm. Teilnehmer der Protestaktion und Passanten, die ahnungslos geglaubt hatten, ihr Bus würde schon noch kommen, der grüne mit der Nummer 100. Frauen, Jugendliche, Alte, ohne Unterschied. Alle potentiellen, möglichen, denkbaren, vorstellbaren, wahrscheinlichen Gegner des Regimes …

Als der Waschgang fertig war, war Zisk eingeschlafen.

Am Morgen war die Angst da, richtige Angst. Nicht nur Angst, sondern blankes, um sich greifendes, unbändiges Entsetzen. Dasselbe Gefühl, das Franzisk zehn Jahre zuvor in der Unterführung erlebt hatte. Etwas drückte schwer auf seine Brust, mit solcher Wucht, dass man damit jemanden hätte reanimieren können. Dieser Druck konnte nicht nur ein Herz zum Schlagen bringen, sondern auch einen Brustkorb zerquetschen oder ein Rückgrat brechen. Franzisk versuchte, sich zusammenzunehmen, sich abzulenken, sich zu beruhigen, aber nichts wollte ihm gelingen. Er wollte etwas trinken, aber das Glas fiel ihm aus der Hand. Die Angst floss aus seinem Körper ins Haus. Die Angst war in seiner Wohnung und in der Wohnung gegenüber, hier, überall, in der ganzen Stadt. Auch seine Nachbarn von gegenüber waren bei der Demonstration gewesen. So wie Franzisk klickten sie im Sekundentakt auf die Nachrichtenseiten, doch die oppositionellen Online-Medien funktionierten alle nicht. Die Redaktionen der regierungskritischen Zeitungen wurden in diesem Moment durchsucht, Beamte in Uniform trugen Technik und Journalisten hinaus.

In der Stadt verbreiteten sich Gerüchte, dass man alle verhaften würde, die beim Palast der Republik gewesen waren. Wie? Die Polizei würde einfach jede einzelne Person festnehmen, deren Handy am Abend des 19. Dezember ein Signal von diesem Platz ausgesandt hatte. Zu Beginn des 21. Jahrhunderts war das ausreichend. Hat man Ihr Handy geortet, müssen Sie in den Knast. Was Sie auf dem Platz gemacht haben, interessiert niemanden. Sie waren dort, und aus.

Franzisk bewegte sich nicht vom Computer weg. Seine Hände zitterten, er biss sich die Lippen wund. Im Minutentakt poppten neue Hilferufe auf, Nachrichten, dass Türen aufgebrochen, Schlösser herausgesägt wurden. »Sie sind da, sie sägen das Schloss heraus, gleich nehmen sie mich fest, helft mir!« Worauf hoffte dieser Mensch? Wie konnte man ihm helfen, wie? Die Leute saßen in ihren Wohnungen und dachten nur daran, dass sie in wenigen Minuten abgeholt würden. Noch ein Augenblick – und die Tür würde aufgebrochen, noch ein

Augenblick – und sie würden festgenommen. Die Leute wurden verhaftet wie Verbrecher, dafür, dass sie hinausgegangen waren, um das Wahlergebnis zu erfahren; und dafür, dass sie nicht sofort nach der Bekanntgabe nach Hause gegangen waren. Franzisk wusste, dass er für die Staatsmacht keine Gefahr darstellte. Er war bei keiner der verbotenen Parteien Mitglied, war kein Journalist, hämmerte nicht an die Türen des Regierungsgebäudes – und doch packte ihn jedes Mal, wenn der Lift auf seinem Stockwerk stehen blieb, die Angst. Er erinnerte sich an Stass' Traum und befürchtete, dieser Traum könnte in wenigen Minuten wahr werden. Franzisk lief in der Wohnung hin und her, doch von Minute zu Minute wurde er schwächer. Franzisk schien zu zerfließen. Er hatte Hunger, bekam aber keinen Bissen hinunter, wollte duschen, fand aber die Kraft nicht, ins Badezimmer zu gehen. Franzisk konnte sich nicht mehr normal bewegen, atmen, die Augen öffnen und schließen. Das Metronom klopfte, und er verstand nicht, woher dieser Mechanismus die Energie dazu nahm. Die Wörter verknäuelten sich im Mund, und seine Sprache wurde wieder zu jener, mit der er vor ein paar Monaten aufgewacht war.

Der Fernseher lief. Die staatlichen Sender gratulierten dem Präsidenten einstimmig zum verdienten, unbestrittenen Sieg. Zu den Durchsuchungen und Verhaftungen, die in der Stadt schon den ganzen Tag vorgenommen wurden, schwiegen sie. Wozu über etwas reden, was auch so alle wissen? Nur was aus dem verprügelten Präsidentschaftskandidaten geworden war, wusste man nicht, aber auch das sollte sich bald aufklären. Auf dem Bildschirm erschien ein Arzt … der Stiefvater …

Der Mann seiner Mutter erzählte mit unverhohlenem Grinsen, dass mit dem Kandidaten alles in Ordnung sei. Eine Beule, weiter nichts. Dann zählte der Stiefvater alle durchgeführten Behandlungen auf und nutzte die Gelegenheit, dem amtierenden Präsidenten für den Kauf der modernsten medizinischen Apparaturen zu danken …

Eine Woche lang ging Franzisk nicht aus dem Zimmer. Machte keinen Fehler.

Geh nicht aus dem Zimmer; nimm an, du bist
verkühlt.
Was gibt es Interessanteres als eine Wand und
Stühle?
Wozu willst du weg von da,
wohin du abends wiederkehrst,

derselbe, der du vorher warst …
noch dazu nicht unversehrt?

Jenseits der Wohnungstür wurde alles sinnlos, und Franzisk verbrachte Stunden vor der Waschmaschine, sah wieder und wieder zu, wie die Trommel mit der nassen Wäsche jonglierte …

* * *

Manchmal kam Stass zu Besuch. Er zog schweigend seine Jacke aus und ging in die Küche, kochte sich selber Tee und sah lange zum Fenster hinaus. Der Preis für die Gefühle, die die Freunde am Abend des 19. Dezember empfunden hatten, hatte sich als zu hoch herausgestellt. Es war Zeit für die Abrechnung, und die Schulden waren horrend. Es blieb einem nichts übrig, als sich zähneknirschend damit zu trösten, dass andere viel mehr zahlen mussten. In der Stadt kursierten Gerüchte, dass gegen die ehemaligen Präsidentschaftskandidaten Haftstrafen verhängt worden seien. Wofür? Diese Frage stellte sich niemand mehr. Das Leben verlief wieder in der gewohnten Spur, niemand fragte mehr, »wofür«. Für »den Versuch, die Stabilität zu unterminieren«. Für »die Organisation einer Revolution«. Für »zahlreiche Ausschreitungen«. Keine

Erschießungen, Gott sei Dank, das würde niemand verstehen. Nein, die siegreiche Macht war viel gütiger, als sie immer dargestellt wurde. Nur ein paar Jahre Knast, außerdem für viele nur bedingt. Ein Traum, diese Gnade.

Die Stadt atmete erleichtert auf, als es hieß, die Ermittlungen wegen Massenunruhen seien eingestellt worden und niemand würde mehr verhaftet. Die staatliche Maschinerie konnte ohnehin nicht alle verdauen, die sie verschlungen hatte. Man bekam wieder Luft, konnte aus dem Haus gehen, ohne zu fürchten, dass man sich am Ende des Tages hinter Gittern wiederfände. Das waren gute, sehr gute Nachrichten, ein Anlass zum Feiern. Aber keiner feierte. Weihnachten und Neujahr ließen viele ausfallen – worauf hätte man auch trinken sollen. Die Stadt, in der Franzisk einst geboren worden war, hatte sich wieder einmal als zu klein erwiesen. Unmöglich, hier unbeteiligt zu bleiben. Die einen waren selbst im Gefängnis gelandet, bei den anderen hatte es Freunde oder Bekannte getroffen. Es war nicht nur eine kleine Welt, sondern ein kleines Dorf – mit einer kurzen Distanz vom eigenen Schicksal zum Unglück der Nachbarn.

Das Jahr ging zu Ende mit Postkarten, die man an die Gefangenen schickte, und mit neuen Sanktionen der europäischen Länder gegen den im Amt bestätigten Präsidenten. Die Situation hatte sich stabilisiert, der aufgewirbelte Staub legte sich.

»Franzisk, putz bitte auch den Garderobenspiegel.«

»Mama, ich möchte nicht mit euch Silvester feiern, okay?«

»Kommst du uns nicht mal besuchen?«

»Ich schaue am Abend vorbei, gegen sieben, aber auf den Glockenschlag werde ich nicht warten.«

»Ach, bleib doch wenigstens, bis in Moskau das neue Jahr begrüßt wird …«

»Ich will nicht … Ich will weder ihren noch unseren Jahresanfang feiern! Sag mal, Mama, wo sind denn die Orden von Großvater?«

»Von Großvater?«

»Ja. Wieso fragst du zurück, wenn du tadellos hörst? Wo sind die Orden, ich hab sie bei Großmutters Sachen nicht gefunden.«

»Ach, das … Du meinst wohl Großvaters alte Orden, die hier irgendwo rumgelegen haben. Diese Orden … Na ja, wozu waren sie denn nütze? Die haben doch in alle Ewigkeit vor sich hin gestaubt, niemand hat sie je hervorgeholt, wieso fragst du?«

»Mama, wo sind die Orden?«

»Wir haben sie verkauft … Wir hatten damals die Idee, wir könnten irgendwohin eine Reise machen …«

»Das war seine Idee, stimmt's?«

* * *

Franzisk beschloss, sein Cellospiel wieder aufzunehmen. Mehrere Stunden täglich, wie im Lyzeum. Er nahm das Instrument aus seiner Schutzhülle und wischte es ab. Zisk war zu dem Schluss gekommen, dass Musik die beste Methode zur Rettung war, die er finden konnte. Tonleitern und Dreiklänge – etwas anderes war ihm nicht eingefallen. Er arbeitete noch einmal den schulischen Lehrplan durch, Etüde für Etüde, Strich für Strich. Phrasierungen und Seiten zerrissener Notenhefte, Präludien und Schlusssätze, Kadenzen, Kadenzen, Kadenzen. Franzisk hatte nicht vor, am Konservatorium zu studieren, aber er wollte so spielen können, dass er sich für die Reinheit seiner Übergänge nicht genieren musste. Zum ersten Mal im Leben hatte Zisk echte Freude an seinem Spiel, am unmittelbaren Vorgang der Tonerzeugung. Niemand zwang ihn mehr dazu. Im Gegenteil, er nahm selbst das Instrument zur Hand, rieb den Bogen mit Kolophonium ein und setzte sich vor den Tisch, der das Notenpult ersetzte. Tag für Tag machte Franzisk ganz ohne Lehrer Fortschritte über Fortschritte, tauchte in Sonaten, Reprisen und Kulminationen ein. Wie Schnee auf Asphalt, wie Schuppen auf dunkle Kleidung rieselte weißes Pulver vom Bogen auf das schwarze Griffbrett. Die Finger wussten noch, was sie zu tun hatten. An der linken Hand waren die ersten Blasen abgeheilt, an der Daumenkuppe hatte sich eine Hornhaut gebildet.

Franzisk hatte nicht nur Spaß daran, Konzerte zu spielen, schon eine Phrase aus einer Etüde zu üben bereitete ihm Freude. »Gott sei Dank haben sie das Üben bisher noch nicht verboten.« Wenn er die ersten Takte eines Konzerts spielte, stellte er sich vor, auf der großen Bühne der Philharmonie zu sitzen. Er stellte sich vor, wie nach ihm das Orchester einstimmte und wie er vor einem restlos ausverkauften Saal das anspruchsvolle Gespräch mit den Musikern und dem Publikum, dem Dirigenten und dem Instrument aufnahm – und mit sich selbst. Das Cello schlingerte ein bisschen, und als Franzisk den Höhepunkt der Passage erreicht hatte, stoppte er, um die Steigerung zu wiederholen.

Die Nachbarin hämmerte an die Wand. Franzisk legte das Cello beiseite, kochte sich ein bescheidenes Abendbrot und setzte sich vor den Fernseher. Beim Zappen durch die Kanäle stellte er sich manchmal vor, dass einer der Männer im Bild sein Vater wäre. Der Nachrichtensprecher, der gesichtslose Beamte, der berühmte Sportler. Franzisk studierte die unbekannten Gesichter und suchte vertraute Züge in ihnen. An manchen Abenden machte er gleich mehrere potentielle Väter ausfindig. Er betrachtete die Fältchen unter den Augen des Außenministers und des Traktorfahrers, des Rettungsmannes und des Rektors der staatlichen Universität und wiederholte ein ums andere Mal bei sich: »Papa.« Während er der x-ten Rede des Präsidenten aufmerksam zuhörte, überlegte sich Franzisk, ob womöglich genau dieser Mann irgendwann seine Mutter herumgekriegt hatte: »Vielleicht waren sie mal zusammen? Eine Nacht, höchstens zwei. Die Mutter weiß das natürlich noch, aber wie alle Bürger des Landes hat sie jetzt Angst, über meinen Vater auch nur zu sprechen. Dieser Mensch ist übrigens selbst auch ohne Vater aufgewachsen. Vielleicht ist er deshalb so streng mit seinem Volk?«

Franzisk betrachtete den Präsidenten und versuchte sich einzureden, dass genau dieser griesgrämige und bescheidene Mann sein leiblicher Vater wäre. Aber es wollte ihm nicht gelingen, es gab keinerlei Ähnlichkeit. Franzisk hörte ihm zu, aber er konnte den Mann nicht verstehen, der sich bei seinen Mitbürgern mit Gewalt Gehör verschaffen wollte, der das eigene Volk mit Drohungen einschüchterte. Warum machte er das? »Zu wem spricht er? Wer sind diese Leute? Was für ein Leben muss man haben, um seinen Worten zu glauben? Was muss im Leben eines Menschen passieren, damit er diesen Worten Glauben schenkt? Was?«

Franzisk dachte wieder über seinen Vater nach, und der Korrespondent des staatlichen Senders erzählte den Einwohnern von Belarus, dass der fünfzackige Stern auf unserem Staatswappen kein Überbleibsel der roten Vergangenheit sei, wie man vielleicht annehmen könnte, sondern nichts anderes als ein Symbol für die Kreuzigung Christi! Franzisk fasste sich an den Kopf und schloss die Augen.

* * *

Erst im Sommer erwachten die Einwohner der kleinen Republik langsam aus ihrer Betäubung. Die Wirtschaft war tot, das Land von einer Krise gelähmt.

Franzisk rief Stass oft an, doch der Freund hob fast nie ab, und wenn doch, dann verhielt er sich kühl und distanziert. Stass brummte etwas von Überlastung und vollem Terminkalender. Franzisk verstand, dass bei Stass etwas im Gange war, aber es schien ihm zu riskant zu fragen.

»Sehen wir uns heute?«

»Nein, ich bin total verplant.«

»Was heißt da verplant, Stass? Es ist Sommer, du hast Urlaub. Bist du jetzt komplett übergeschnappt?«

»Selber übergeschnappt. Ich hab gesagt, ich hab zu tun! Ich rufe zurück.«

Stass' Schweigen dauerte an. Er verheimlichte schon sehr lange etwas, seit mehreren Monaten, seit Zisks Erwachen. Eines Tages rief er an und schlug ein Treffen vor. Auf Zisks Frage, ob alles in Ordnung sei, antwortete Stass: »Jetzt ja«, und es sei »endlich alles geregelt«.

»Babuschka, schau, wen ich dir mitgebracht habe, erinnerst du dich an Stass?«

»Alter, sag bloß, du redest mit einem Grabstein.«

»Du hast ja auch mit mir geredet, als ich im Koma lag.«

»Deine Großmutter hat gesagt, du hörst mich.«

»Und ich sag dir Volltrottel auch, dass sie uns jetzt hört.«

»Selber Volltrottel!«

»Du bist ein Volltrottel! Setz dich her und erzähl meiner Babuschka alles, und ich mach rundherum ein bisschen sauber.«

»Es ist ja eh alles sauber.«

»Ich sag's dir noch mal, du Idiot: Rede mit meiner Babuschka und nicht mit mir.«

»Selber Idiot. Guten Tag, Elvira Alexandrowna! Mir geht es sehr gut. Nastja und ich haben uns getrennt, aber das ist schon lange her, und wahrscheinlich ist es auch gut so, irgendwie wollte das nichts werden mit uns beiden. Also, so sieht's aus bei uns. Was soll ich ihr noch erzählen?«

»Alles, erzähl ihr, was in der Stadt abgeht, erzähl einfach.«

»Oh! Das ist leicht. Wie gut, dass Sie das nicht mehr erleben, Elvira Alexandrowna! Die Wahlversprechen unseres großartigen und einzigen Präsidenten sind leider nicht wahr geworden. Im Gegenteil. Wir sind komplett im Arsch, Elvira Alexandrowna.«

»Keine Kraftausdrücke vor meiner Großmutter.«

»Wie soll das gehen ohne Kraftausdrücke, wenn's doch so ist. Wie soll man das sonst nennen, wenn nicht komplett im Arsch? Sie können sich gar nicht vorstellen, Elvira Alexandrowna, was jetzt in der Stadt los ist. Es gibt keine Devisen im Land! Gar keine. Die Leute stehen vor den Wechselstuben tagelang Schlange. Tragen sich in Wartelisten ein. Prügeln sich! Im Ernst, stellen Sie sich das vor, die prügeln sich richtig für einen Platz in der Schlange! Aber sie haben nichts davon, weil es ja eh keine Devisen gibt. Alles in allem ein richtiger Affenzirkus. Wir leben wie im Märchen. So, willst du deiner Großmutter jetzt auch was erzählen, oder soll ich weitermachen?«

»Ich hab auch was zu erzählen.« Franzisk setzte sich neben Stass und begann einen leisen, ruhigen Monolog.

»Ich habe alles lange abgewogen, Ba, das ist keine unreflektierte Entscheidung, ich hab lang darüber nachgedacht. Also, ich habe beschlossen auszuwandern. Ich kann so einfach nicht mehr. Es scheint, von uns gibt's doch nicht so viele. Wenn ich mir die Leute rundherum ansehe – die scheinen trotz allem zufrieden zu sein. Ich bin erschöpft, ich mag nicht mehr. Ein Koma reicht mir. Ich habe zehn Jahre meines Lebens verloren und will nicht den Rest auch noch verlieren. Ich hab's satt, Kloschüsseln zu verkaufen. Ich hab alles satt, Ba, so will ich nicht mehr leben. Ich will von gesunden, normalen Menschen umgeben sein, keine Angst mehr haben müssen, ich hab's so satt, vor allem Angst zu haben. Ich hab's satt, dass sich in diesem Land nichts verändert, ich hab alles, alles satt! Siehst du, all das müsste man hinausschreien, aber ich rede ruhig und maßvoll darüber, und das scheint mir das Schlimmste zu sein. Ich will nicht kämpfen, ich will leben. Weißt du, Ba, ich habe kürzlich im Fernsehen Fußball geguckt und eine Sache kapiert. Wenn du zehn bist, oder dreizehn, dann schaust du den Spielern zu und glaubst daran, dass du eines Tages genauso auf dem Feld spielen wirst. Du gehörst zu keiner Mannschaft, machst kein professionelles Fußballtraining, aber trotzdem glaubst du, dass das noch passieren wird, allein deswegen, weil alle Menschen auf dem Bildschirm älter sind als du. Du weißt, dass du noch Zeit hast! Aber ich habe jetzt verstanden, dass ich fast keine Zeit mehr habe. Vor ein paar Wochen habe ich Jürgen angerufen. Ich habe ihn um eine Einladung gebeten, und er hat mir eine geschickt. Deswegen komme ich heute auch früher zu dir. Wir unterhalten uns ein bisschen mit dir, und dann fahre ich zum Konsulat für ein Visum, das heißt, um einen Antrag auf ein Visum zu stellen. Mach dir keine Sorgen, ich werde dich trotzdem besuchen kommen, und ich hab Stassik gebeten, dass er auch manchmal vorbeischaut …«

»Ja, Elvira Alexandrowna, machen Sie sich keine Sorgen! Ich werde wirklich kommen. Bei Ihnen ist es irgendwie so ruhig, das ist schön …«

»Ich weiß, dass ich mich falsch verhalte. Ich weiß, dass man nicht abhauen darf, während andere Menschen sich aufopfern, während ein Haufen Leute im Gefängnis sitzt, einfach weil sie sich nicht damit abfinden wollen, was im Land passiert. Aber ich kann nicht mehr, Ba, ich kann einfach nicht mehr. Ich habe nicht das Gefühl, dass irgendjemand mich hier braucht. Ich habe auch nicht das Gefühl, dass ich jemanden brauche. Ich bin überall nur der Ehemalige. Ehemaliger Nachbar, ehemaliger Bekannter, ehemaliger Sohn … Aber ich komme bestimmt vorher noch mal zu dir!«

»Ich auch, Elvira Alexandrowna!«

Auf dem Rückweg vom Friedhof begann Stass plötzlich zu reden:

»Alter, ich werd dir jetzt was erzählen. Bitte hör einfach zu, sag nichts. Ich erzähle dir, wie alles war, und danach kannst du mir sagen, was du denkst – musst aber auch nicht. Aber es wird dir dann alles klar sein. Okay?«

»Okay …«

»Du sollst schweigen, hab ich gesagt! Wie du heute das vom ehemaligen Sohn gesagt hast, also … also … Es war nicht immer so übel mit Nastja und mir. Irgendwann mal war es sogar gut, ich glaube, wir haben einander sogar geliebt. Oder vielleicht auch nicht. Ist doch egal, wie die Leute das nennen.

Jedenfalls, irgendwas war da, ganz bestimmt, in den ersten Tagen war ganz bestimmt etwas da. Sie hat es zwar nie gesagt oder gezeigt, aber ich bin sicher, manchmal hat sie mich geliebt und sich auch vor ihren Freundinnen nicht für mich geniert, verstehst du? Für ein Mädchen wie sie ist die Hauptsache, sich vor den Freundinnen nicht genieren zu müssen. Und es gab eine Zeit, wo sie sich nicht für mich geniert hat, davon bin ich überzeugt. Also. Und irgendwann wollte sie sogar ein Kind. Da wollte ich eben auch eins. Ich wollte wirklich, sogar sehr wollte ich zu dem Zeitpunkt … einen Jungen. Wir fingen also an … probierten und probierten, aber es wurde nichts. Jeden Monat dasselbe … Wir gingen zum Arzt, und der stellte fest, dass ich nicht Vater werden kann. Sie schwieg, ich schwieg, aber irgendwie lebten wir weiter. Sie wollte mich anscheinend nicht mal verlassen. Ja, ich glaube wirklich, dass sie nicht deswegen gegangen ist. Wegen so etwas trennt man sich nicht, das ist doch Unsinn. Man trennt sich nicht wegen einem Kinderwunsch, man trennt sich wegen Kleinigkeiten. Sie ist gegangen, weil ich ihr keinen Klimbim schenken konnte und nicht, weil ich ihr keinen Sohn geschenkt habe. Wenn sie Schmuck gekriegt hätte, ein neues Auto und eine Wohnung, wäre sie noch hundert Jahre bei mir geblieben, aber darum geht es nicht … Wir haben einen Jungen adoptiert … aus dem Kinderheim … so einen lieben kleinen Kerl. Am Anfang war er so ein stilles Wolfsbaby, sprach fast gar nicht, hatte Angst, dass wir ihn nicht mögen, versteckte Essen, aber dann ging's, dann lebte er sich ein. Und ich dachte, jetzt sei alles gut. Aber ihr war mittlerweile klargeworden, dass sie weder mit mir leben noch meinen Adoptivsohn in Armut aufziehen wollte. Sie wollte im Sommer an den Strand fahren, sie hatte gern neue Sachen, aber nicht ihn, ihn hatte sie nicht gern …«

»Wieso sprichst du in der Vergangenheit von ihm?«

»Weil wir ihn zurückgebracht haben …«

»Wie meinst du das?«

»Wir haben ihn ins Kinderheim zurückgebracht … Glaub mir, ein Kind ins Kinderheim zurückzugeben ist tausendmal einfacher, als ein kaputtes Handy mit Garantie drauf gegen ein neues einzutauschen. Sie wollte ihn nicht mehr, und ich dachte, allein werd ich ihn wohl kaum gut erziehen können … Dort sind immerhin ausgebildete Pädagogen, Psychologen …«

»Ist dir klar, dass dieses Kind zweimal verlassen wurde?«

»Ja, ich muss die ganze Zeit daran denken …«

»Und was willst du jetzt machen?«

»Ich weiß nicht … Keine Ahnung, darum wollte ich dich ja um Rat fragen …«

»Du bist natürlich ein handfester Trottel …«

»Ich weiß.«

»Warte hier auf mich, wir reden nach meinem Termin weiter.«

Der magere Mann hinter dem Panzerglas studierte lange die Dokumente. Franzisk kannte ihn, er saß oft im News Café. Mit siebzehnjährigen Mädchen trank er ohne Panzerglas, aber Vorschrift bleibt Vorschrift. Franzisk protestierte nicht. Nachdem er die Dokumente ein paarmal hin und her sortiert hatte, lächelte der Deutsche, nahm Franzisks Pass und ging damit weg. Eine halbe Stunde verstrich. Ein paarmal trat ein anderer Mann hinter die Scheibe. Sah sich die Einladung an, die Beurlaubung vom Dienst, hob den Blick auf Franzisk, lächelte und ging wieder weg. Irgendwann kam endlich der erste Beamte zurück. Diesmal war es Franzisk, der verlegen lächelte. Der Deutsche schaltete das Mikrophon ein:

»Zweck der Reise?«

»Ich möchte meine Eltern besuchen.«

»Ihre Eltern? Sind die jetzt bei uns?«

»Ja, sie leben dort.«

»Ihre leiblichen Eltern?«

»Nein, meine Gastfamilie. Ich war schon oft bei ihnen. Als Kind. Als ich klein war. Vor vielen Jahren, nicht jetzt. Aber jetzt laden sie mich ein.«

»Sie sagen, Sie waren oft bei uns, aber ich sehe in Ihrem Pass keine Stempel.«

»Der ist neu. Ich habe zehn Jahre im Koma gelegen.«

»Also, was haben Sie dort vor?«

»Nichts. Ich will einfach meine Eltern besuchen.«

»Wie lange?«

»Wie, wie lange? Wie lang ich sie schon besuchen will?«

»Wie lange wollen Sie bleiben?«

»Ich weiß nicht, das hängt davon ab, welches Visum Sie mir geben. Ich mache alles wie gewünscht, ich habe alle Papiere, ich buche auch die Rückfahrt ... Wenn Sie wollen, kann ich jetzt gleich die Rückfahrt buchen ...«

»Das ist alles schön und gut, aber wir möchten trotzdem wissen, ob Sie irgendwelche Pläne haben. Haben Sie irgendwelche Termine?« Als der Deutsche diese Frage stellte, erschienen hinter seinem Rücken noch zwei Konsularbeamte. Nun spitzten drei Männer argwöhnisch die Ohren.

»Nein, ich habe keine Pläne ... Ich wollte einfach nur meine Eltern treffen ... Ich habe doch die

Einladung und alle notwendigen Unterlagen, oder nicht?«

»Ja, ja, mit den Papieren ist alles in Ordnung, aber …« Der Deutsche tauschte mit seinen Kollegen Blicke aus, nahm ein Blatt vom Tisch und legte es an die Scheibe.

»Kennen Sie diesen Mann?« Franzisk las den mit gelbem Marker angestrichenen Familiennamen.

»Sie kennen einander doch? Ist er verwandt mit Ihnen?«

»Nein, wir sind nicht verwandt. Das ist der zweite Mann meiner Mutter … mein Stiefvater …«

»Wissen Sie, dass er auf der Liste von Personen ist, denen die Einreise in unser Land verboten ist wegen ihrer Kooperation mit dem Regime?«

»Ja, meine Mutter hat es mir gesagt.«

»In welchem Verhältnis stehen Sie zu Ihrem Stiefvater?«

»Wovon sprechen Sie? Was hat das überhaupt mit meinem Visum zu tun?«

»Sind Sie befreundet? Pflegen Sie Kontakt?«

»Nein, wir haben fast keinen Kontakt …«

»Wohnen Sie zusammen?«

»Nein, ich lebe allein.«

»Aber Sie pflegen den Kontakt?«

»Nein, ich sag Ihnen doch, wir haben gar keinen Kontakt! Wie kommen Sie überhaupt darauf, dass er mein Verwandter sein soll? Wir haben verschiedene Familiennamen. Seit wann arbeiten Sie so effizient?«

»Was meinen Sie?«

»Ich meine, dass ich nichts mit ihm zu tun habe. Und überhaupt, warum soll ich für ihn verantwortlich sein? Was haben diese Fragen mit meiner Reise zu tun?«

»Genau das versuchen wir herauszufinden …«

»Ich glaube, ich habe schon genug gesagt.«

»Möglicherweise.« Der Beamte drehte sich noch einmal zu seinen Kollegen um.

Einer von ihnen gab ihm ein Zeichen. Ohne Worte oder Kopfnicken, nur mit dem Blick. Der Fragesteller wandte sich an Zisk und sagte mit einnehmendem, fast nettem Lächeln:

»Wir melden uns …«

Als er zum Friedhof gehen wollte, bemerkte Franzisk, dass sein Metronom stehengeblieben war. »Aus«, dachte Zisk. Er zog es wieder auf, doch das Gerät begann nicht zu klopfen. Der Zeiger bewegte sich nicht. Franzisk nahm sich vor, das Metronom am Abend zu reparieren, und rief den Stiefvater an. Zisk tat, worum ihn die Großmutter gebeten hatte, tat, worum ihn manchmal, allerdings nie ausgesprochen, die Mutter bat. Franzisk rief ihn an und sagte danke. Dankte ihm für die medizinische Versorgung, für sein neues Leben und die Wohnung. Mit einem Wort, für alles. Den letzten Satz hörte der Stiefvater nicht mehr, weil er gerade auf dem Markt war und nicht sprechen konnte.

Ein paar Tage später saß Franzisk am Grab der Großmutter und erzählte, dass er ein Visum bekommen habe, doch er wisse nicht recht, was er damit anfangen solle. Er habe jetzt doppelt so viel zu tun. Er müsse nicht nur ihr Grab pflegen, sondern auch das von Stass. Der hatte sich erhängt, ohne Zisks Ratschlag abzuwarten. »Er liegt dort begraben, hinter dem Zaun.«

Franzisk erzählte von Stassiks Begräbnis und dass Nastja nicht gekommen war, weil sie gerade mit einem älteren Herrn im Urlaub war.

»Siehst du, so kann's gehen, Ba, Stassik hat uns übers Ohr gehauen. Hat gesagt, er würde dich besuchen kommen, dabei hat er schon gewusst, dass das nicht stimmt. Nie im Leben hätte ich gedacht, dass es so enden würde … Merkwürdig ist das alles … Ist doch merkwürdig, oder, Ba … Ich hab dir was mitgebracht … schau … Eine Überraschung für dich … Das ist unser Kassettenrekorder … weißt du noch? Ich hab dir eine Etüde aufgenommen. Ich möchte, dass du sie dir anhörst. Vielleicht hört sie auch Stass, aber ich werde lieber nicht zu laut aufdrehen, da drüben ist eine Gedenkfeier. Ich schalte nur leise ein, okay? Sei nicht zu streng, ich kann mich ja auch noch an meine Fehler erinnern, aber ich glaube, ich mache Fortschritte. Jedenfalls bin ich pflichtbewusster geworden. Ich habe jetzt selber Spaß daran, darauf zu achten, dass der Klang sauber ist, und auf die Verbindungen achte ich, und auf die Übergänge auch. Weißt du, Babuschka, ich hätte nie gedacht, dass ich jemals ein natürliches, physisches Vergnügen daran finden werde, wie die Finger über das Griffbrett klopfen, wie der Ton entsteht. Ich schäme mich jetzt vor dir dafür, dass ich so faul war … dafür, dass ich so vieles nicht verstanden habe … Also, wollen wir uns das mal anhören?«

Franzisk drückte auf das abgewetzte schwarze Quadrat. Auf dem Tonband berührte der Bogen die Saiten. Der erste Ton erklang. Eine Note floss in die andere über. Der Kassettenrekorder spielte, und Franzisk kommentierte seine eigene Interpretation:

»Das hier hätte man natürlich besser spielen können, aber das da habe ich, glaub ich, ganz gut hingekriegt.«

Vom Zaun schauten Leute zu Franzisk herüber.

Ein paar Sekunden lang interessierte sie der junge Mann, der untermalt von trauriger Musik mit einem Grabstein sprach. Das war übrigens nichts Ungewöhnliches, auf dem Friedhof sprachen alle. Zwar ohne Musik, aber vielleicht war der Junge ja verrückt? Kann ja jedem passieren? Ein normaler Mensch würde jedenfalls keine Musik aufdrehen. Das ist nicht üblich. Normale Menschen schneiden Wurst auf und trinken am Grab, es ist üblich, mit vollem Munde zu gedenken.

Franzisk ging weg, die Melodie flog über dem Friedhof dahin. Eine schöne, gleichmäßige Cellostimme, keinerlei falsche Töne.

Zurück in der Stadt, beschloss Franzisk, ins News Café zu gehen. Er war hier nie ohne Stass gewesen, doch jetzt wollte er irgendwie den Kellnern erzählen, dass Stass nicht mehr wiederkommen würde.

Die Dolmetscherin stand gerade an der Bar und bezahlte. Franzisk erkannte sie sofort. Sie stand so nahe, dass Zisk weiche Knie bekam, er spürte ein Ziehen im Bauch. Franzisk sah die Fältchen in ihrem Augenwinkel und wusste, er hatte im Leben, zumindest in seinem nagelneuen Leben, nie etwas Schöneres gesehen.

»Ich wollte schon lange mit Ihnen reden, können Sie sich an mich erinnern?«

»Natürlich ...«

»Sie gehen schon?«

»Ja ... ich habe schon bezahlt ...«

»Kann ich Sie begleiten?«

»Ich glaube nicht, dass dir das gefallen würde ...«

»Fahren Sie so schlecht?«

»Nein, ich fahre mit der U-Bahn.«

»Umso besser! Wie spät ist es jetzt? Ich wollte auch gerade zur U-Bahn.«

»Viertel vor sechs. Aber du bist doch gerade erst reingekommen ...«

»Na und? Ich kann ja ein andermal wiederkommen. Also, ich darf Sie begleiten?«

»Gehen wir ...«

»Hab ich ein Glück!«

»Warum?«

»Ich weiß nicht, ich bin einfach jetzt sehr glücklich.«

»Na dann mal los, du Glücklicher ...«

* * *

Die Explosion in der U-Bahn-Station »Oktjabrskaja« ereignete sich kurz vor 18 Uhr. Vermutlich an der Stelle, wo Franzisk der Dolmetscherin vorschlagen wollte, einander wiederzusehen. Der fünf Kilo schwere Sprengsatz war selbstgebastelt und wurde wahrscheinlich mit einer Fernsteuerung gezündet, er war offenbar mit zerkleinertem Stahl, Nägeln und Metallkügelchen mit einem Durchmesser von rund eineinhalb Zentimetern gefüllt. Vielleicht hatte Franzisk die Station gar nicht betreten, vielleicht war er drinnen gewesen, hatte es aber geschafft, sich rechtzeitig von seiner Angebeteten zu verabschieden und die Station zu verlassen, bevor die Bombe hochging, die die metallene Hängedecke mitsamt ihrem Stuck über der Rolltreppe zum Einstürzen brachte …

Schon nach ein paar Minuten trafen die ersten Feuerwehrmänner und Krankenwagen ein. Der Verkehr auf der Linie wurde eingestellt, bei der nahegelegenen Station »Platz des Sieges« ließen sie keine Passagiere in die U-Bahn. Am Unfallort begannen die Zivilschutzbediensteten ihre Arbeit. Der Präsident der Republik hielt anlässlich der Katastrophe eine Sondersitzung ab, nach der er gemeinsam mit dem Innenminister und seinem siebenjährigen Sohn zu dem blutigen Bahnsteig hinunterstieg und Blumen niederlegte. Drei Tage später war die U-Bahn wieder im Normalbetrieb …

Ein paar Monate später spielte ein junger Mann Cello. In Deutschland, im Zentrum einer Hafenstadt, auf einer Straße nur ein paar Schritte vom Rathaus entfernt. Die hiesigen Ordnungshüter verjagten ihn nicht. Die Melodie verschmolz mit den Geräuschen von Restaurierungsarbeiten, wodurch sie noch lebendiger und echter wirkte. Von Zeit zu Zeit übertönte eine Schwung aufnehmende Bohrmaschine die Etüde, doch der junge Mann achtete nicht darauf und spielte weiter. Eine Gruppe von Touristen aus dem Land der aufgehenden Sonne fotografierte den Cellisten begeistert. Ich betrachtete ihn und versuchte, mir vorzustellen: Was bringt einen Menschen dazu, sich auf die Straße zu setzen? Wie muss sein Schicksal verlaufen sein, was muss er erlebt haben? Was ist in seinem Leben passiert und umgekehrt, was nicht? Warum ist dieser mir so ähnliche Junge Straßenmusikant geworden? In welcher Stadt ist er geboren, in welche Schule ist er gegangen? Ich versuchte mir vorzustellen, wer seine Eltern waren, ob er eine Großmutter hatte und ob sie eine gute Frau war, aber dann war die Melodie zu Ende, die Leute klatschten …

Der junge Mann stand auf, dankte seinem Publikum, klappte Notenständer und Stuhl zusammen und ging. Ich sah ihm nach und schaltete meinen Player ein. Einer sang:

Was wurde aus unsrer Klasse?
Schreibt Pawel aus Tel-Aviv.
Schwer ist's heute Fuß zu fassen,
wenn du halbwegs leben willst …

Anmerkungen der Übersetzerin

Auch wenn Sasha Filipenko in seinem Roman *Der ehemalige Sohn* fast keine Namen von Personen, Nationen und Ländern nennt, haben viele der darin beschriebenen Ereignisse einen realen Hintergrund und sind so oder ganz ähnlich tatsächlich passiert.

Um den deutschsprachigen Leserinnen und Lesern den Zugang zu Franzisks Geschichte zu erleichtern, habe ich mich bei der Übersetzung entschieden, an manchen Stellen durch die konkrete Benennung von Orten, Sprachen und dergleichen Klarheit zu schaffen. Auf einige Fragen zum historischen und politischen Hintergrund des Romans, die sich beim Lesen vielleicht stellen, soll diese Nachbemerkung außerdem etwas Licht werfen.

Zuvor aber möchte ich meinem Kollegen Thomas Weiler danken, der mir seine Übersetzung des hymnischen Gebets *Mahutny Boscha* von Natallja Arsennjewa geliehen und bei der Enträtselung der belarussischen Liedtexte geholfen hat. Und bei meiner Kollegin Iryna Herasimovich bedanke ich mich für die Geduld und Ausdauer, mit der sie immer wieder meine Fragen zur sprachlichen Landschaft von Belarus beantwortet.

Belarus im Zweiten Weltkrieg und in der Sowjetzeit

Der offizielle historische Diskurs in Belarus betont das Heldentum und die Tapferkeit des geeinten Volkes im Kampf gegen den Faschismus und vor allem den Sieg der verbrüderten Völker der Sowjetunion über Nazideutschland.

Die Realität, von der der offenherzige Kriegsveteran den Lyzeumsschülern erzählt, war komplizierter: Die Belarussische Sozialistische Sowjetrepublik (BSSR) war von Sommer 1941 bis zur Rückeroberung 1944 durch die Rote Armee von der deutschen Wehrmacht besetzt. Da sich die Sowjetmacht mit ihrer massenhaften Verfolgung und Deportation von »Volksfeinden« und mit der Zwangskollektivierung der Landwirtschaft nicht gerade beliebt gemacht hatte, hielt sich der Widerstand der belarussischen Bevölkerung gegen die deutsche Invasion anfangs in Grenzen. Sehr schnell wurde jedoch klar, dass Hitler einen Vernichtungskrieg führte, vor dem die ortsansässige Bevölkerung sich auf eigene Faust zu schützen versuchte – über tausend **Partisanengruppen** entstanden.

Die **Weißruthenische Hilfspolizei** war eine Struktur der deutschen Ordnungspolizei, deren Mitglieder vor Ort rekrutiert wurden. Ihre Aufgabe war die Unterstützung der Besatzungsmacht in jeder Hinsicht, einschließlich der Vernichtung der Juden und der gnadenlosen Bekämpfung von Bolschewiken und Partisanen.

Sperrtruppen waren Truppen des sowjetischen NKWD (Volkskommissariat für Innere Angelegenheiten), die hinter der Front standen und mit Maschinengewehren flüchtende Soldaten der Roten Armee erschossen. Dies war eine von Stalins drastischen Maßnahmen, um der weit verbreiteten Desertion der zahlenmäßig unterlegenen, schlecht ausgebildeten und noch schlechter ausgerüsteten Soldaten Einhalt zu gebieten.

Das **118. Bataillon** war eine Einheit der **Hilfspolizei,** in der unter deutscher Führung vor allem Ukrainer, aber auch Angehörige anderer Nationalitäten der Sowjetunion dienten. Das Bataillon ist für das Massaker von Chatyn 1943 bekannt: Als Reaktion auf Partisanenangriffe wurde das belarussische Dorf Chatyn mitsamt seinen Einwohnern niedergebrannt.

Mit dem **Massengrab nördlich der Stadt** ist Kurapaty gemeint, ein bewaldetes Gebiet nahe Minsk, auf dem in den 1980er Jahren ein Massengrab entdeckt wurde. Der sowjetische NKWD hatte dort in den Jahren 1937 bis 1941 zigtausende Menschen erschossen und verscharrt und diese systematische Vernichtung der Bevölkerung den faschistischen deutschen Kriegsgegnern zugeschrieben. Während heute die belarussische Unabhängigkeitsbewegung das dort errichtete Denkmal für die Opfer pflegt, ist das Regime Lukaschenko damit beschäftigt, die Spuren zu verwischen: Kreuze und Grabsteine werden mit Bulldozern und Traktoren zerstört, wer dagegen Widerstand leistet, wird verprügelt und verhaftet.

Flaggen

Die **weiß-rot-weiße Flagge** hat ihre Wurzeln bereits im Großfürstentum Litauen und war das Symbol der **Weißrussischen Volksrepublik,** die am **25. März 1918** ausgerufen wurde. Dieser erste unabhängige belarussische Staat existierte nur bis zum 1. Januar 1919, als die Belarussische Sozialistische Sowjetrepublik (BSSR) proklamiert wurde, zunächst mit einer roten Flagge. Die heutige **rot-**

grüne Flagge mit dem traditionellen Stickornament am Rand besteht seit 1951, auch wenn die Farben des Randmusters 1995 verkehrt und Hammer und Sichel entfernt wurden. Als 1991 die Sowjetunion zerfiel, kehrte Belarus einige Jahre lang zu seiner weiß-rot-weißen Flagge zurück, doch Präsident Alexander Lukaschenko nahm, passend zu seinem politischen Kurs, 1995 eine der sowjetischen ganz ähnliche Staatssymbolik wieder auf.

Sprachen – Russisch, Belarussisch und deutsche Lehnwörter

Die belarussische Sprache ist, neben Russisch und Ukrainisch, eine der drei ostslawischen Sprachen und heute zusammen mit Russisch Amtssprache von Belarus.

Während Lenin im Rahmen seiner Nationalitätenpolitik die belarussische Sprache noch förderte, setzte Stalin alles an eine flächendeckende Russifizierung der Sowjetunion. Es kam zu schweren Repressionen gegen die belarussische Intelligenzija, die ihre nationale Identität unter anderem durch den Gebrauch ihrer Sprache pflegte. Anfang der 1990er Jahre unternommene Versuche einer Belarussifizierungspolitik wurden von der breiten

Bevölkerung, die Russisch als Umgangssprache gewohnt war, nicht unterstützt, und seit dem Referendum 1995 hat Russisch wieder den Status einer (dominierenden) Staatssprache. Heute werden auf dem Land verschiedene belarussische Dialekte und belarussisch-russische Mischformen (Trassjanka) gesprochen, in Minsk vorwiegend Russisch. Die belarussische Schriftsprache wird von Kulturschaffenden kontinuierlich gepflegt und am Leben erhalten. Gerade in den letzten fünf bis zehn Jahren erlebt diese Sprache einen Imagewandel: Junge, erfolgreiche, europäisch orientierte Leute entscheiden sich bewusst für das Belarussische, um sich auf sprachlicher Ebene von der Kultur der Sowjetunion abzugrenzen. Sasha Filipenko vertritt hingegen den Standpunkt, dass eine Sprache keinem Land und keiner Nation gehört und nicht für eine bestimmte politische Gesinnung stehen darf, und schreibt seine Bücher auf Russisch.

Franzisk ist (wie alle Belarussen) zweisprachig und benutzt vor seinem Koma bewusst, danach unkontrolliert beide Sprachen. Belarussische Passagen und Wörter (in Franzisks Rede und in Zitaten von Liedern und Gedichten) sind in der deutschen Übersetzung durch **Kursivierung** gekennzeichnet.

Die belarussische Sprache verfügt aufgrund der bewegten Geschichte ihres Territoriums – Zugehörigkeit zu verschiedenen Großmächten, Besatzung, aber auch Handelsbeziehungen – über **Lehnwörter** aus etlichen anderen Sprachen. Deutsche Wörter fließen auf verschiedenen Wegen, auch übers Jiddische, seit dem 13. Jahrhundert ins Belarussische ein. Abgesehen von der im Text erwähnten *Schufljadka* sind es Wörter wie *Papera, Fest, Zukar, rychtyg* oder *schpazyrawat.*

Mit der **Slawischen Freakshow** ist das Kunstfestival Slawjanski Basar gemeint, das seit 1992 jährlich in Wizebsk stattfindet und seit 1995 unter Alexander Lukaschenkos Schirmherrschaft steht.

Beim **Referendum 1995** stimmte das belarussische Volk mit einer Mehrheit von zwei Dritteln über vier Fragen ab: die Gleichstellung der russischen Sprache mit der belarussischen, die Einführung einer der sowjetischen enorm ähnlichen Nationalsymbolik, ein Hinarbeiten auf wirtschaftliche Einheit mit der Russischen Föderation und das Recht des Präsidenten, das Parlament im Fall von Verstößen gegen die Verfassung vorzeitig aufzulösen.

Die zu Beginn der Geschichte beschriebene **Massenpanik,** nach der Franzisk ins Koma fällt, hat auf ähnliche Art und Weise am 30. Mai 1999 in der Unterführung der Minsker **U-Bahn-Station Njamiga** stattgefunden. Auslöser für das Gedränge war ein Wolkenbruch mit Hagel, vor dem die Menschen massenweise Zuflucht suchten. 54 junge Menschen kamen ums Leben (42 davon Mädchen unter 17 Jahren), rund 300 wurden teils schwer verletzt. Auf den Stufen zur Unterführung befindet sich heute ein Denkmal.

Der **Name Franzisk Lukitsch** geht auf den »ersten belarussischen Buchdrucker« zurück, den Universalgelehrten **Francysk Lukitsch Skaryna,** der im 15./16. Jahrhundert in Polazk (damals Großfürstentum Litauen), Krakau, Padua und Prag lebte. Er war unter anderem Arzt und Bibelübersetzer und gründete in den 20er Jahren des 16. Jahrhunderts die erste Druckerei in Vilnius.

Die Erzählung aus der Kindheit von Franzisks Großmutter bezieht sich auf einen **Brand, der am 3. Januar 1946** während einer Weihnachtsfeier im Klub des Volkskommissariats für Staatssicherheit in Minsk ausbrach und bei dem inoffiziellen Angaben zufolge mehrere hundert Menschen umkamen.

Wassil Bykau war ein belarussischer Schriftsteller, der von den 1950er Jahren an vorwiegend Erzählungen in belarussischer Sprache publizierte. Zunächst regierungstreu und mit dem Staatspreis der UdSSR ausgezeichnet, begann er gegen Ende der 1980er für die Unabhängigkeit von Belarus zu kämpfen und lebte ab 1998 im Exil in Deutschland und Tschechien. 2003 starb er in Minsk und wurde ebendort begraben. Die **Kornblumen,** russisch *Wassilki,* sind eine Anspielung auf seinen Vornamen Wassil. Mit dem Titel *Die Jagd vom Königsdach* meint der Wachmann *Die wilde Jagd von König Stach,* eine Novelle von Uladsimir Karatkewitsch. Er verwechselt also den Autor und hat nicht einmal den Titel der Klassenlektüre richtig verstanden.

Mit der Fernsehsendung ***Neue Reisen eines Dilettanten,*** die Stass Franzisk empfiehlt, spielt Sasha Filipenko auf seine eigene Fernsehsendung beim TV-Sender Doschd (TV Rain) an: Ездим дома / *Wir fahren zu Hause*.

Der **Bombenanschlag,** der die mürrische Krankenschwester so in Aufregung versetzt, passierte **am 4. Juli 2008** in Minsk während eines Konzerts zum **Tag der Unabhängigkeit**.

Am 3. September 2010 wurde Aleh Bjabenin, **Journalist,** Gründer der oppositionellen Web-Ressource Charta 97 und Wahlkampfleiter des Präsidentschaftskandidaten Andrej Sannikau, in seiner Datscha erhängt aufgefunden. Experten der OSZE bestätigten im November 2010 die umstrittene Todesursache **Selbstmord**, Bjabenins Freunde und Kollegen bezweifeln diese Version nach wie vor.

Nach den Präsidentenwahlen am **19. Dezember 2010** fand in Minsk eine Großdemonstration (rund 20 000 Menschen, je nach Quelle) gegen Wahlfälschung statt, die von der Polizei brutal niedergeschlagen wurde. Es gab über 600 Festnahmen, und der Präsidentschaftskandidat Uladsimir Njakljajeu wurde bereits im Vorfeld der Kundgebung verhaftet und schwer verletzt. Auch in den Wochen danach gab es scharfe Repressionen gegen die Opposition.

Bei einem **Bombenanschlag am 11. April 2011 in der U-Bahn-Station Oktjabrskaja** wurden 15 Personen getötet und an die 300 verletzt. In den darauffolgenden Tagen wurden zwei Tatverdächtige festgenommen, die sich unter anderem auch zum **Anschlag am 4. Juli 2008** bekannt haben sollen. Sie wurden zum Tod verurteilt und hingerichtet.

Zitatnachweis

(Sofern nicht anders vermerkt:
Übersetzung von Ruth Altenhofer)

S. 18 f. und S. 282:
Joseph Brodsky: Strophe aus dem Gedicht Не выходи из комнаты / *Geh nicht aus dem Zimmer* (Original: Russisch), geschrieben 1970, publiziert in der Literaturzeitschrift *Nowy mir*, 1994.

S. 87:
Robert Roschdestwenski: Strophe aus dem Gedicht Монолог женщины / *Monolog einer Frau* (Original: Russisch), publiziert in der Zeitschrift *Roman-gaseta*, November 1989.

S. 115 f.:
Natallja Arsennjewa: Магутны Божа! / *Allmächt'ger Gott!* (Original: Belarussisch), publiziert im Gedichtband *Sjahonnja (Heute)*, Verlag für Schulbücher und Jugendliteratur, Minsk 1944. Aus dem Belarussischen von Thomas Weiler.

S. 125:
N.R.M.: Ausschnitt aus dem Song Худсавет / *Künstlerischer Rat* (Original: Belarussisch). Text: Ljawon Wolski. Album *Try Tscharapachi (Drei Schildkröten)*, Bulba records 2000.

S. 159:
Ensemble Pesnjary: Ausschnitt aus dem Schlager За полчаса до весны / *Eine halbe Stunde vor Frühling* (Original: Russisch). Text: Naum Olew. Melodija 1976.

S. 168 f.:
N. R. M.: Ausschnitt aus dem Song тое, што ёсьць паміж намі / *Was da ist zwischen uns beiden* (Original: Belarussisch). Text: Ljawon Wolski. Album 06, Selbstverlag 2007.

S. 227:
Ljapis Trubezkoj: Ausschnitt aus dem Song Грай / *Spiel* (Original: Belarussisch). Text: Sjarhei Michalok. Soyuz Music 2013.

S. 237:
Ensemble Wesjolye rebjata: Strophe aus dem Schlager Алёшкина любовь / *Aljoschkas Liebe* (Original: Russisch). Text: Onegin Gadschikassimow. Melodija 1970.

S. 259 f.:
Viktor Zoi: Ausschnitt aus dem Song Печаль / *Tristesse* (Original: Russisch). Text: Viktor Zoi. Off The Track Records 1989.

S. 307:
Andrej Chadanowitsch: Strophe aus Наш класс / *Unsere Klasse*, belarussische Übersetzung des polnischen Lieds von Jacek Kaczmarski, in: *Mury* (Mauern), Kolegium Europy Wschodniej, Wrocław 2014.